国家警察特務捜査官。
薬物事件を調査する。
トシヤ
A gourmet in the town of ash
トシヤの相棒。
人造の怪物"ネコ"のひとり。
ミイ(31番)
A gourmet in the town of ash

「ミィ、元気ー！」
「ネコとしての機能低下はありません」
17
A gourmet in the town of ash

「二人とも直接会うのは
二か月ぶりぐらいかな？
元気にしてた？」
5
A gourmet in the town of ash
31
A gourmet in the town of ash
～とある日の女子会～

古参の特務捜査官。
ロウ
A gourmet in the town of ash
ロウの相棒の“ネコ”。
イナ(17番)
A gourmet in the town of ash
“ネコ”でありながら
特務課幹部でもある人物。
5番殿
A gourmet in the town of ash
灰の街の食道楽

灰の街の食道楽
黄鱗きいろ
Kiiro Kiuroko
[illustration]
にじまあるく
A gourmet in the town of ash

口絵・本文イラスト
にじまあるく

装丁
coil

目次

A gourmet
in the

本書は、二〇一九年にカクヨムで実施された
「オーバー30歳主人公コンテスト」で特別賞を受賞した
「灰の街の食道楽～SF世界のわくわくグルメ～。」を改題、加筆修正したものです。

第一話　電極培養豚の豚骨ラーメン

静かに灰が降り積もり、人が地面にへばりついて生きる『灰の街』。入り組んだ歓楽街の一角、その薄暗がりに切り取られたかのように、小さな屋台からは温かい光が漏れていた。

顔面よりも少し大きいどんぶりに、麺《めん》とスープがなみなみと注がれる。麺は太めでスープは白濁色だ。息を吸い込めば、小麦の香りと合成豚骨のあのプラスチック混じりの良い香りが鼻いっぱいに広がってくる。

灰色のぼさぼさした前髪を結った背の低い少女――少女と呼ぶには少し異形だったが――は、屋台の高いカウンターにしがみついてじっとそれを見つめていた。赤色のそのまなこはキラキラと輝き、待ち遠しい思いを雄弁に語っている。カウンター越しの店主はその期待の眼差しに少し苦笑しながら、どんぶりを持ち上げて少女の前に置いた。

「へいお待ち。電極培養豚の豚骨ラーメンだ。遺伝子組み換え済だから味は保証するぜ」

「わあ！」

少女は小さく歓声を上げると、どんぶりを引き寄せ、あらかじめ手元に置いておいた割り箸《わばし》をパキンと割った。その反動で少しよろめき、足場にしていたひっくり返したビール瓶の箱から足を踏み外してしまったが、すぐに気を取り直してラーメンの前へとよじ登ってきた。少女はそのまま、スープの中に割り箸を差し入れようとし――

「こら、ミィ」

傍らから降ってきた声に少女、ミィは顔を上げる。そこでは仏頂面をした長身の男がカウンターにもたれかかって、ミィを見下ろしていた。

「食べる前にすることがあるだろう」

黒髪の彼の言葉にミィはきょとんと目を丸くした後、ハッと何かに気づいたような仕草をして、慌ててどんぶりの上に箸《はし》を置いた。

「いただきます！」

手を合わせてそう言うと、ミィは傍らの男、トシヤを恐る恐る見上げた。トシヤは仏頂面を僅《わず》かに崩して、ミィの頭を撫《な》でてやった。

「そうだ。食べていいぞ」

ミィはパッと表情を輝かせ、目の前のラーメンへと箸を入れた。白く濁ったスープから太い麺が持ち上げられ、合成豚骨と小麦の匂いが混じり合って鼻腔《びこう》をくすぐる。ちょうどトシヤの前にもどんぶりが置かれたので、美味《おい》しそうな香りは二倍になってミィを襲った。ミィは満面の笑みを浮かべると、持ち上げた麺をふーふーと少しだけ冷ましてから一気に吸い込んだ。

ずずずっと音を立てて、太麺《ふとめん》が口の中に吸い込まれていく。とろりと濃厚な味が口いっぱいに広がる。ミィはその味を惜しむかのように、数度麺を咀嚼《そしやく》するとごくりと飲み下した。

濃厚なスープによく絡む太麺が素晴らしい。歯ごたえよし、喉越《のど》しよし。具は無いが、一般的なラーメンならこんなものだろう。少し合成調味料を使いすぎてエグみが残っているのがマイナス点か。魚粉でも混ぜればなお良いものを。

七十五点。ミィは内心でこのラーメンを採点する。直接店主に言うことはない。それは失礼だとトシヤに教えられたからだ。もっとも、店主に乞《こ》われた場合はその限りではないが。

傍らのトシヤは大人なだけあってミィよりもずっと早く箸を進めていた。ぐわっと一度にたくさん麺を持ち上げ、一気に口の中に吸い込む。舌の上に塩味が広がり、トシヤは僅かに頬を緩めた。あっという間に麺を啜《すす》り、スープを飲み干し、トシヤは空っぽになったどんぶりをごとりとカウンターに置いた。

「ごちそうさま」

それを見たミィも慌てて口の中の麺を飲み込もうとする。しかしトシヤはそれを制した。

「急がなくていい。ゆっくり食べろ」

ミィは麺を飲み下しながらこくりと頷《うなず》いた。トシヤはどんぶりの上に箸を置いた。

「本当にお前らは美味《うま》そうに食うよな」

「美味いんだから当然だろう。それより――」

食べ終わったどんぶりを店主の方へと返し、トシヤは店主に問いかける。

「今回の任務は？」

「……こいつだ」

一気に深刻な顔になった店主は、一枚の写真をトシヤに手渡した。そこに写っていたのは画質は悪いが男の姿のようだった。

「件《くだん》の教団との関与が疑われてる」

「……調査はこちらが？」

「人手不足でな」

「気にするな、いつものことだ」

写真を受け取ると、トシヤは傍らのミィを見下ろした。ミィはちょうど麺を食べ終え、豚骨スープを飲み干したところだった。

「ごちそうさまでした」

しっかりと手を合わせて言うミィを見届け、トシヤは硬貨を店主に支払った。ミィは踏み台からぴょんと飛び降りた。

「ごちそうさま。行くぞ、ミィ」

「うん！」

二人はのれんをくぐって外に出る。空からは白い灰がしんしんと降っていた。


この街には灰が絶えず降っている。どこから降り注いでいるのかは誰も知らないし、どうして降っているのかも誰も気にすることはない。

かつて起こったとされる『最終戦争』。街の『管理システム』の定めた規律。情報統制だ。市民の知らぬうちに、粛々と、その秘密を知ってしまった者も口を噤《つぐ》むように。

そんな街をレインコート姿のトシヤとミィは歩いていく。トシヤの指先にはミィの小さな指が絡められており、ゆっくりと歩くトシヤの横をミィはとたとたと早足で歩いていった。

二人の頭上では昼間だというのにネオンがチカチカと瞬いている。スピーカーから流れる底抜けに明るい宣伝文句とは裏腹に、道行く人々の表情は陰鬱《いんうつ》だ。

まるで空から押し込められたかのような背の低い歓楽街。道端ではやけに身なりのいい男たちが辻《つじ》説法まがいの声を張り上げ、狐の印章が入ったチラシをばらまいている。トシヤたちが信号待ちをしているほんの数分の間に、管理局のマークがついたバンが現れ、彼らは蜘蛛《くも》の子を散らすように逃げ去っていった。

そんな街の一角、店先で串焼《くしや》きを売っているのにミィは目を留めると、排気口から出てくるその香ばしい匂いを名残惜しそうに思い切り吸い込んだ。トシヤはミィをちらりと見た。

「もう腹が空いたのか」

「……うん」

ついさっき食べたばかりだということは自覚しているのだろう。申し訳なさそうに頷くミィに、トシヤは手首の腕時計を確認した。午後二時十分。間食にしても早すぎるだろう。

「もう一時間待てるか?」

ミィは目を潤ませて見るからに憐《あわ》れっぽい眼差しでトシヤを見上げた。トシヤは立ち止まって繰り返した。

「もう一時間だ。待てるな?」

「……はーい」

いちいちミィの空腹に付き合っていては日が暮れてしまう。期限付きの目的のある身には厄介なところもある同行者だったが、それでもトシヤにはミィを連れ回す理由があった。

屋根付きの階段を降りて、街の下を走る地下鉄へと向かう。二人でICパスをかざして改札内へと入ると、ホームは外の灰を避けた人々でごった返していた。

轟音《ごうおん》を立てて列車がホームへと滑り込んでくる。圧縮された空気が風となって二人に吹き付け、深く被られていたミィのフードを巻き上げた。

「あっ」

その下から現れたのは、少女の姿には相応《ふさわ》しくない有様だった。目や鼻こそ人間のあるべき場所についているが、口元は僅かに左右に裂け、肌のところどころには鱗《うろこ》が浮かび上がり、何よりその額には二本の角が生えていた。

ミィのフードが取れていることに気づくと、トシヤは列車が止まりきる前にさりげなく彼女のフードを被せなおした。

「しっかり被れ」

「うん」

人波に流されるようにして車内に乗り込み、そのまま列車に揺られること三駅。あまり降りる人間のいない無人駅に、二人の目的地はあった。

「情報屋さん！」

さかさまに福と書かれた扉を開き、ミィはその店の中に駆け込んでいく。店と言っても怪しげな棚や書類、壊れかけた電子機器が積み上がっているだけの、ほとんど倉庫のような場所だった。そんな店の奥には一人の男が机に伏せていた。この街のあらゆる場所に網を広げている長髪の胡散臭《うさんくさ》い男――情報屋だ。

「おう、お前らまだ生きてたのか」

会って早々軽口を叩《たた》く情報屋にトシヤは肩を竦《すく》める。情報屋はよっこらせと言いながら体を起こし――ミィが期待を込めた目で見つめてきていることに気がついた。

「情報屋さん情報屋さん、いつものくださいっ！」

そう言って両手を差し出してくるミィに、「ああ」と納得したような声を出すと、情報屋は机の奥底からビニールで包装された飴玉《あめだま》を一個取り出した。

手のひらの上に落とされたそれにミィは目を輝かせると、そのまま包装紙を破って口の中に放り込もうとした。それを止めたのはトシヤの大きな手だった。

「ミィ」

名前を呼ばれたミィはハッと気づいた顔をして、情報屋にぺこりと頭を下げた。

「ありがとうございます！」

そして顔を上げながらトシヤの方をちらりと窺《うかが》うと、トシヤは一つ頷いてみせた。ミィは笑みを深めると、包装紙から飴玉を取り出して口の中に放り込んだ。

ケミカルな味が舌の上を転がる。パッケージによればこれはぶどうの味らしいが、ぶどうとはこんなに甘ったるいものだっただろうか。でも匂いは確かにいつかに食べたぶどうに酷似しているような気がしたし、何よりこれはこれで美味しいので問題はない。

「ははっ、いつもながらよく躾《しつ》けて――いや、手懐けてるじゃないか」

情報屋の言葉にトシヤは目を鋭くして見る。情報屋は体を引いて弁明した。

「そう怒るなよ、冗談だよ」

「……別にいい。事実だからな」

言葉とは裏腹に若干不機嫌そうに顔を歪《ゆが》めながら、トシヤは先程渡された写真を机の上に置いた。

ミィも口の中で飴玉を転がしながら机を覗《のぞ》き込んできたが、写真に手を伸ばそうとしてきたため、トシヤに追い払われていた。

「こいつを捜してほしい」

「ほう、これはまた画質が悪いな」

写真を指でぴらぴらともてあそびながら、情報屋は目を細めた。

「ふむ……。この顔、どこかで見たような気がするんだがなあ」

「本当か」

「うーん……、いや、すまん思い出せん。忘れてくれ」

情報屋にひょいと肩を竦められ、トシヤは軽くため息を吐《つ》いて「そうか」と返した。

「いつも通り、代金だが——」

「トシヤ！」

突然名前を呼ばれて、トシヤは振り返る。そこにはその辺りに放置されていた情報誌の一ページを掲げるミィの姿があった。

「これ、これ！」

特集記事は「行列のできる豚骨ラーメン屋」。そしてその店主の顔は——トシヤの持つ写真の男と一致していた。


その店は街の中央に位置する最大の繁華街の外れにあった。雑居ビルの一階に入っているそこは、ネオン看板も呼び込みの店員もいないこぢんまりとした店だった。店名は「メンノヨサ」。チェーン展開をしていない個人のラーメン店だ。

トシヤとミィはそんなメンノヨサへと近づき——店のドアにかけられた「ＣＬＯＳＥ」の看板に気がついた。

営業時間外だろうか。しかしもうそろそろ夕食時に差し掛かる頃だが。手元の時計は五時四十五分を指し、見回してみれば周囲の店にはちらほらと明かりが点《とも》り始めていた。

「あのう、もしかしてお客さんですか？」

背後からかけられた声にトシヤは振り向く。そこにいたのはまさに今捜している人物――メンノヨサ店主のヨサロウだった。トシヤがヨサロウを見下ろすばかりで何も答えないでいると、ヨサロウは申し訳なさそうに笑った。

「すみません、うち水曜は定休日なんです」

そう言って頭を下げるヨサロウを、トシヤはじっと見下ろし、それからミィへと視線をやった。ミィはトシヤを見上げて首を横に振った。

「あの、ですから別の日にまたご来店いただけると……」

いつまで経っても店の前から動こうとしない二人に、ヨサロウは弱々しい声で言いつのる。元々気弱な性分なのか、背の高いトシヤに見下ろされているだけでヨサロウは細かく震えているようだった。

「……分かった。行くぞミィ」

「うん！　じゃーね、お兄さん！」

ミィは元気に頷くと、ヨサロウに向かって手を振った。ヨサロウも苦笑しながら手を振り返す。そうして二人が去っていった後、ヨサロウは店から離れてどこかへと歩き出した。

そんなヨサロウの背中を、隠れて様子を見ていた二人は追い始めた。

「追うぞ」

「うん」

ヨサロウはネオン輝く表通りを少し逸《そ》れたところ、灰色のビルが所狭しと立ち並ぶ裏路地へと歩いていった。どんよりと曇った空からは、いつも通り灰が降っている。トシヤとミィが追いかけていくと、ヨサロウはとある雑居ビルへと入っていった。

ヨサロウの姿が完全に金属扉の向こうに隠れたのを確認してから、彼が乗ったエレベーターの階数を確認する。——五階。このビルの最上階だ。トシヤとミィは足音を殺して階段を上っていった。

最上階には事務所らしきものが一つあるだけだった。音を立てないようにそっと扉を開け、中の様子を窺う。ヨサロウは事務所の奥でこちらに背を向けて何かの作業に没頭しているようだった。

トシヤはレインコートの下にぶら下げた拳銃《けんじゆう》を取り出して部屋の中へと進もうとし——

「トシヤ」

——ミィの制止によって足を止めた。ミィは声を潜めながら言葉を続ける。

「においがしない。ここじゃない」

ミィの言葉にトシヤは表情を険しくして、踏み出していた足をゆっくりと戻していった。しかしその時、開かれたドアの蝶番《ちようつがい》がきいと鳴った。

「誰だ！」

勢いよく振り向いたヨサロウと、後ずさりかけたトシヤの目がばっちりと合う。

「え、えっ？　なんでアンタらここに……」

混乱するヨサロウを睨《にら》みつけながらトシヤはゆっくりと足を進める。その手に拳銃が握られていることに気づいたヨサロウは、慌てて両手を上げた。

「ごめんなさいお巡りさん！　ほんの出来心だったんです！　見逃してください！」

トシヤは油断なく拳銃を構えながら、歩み寄っていく。ヨサロウの向こう側には何かの機械が置かれているようだった。

「お願いです許してください！　た、ただの電極培養豚の養殖じゃないですか！」

「……電極培養豚？」

思いもよらない単語が飛び出て、トシヤは思わず間抜けな声で聞き返してしまった。拳銃をヨサロウに向けたまま、ヨサロウの後ろにある機械を覗き込むと、そこには、頭の代わりに巨大な電極が差し込まれた豚肉が浮かんでいた。

電極培養豚は、頭を切り落とした豚に脳の代わりの電極を埋め込み、ナノマシンの含まれた液体に浸すことによって培養した豚肉だ。機械さえそろえば誰でも培養ができると評判になったが、安全面での問題や価格崩壊の問題があり、特殊な免許を有する者でなければ培養することはできなくなっていた。

トシヤは培養水槽を覗き込み、それからミィの方を振り返って尋ねた。

「ここじゃないんだな？」

「うん、ここじゃない」

ミィは頷《うなず》いて答える。トシヤは拳銃を下ろしてヨサロウに向き直った。

「お、俺はただ美味《おい》しいラーメンを作りたくて……！」

「俺たちはただの私立探偵だ。アンタのそれを裁ける立場じゃない」

「……へ？」

「邪魔してすまなかったな。人違いみたいだ」

そう言い残すとトシヤは足早に部屋を後にした。ミィもその後ろを慌てて追いかけていく。

「な、なんだったんだ……」

呆然《ぼうぜん》と呟《つぶや》くヨサロウに応えるのは、こぽこぽと泡を立てる培養水槽の音だけだった。

翌日、メンノヨサのカウンターを挟んで、ヨサロウとトシヤたちは顔を合わせていた。昼時だというのに店内にはトシヤたち以外に客はおらず、閑散としている。

「あ、あのう……また何かご用でしょうか」

違法行為を見られた昨日の今日だからだろう。どうしてトシヤたちが再び店を訪れたのか分からず、ヨサロウは混乱していた。ヨサロウの問いには答えず、トシヤは一言だけ言った。

「ラーメン二つ」

「へ？」

「ラーメン二つ。俺と、こいつの分だ」

淡々と告げられた言葉を十数秒かけてゆっくり呑み込むと、ヨサロウは慌てて麺《めん》を掴《つか》んで湯切り用のザルに入れた。

「麺の固さはどうしましょう？」

「かためで」

「普通！」

最初にどんぶり二つにスープを入れると、ヨサロウはザルをお湯に入れて鍋《なべ》の縁に引っかけた。待つこと十数秒。片方の麺を取り上げると大きく振り下ろして湯を切り、中身をどんぶりの中へと流し込む。次いでもう一つの麺も同様に湯切りした。

そのまま目の前に出されるのかと思いきや、なんと店主はラーメンの上に具を置いた。

具のないラーメンが主流となったのはここ数世紀のことだ。かつてはどこのラーメン店のラーメンにも具は乗っており、むしろ具が主役だというラーメンすらあったらしい。

しかし長く続いた最終戦争（この戦争が最後の戦争であれという願いを込めてそう呼ばれている）

を経て、食糧難に陥った人類は多くの食べ物文化を縮小化した。つまり具を入れることをなくしたり、そもそも贅沢《ぜいたく》な料理を禁止したり、などといった規制が行われたのだ。そしてその変化は数世紀をかけてゆっくりと新しい文化へと変容した。

その結果、ラーメンとは「どんなにひもじい人間でも食べられる安価で具のない食べ物」として、食糧難が大方解決した今になっても文化として根付いてしまったのだった。

目を丸くするトシヤとミィの前に、大きなどんぶりが二つ置かれる。どんぶりの上には、大きなチャーシューと半分に割られた半熟玉子が乗っていた。二人は割《わ》り箸《ばし》を取って手を合わせた。

「いただきます」

「いただきます！」

ミィはまず麺に箸《はし》を差し入れて持ち上げる。針金ほどの太さの細麺《ほそめん》だ。ふーふーっと息を吹きかけた後、口に入れて吸い込む。濃厚な豚骨の香りが口いっぱいに広がる。舌に絡む味は卵黄にも似ている。細麺だが歯ごたえもいい。むしろ歯の上できれいに噛《か》み切れるのが小気味好《よ》くすらある。ごくりと飲み下す。美味《うま》い。食べ物にはっきりと優劣をつけるのも野暮なものだが、これは普段食べているラーメンの数倍は美味しい。

隣のトシヤも夢中になって箸を動かしているようだった。大きな口を開けてずずっと麺を吸い込み、あっという間にどんぶりはスープ以外空になっていた。

「替え玉貰《もら》えるか」

「は、はい！」

店主は再び麺を茹《ゆ》で始める。ミィはここまで取っておいた具に手をつけることにした。

まずはチャーシューだ。きっと昨日見た電極培養豚から作られたものだろう。分厚く切られたそれは、箸を突き刺すと簡単にほぐれて千切れた。

ミィはれんげでそれを掬《すく》い上《あ》げ、口元に持っていってスープごと吸い込んだ。チャーシューは柔らかく、しかしそれでも肉の旨味を主張する部分も存在した。ミィは数度噛んでそれを飲み込むと、今度は残された大きなチャーシューを一気に掴み上げて口の中に押し込んだ。じゅわっとチャーシューに染み込んだスープが口の中で溢《あふ》れ出す。両方のほっぺたをパンパンにしながらミィはそれを咀嚼《そしゃく》し、飲み込んだ。

次は半熟玉子だ。麺の上に浮かぶ玉子を、れんげの上に置いてスープに浸してみる。箸を黄身に突き刺して小さくかきまぜ、スープが染み込んだあたりで、一気にそれを口に入れた。濃厚なスープと黄身が実によく合う。総合的に見ても九十二点といったところか。もぐもぐと口を動かした後、ごっくんとそれを飲み込み、ミィは残された麺に手をつけ始めた。

やがて麺はあっという間になくなり、残されたスープも二人はどんぶりを持ち上げてゴクゴクと飲み干した。

二人揃《そろ》ってごとりとどんぶりをカウンターに置き、二人はハァーと大きく息を吐いた。

「美味いな」

「美味しい……！」

ヨサロウはきょとんと目を丸くした後、急にぼろぼろと大粒の涙を流し始めた。声を殺してしゃくり上げるヨサロウに、トシヤは怪訝《けげん》な目を向ける。

「どうかしたのか」

「す、すんません、目の前で美味しいって言ってもらえるの初めてで……！」

感極まって泣き出すヨサロウに、二人は困惑の目を向けることしかできなかった。ヨサロウは泣きながら語り出した。

「うち、お客さん全然来なくて……それで困ってて……」

そこはトシヤも気になっていたところだった。昼時だというのに、トシヤとミィ以外にこの店には客がいなかったのだ。

しかしその理由もトシヤには大体見当がついていた。

「ここのラーメンは高いからか」

「……はい、お金を出して雑誌に載せてもらってもやっぱりダメで……もううちのラーメンは美味しくないんじゃないかと……」

そう、ここのラーメンは値段が高かった。具が乗っている他にも麺やスープにもこだわっているのだろう。他の一般的なラーメン店に比べて三倍はする値段設定だったのだ。

未だにしゃくり上げるヨサロウを、トシヤはまっすぐ見据えて言った。

「確かにこのラーメンは高い」

「はい……」

「だがそれだけの価値はある美味さだ」

ヨサロウは腕で涙をぬぐいながら、深く頭を下げた。

「あ、ありがとうございます、ありがとうございます……‼」

トシヤは立ち上がり、カウンター上に紙幣を置いた。

「ごちそうさま。また来る」

「ごちそうさまでした！」

「ふぁい、ありがとうございました‼」

メンノヨサを出た二人は、地下鉄を使ってホシヤマ駅へと向かっていた。ホシヤマ駅は中央繁華街から一駅だけ外れた位置にある駅だ。駅前のビルの間を突っ切り、寂れてネオンの消えた雑居ビルの合間に見えてくるのはいつもの店主のいるラーメン屋台だ。

「いらっしゃい。今日もラーメンかい？」

「俺はいい。さっき食べてきた」

「じゃあミィちゃんの分だけだね」

店主はトシヤとミィを見比べると、麺を一玉だけ取って湯に通し始めた。ミィはカウンターの前にビール瓶の箱をひっくり返して引きずってきた。

「例の案件か」

「ああ」

ミィの目の前にラーメンが置かれる。ミィは小さく「いただきます」と言うと、ラーメンに手をつけ始めた。

「時間はかかりそうなのか」

「……早めに片をつけるつもりだ」

「そうしてくれ。俺たちの平穏な生活のためにな」

しばらくの間、ミィがはふはふとラーメンを啜《すす》る音ばかりが響く。やがてミィはきれいにラーメンを平らげると、パンと手を合わせて「ごちそうさま」と言った。

「行くぞ、ミィ」

「うん！」

「トシヤ」

硬貨を置いて歩き出したトシヤの背中を、店主は呼び止めた。

「……情はかけるなよ」

「分かっている」

トシヤは小声で答えると、そのまま灰の降る街をミィと一緒に歩いていった。


五日後、午後六時ごろ。

トシヤとミィは「メンノヨサ」ののれんをくぐった。店内には相変わらず客はおらず、流しっぱなしにされたラジオの音だけが響いている。

「ああ、いらっしゃい！」

カウンターの向こうのヨサロウは、二人を笑顔で迎えた。トシヤはカウンター席に腰掛けながら、慣れた口調で注文をした。

「ラーメン二つ。チャーシュー上乗せで」

「へい！　いつものですね！」

ミィもまたカウンター席によじ登って腰掛ける。あれから二人は毎日のようにこの店に通っていた。その度に頼むのはいつも同じもので、二人は既にこの店の常連と言っても過言ではない存在になっていた。

「聞かないんだな」

麺を湯切りするヨサロウに、トシヤはポツリと尋ねる。

「俺たちが何者なのか」

「そりゃあ驚きましたけど……それよりあなた方はうちのラーメンを美味しいって言って食べてくれる大事なお客様ですから。野暮なことは言いっこなしですよ」

へいお待ち、と二人の前にどんぶりが一つずつ置かれる。ミィはすぐにそれに手をつけ始めたが、トシヤはじっと白く濁ったスープを見つめていた。

「とある調査をしている」

ラーメンから目を離さないまま、トシヤは切り出した。

「『ヒミコ』という名前に聞き覚えはないか?」

「……いえ、ないですね」

硬質な口調でヨサロウは答える。トシヤは小さく「そうか」とだけ言うと、割り箸を割ってどんぶりの中に差し入れた。

少し伸びた麺をかきこみ、胃の中に流し込んでから、トシヤは陰鬱《いんうつ》な顔で「ごちそうさま」と言った。

「また来る」

そう言って立ち去るトシヤとミィの後ろ姿を、ヨサロウは動揺した目で見つめていた。


翌日、トシヤとミィは繁華街を歩いていた。いつも通りトシヤの指にはミィの指が絡められ、二人ともレインコートのフードを被っている。空から降る灰はいつも通り白く、道路に積もっては消えていった。

「トシヤ」

ミィは不意に立ち止まると、トシヤの指をくいっと引っ張った。

「囲まれてる」

その言葉に、トシヤは右手の薬指にはめられた大振りの指輪を握り込んだ。ロックを外し、三回押し込む。緊急事態の合図だ。

「行くぞ」

「うん」

二人は顔も見合わせずに言い合うと、ゆっくりと歩き始める。繁華街の中心部を過ぎ、外れへと。目的地は豚骨ラーメン店「メンノヨサ」だ。

「へい、いらっしゃい！」

ヨサロウの明るい声が二人を出迎える。二人はいつも通りカウンター席へと座った。店内には他に客はいない。

「いつものですね？」

「ああ」

言葉少なにトシヤが返事をすると、ヨサロウはスープをどんぶりに入れ、麺を湯に通し始めた。

ミィはじっとその様子を見つめると、鼻をふんふんと鳴らして、トシヤの袖《そで》を引いた。トシヤはちらりとミィの方に目をやった。

「ラーメン二つ、お待ちどうさま」

ごとりと音を立てて目の前にラーメンが置かれる。ミィは笑顔で割り箸を割って、ラーメンどんぶりを引き寄せたが、トシヤはどんぶりに手をつけようともせず、じっとそのスープを見つめていた。

「……あの、どうかされましたか？」

心なしか焦った声でヨサロウは尋ねる。数十秒の刺すような沈黙の後、トシヤは口を開いた。

「なあ、アンタ、外の『灰』が何故《なぜ》降ってるか知っているか？」

「……え？」

「あれは抑制剤だ。この街の住人の誰もが罹患《りかん》している、とある病の症状を抑制するものなんだよ」

トシヤはカウンターの上でぎゅっと拳《こぶし》を握りこむ。顔をしかめ、絞り出すように言った。

「お前がこのラーメンに盛った『ヒミコ』はな、その抑制剤の効果を無効化するものなんだよ」

数秒の沈黙の後、何を言われたのかをやっと理解したヨサロウは、顔を真っ青にして震えだした。

「そ、そんな、これはただの睡眠薬だってあいつらは……！」

「それを信じたのか」

冷たい声でトシヤは言い放つ。ヨサロウは俯《うつむ》きながら、泣き出しそうな声を出した。

「そんな、そんなことって……」

そしてハッと気づいた顔をすると、夢中になってラーメンを食べているミィからどんぶりを取り上げようと手を伸ばした。

「た、食べちゃダメだ！　そんなもの食べたら！」

「もう遅い」

トシヤは淡々と宣告する。ヨサロウが手を伸ばした先にいたミィの体は、二倍ほどに膨れ上がっていた。ミィはもはや箸《はし》すら使わず、どんぶりのなかに肥大化した頭を突っ込んで、ラーメンを啜り食っていた。

「とある症状を抑えていると言っただろう。その症状がこれだ」

どんぶりからミィはゆっくりと顔を上げる。膨れ上がった体に耐え切れず、レインコートがはじけ飛ぶ。その目は血走り、その口には鋭い牙《きば》が生えそろい、二メートルほどにまで膨れ上がったその体は灰色の鱗《うろこ》で覆われている。その姿はまさに——化け物だった。

「アンタには『ヒミコ』を服用した嫌疑がかかっている」

ずるずると重い尻尾《しっぽ》を引きずって、ミィだった化け物はカウンターを踏み越えて、ヨサロウへとにじり寄る。

「の、飲んでない！　俺はあれを預かってほしいって言われただけで、飲んでもいないし、売ってもいない！」

必死で弁明するヨサロウをトシヤはじっと見つめる。彼が何を言おうと、成すべきことは決まっていた。

「ミィ」

トシヤの言葉にミィは振り向く。その目は期待に満ち溢れ、トシヤの号令を今か今かと待っているようだった。トシヤは苦々しく目をそむけながら言った。

「食べていいぞ」

化け物の表情はパッと輝き、その巨大な足でヨサロウを押さえ付けた。

「イタダキマス」

横に裂けた口からその言葉が聞こえ、直後、ヨサロウの悲鳴が店内に響き渡った。

ばりばり、むしゃむしゃ、ごくん。

ほんの十数秒続いた悲鳴はすぐに聞こえなくなり、単調な咀嚼《そしゃく》音だけがカウンターの向こう側から響いてくる。やがてその音もしなくなった頃、化け物の姿はするすると縮んで、少女の姿へと戻ってきた。

「ごちそうさまでした」

ミィは行儀よく手を合わせてそう言う。トシヤはカウンターを乗り越えると、裸で血まみれのミィに、落ちていたレインコートを着せてやった。

外に控えていた奴らの仲間が暴れたのか、店の外では、銃声や怒鳴り声がしばらく響いていたが、それもじきに収まった。すぐにこの場所は封鎖され、捜査の手が入るだろう。トシヤは大きなため息を一つ吐《つ》いて、床にひっくり返ったラーメンどんぶりを見下ろした。

*

「任務ご苦労さん」

いつものラーメン屋台で、豚骨ラーメンを出しながら、店主はトシヤをねぎらった。隣ではミィが既にラーメンを食べ始めている。

「どうだった？　今回は少し時間がかかったみたいだったが」

「別に、いつも通りだ。ただ……ちょっと慎重にやりすぎただけだよ」

ラーメンに手をつけようとせず、トシヤは店主から目を逸《そ》らす。店主はふと思い出した顔をした。

「ああ、そうだ。結局、あの男の体液から『ヒミコ』は検出されなかったよ」

「……そうか」

トシヤはぽつりと答えた。と、その時、店主の持つ携帯端末が陽気な着信音を鳴らした。店主は迷いなくその電話を取ると、しばらく会話をした後、きゅっと眉《まゆ》を寄せた。

「あーちょっと待ってろ。すぐに戻る」

そう言い置いて店主は屋台の外へと出ていく。あの反応をするということはろくな内容の電話ではなかったのだろう。屋台の外で背を向けて通話する店主の姿は、追加の仕事を予感させた。

ふと気づくとラーメンを食べ終わったミィがこちらを見上げてきていた。ちらちらとトシヤのラーメンを見ていることから考えるに、食べないのなら貰《もら》ってもいいか、と言外に言っているつもりなのだろう。

トシヤはそれを無視して、伸びきったラーメンに箸を入れ、一気に啜《すす》り上げた。何度か咀嚼して飲みこむ。合成調味料のエグみが舌の上に残った。

「……苦いなあ」

ポツリと呟《つぶや》かれた言葉は、誰にも届かないまま、灰色の空に消えていった。

第二話　四足自走型チーズケーキもどき

灰の街、郊外。降灰量が特に多く、ぽつりぽつりと建物はあっても一般人は立ち入ろうともしない区画。そんな場所に、その建造物はある。

濃い鼠色の壁に囲まれたその建物の外観は、巨大な刑務所か研究施設のように見える。建物の入口には衛兵の守るゲートがあり、その建物がこの街の政府にとって重要な場所であることを示している。

「31番、訓練を開始します」

研究施設――と仮に呼ぶ――の内部、五十メートル四方ほどの直方体の空間に、淡々とした声が響き渡る。ブツンと通信が切れる音がして、その部屋の中には静寂が満ちた。

部屋の中には灰の街の街並みが再現され、天井に向かって伸びるビルとその側面に張り付いたネオン看板、人のいない露店が並び立っている。そんな部屋の隅には、一人の少女が立っていた。

少女の体には手術衣に似た水色の服が纏《まと》われ、その額には小さな角が二つ生えている。その肌にはまばらに鱗が見え、その口からは鋭い牙が覗《のぞ》いていた。

指示音声が途絶えてたっぷり四秒。少女――ミィは俯いて腕を脱力させ、耳をすませていた。

静寂。しかし全くの無音というわけではない。風の音、ネオンの震える音、排水管から水滴が滴る音。そして――何者かの小さな足音。

ミィはばっと目を見開くと、まるで倒れるように自然に体を傾かせて、一気に走り始めた。アスファルトの地面を蹴《け》り、二ブロック先の交差点へとほんの数秒でたどり着く。視界の端に映った標的の影に、ミィは交差点のマークを強く踏みしめて方向転換をした。

標的はビルとビルの間を猛烈な勢いで駆け抜け、建物の中へと飛び込んだ。その後を追い、ミィも建物の中へと滑り込む。標的は壁を走り、二階へ逃れようとしていた。ミィはその進路を先回りするようにして走り込み、目の前に飛び出してきた標的を足元に叩《たた》き落として掴《つか》み上げた。

「取ったー！」

標的――ネズミの形をした訓練道具を掲げてのミィの勝鬨《かちどき》に同調するように、訓練終了のブザーが鳴った。


「14秒35。相変わらず流石《さすが》のタイムです」

研究員からの平淡な賛辞に、トシヤは片眉を上げるだけで応えた。いつも通りの成績に、いつも通りの社交辞令だ。特に反応を返す必要もないだろう。

トシヤにそれ以上会話をする気がないと察すると、研究員は軽く頭を下げて、トシヤの前から去っていった。ふとモニターを見ると、ビルから出てきたミィがこちらに向かって大きく腕を振っているところだった。その様子にトシヤは少しだけ眉を下げる。

「流石っすね先輩！　あんなに早くチーズを捕まえるなんて尊敬するっす！」

「……アマト」

振り返るとそこには、五歳下の後輩――アマトがこちらを見て目を輝かせていた。金髪の猫っ毛がくるくるとはね回っているのも相まって、調子のいい人物に見える。こちらもいつもの反応だが、自分を慕ってくれている後輩を無下にするほどトシヤは冷血漢でもなかった。

「そういえば、あれなんでチーズっていうんすかね。ネズミ型なのに」

アマトはマイペースにころりと話題を変えてトシヤに尋ねてきた。チーズとは先ほどまでミィが追いかけ回し、あっという間に仕留めてみせたあのネズミ型訓練道具の俗称だ。

チーズは遺伝子組み換えによって異様に運動能力を高められたネズミで、ミィたち『ネコ』の能力を測定するために用いられる道具だった。

「……ネズミの好物はチーズだろう」

「はいまあ、絵本とかではそうですが……まさかそれだけでチーズって呼ばれてるんすか⁉」

「らしいぞ。もう何十年も続いている慣習だから誰が言い出したのかも分からないそうだが。それに加えて言うなら――」

とりとめもない会話を二人がしていると、モニター室のドアが音もなく開いて、チーズを掲げたミィが転がるようにトシヤに駆け寄ってきた。

「見て見てトシヤ！」

腰に抱きついてまだ蠢《うごめ》くチーズを見せびらかしてくるミィに、トシヤはふっと表情を緩めた。

「ああ、偉いぞ、ミィ」

頭の上に大きな手を乗せてわしゃわしゃとかき混ぜてやる。ミィは照れくさそうに笑った後、期待を込めた目でトシヤを見た。トシヤはすぐにその視線の意味を悟った。

「食べていいぞ」

「いただきます！」

言うが早いか、ミィは口を大きく開けると口の中にチーズを放り込み、バリバリと噛《か》み砕《くだ》いた。

ほっぺたを押さえてその味を堪能するミィにトシヤは仕方なさそうに声をかける。

「ほら、訓練後のデータチェックがまだだろう。早く済ませてきなさい」

「はーい！」

ミィは元気に返事をすると、軽い足取りで部屋から出ていった。トシヤは仏頂面に戻り、アマトの方を振り向いた。

「見ての通り、あいつらにとってはご褒美の食用だからじゃないか？」

しかしアマトはそんなトシヤの言葉はもうどうでもいいようで、顔色を真っ青にして口の端を引きつらせていた。

「どうかしたのか」

その表情の原因には大体予想はついていたが、一応トシヤはアマトに尋ねる。アマトは恐る恐るといった様子でこちらを窺《うかが》ってきた。

「その、先輩、気を悪くしないでほしいんすけど」

おずおずとアマトはトシヤに尋ねた。

「なんでそんなに『ネコ』たちと仲良くできるんです？」

大方予想はついていた問いかけだったが、いざ何故《なぜ》と問われてトシヤはとっさに答えられなかった。

「だって、つい最近もネコに捜査官が殺されて、新しい奴が入ったって話じゃないっすか」

「そうなのか？」

「そうっすよ。先輩も見たことあると思うっす。新入りで首席の」

大袈裟《おおげさ》な身振りで尋ねてくるアマトにトシヤはうんと考える。

特務捜査官は互いの顔を知らないことも多い。トシヤも新入りのことを思い出そうとし――なんとかその存在を記憶の端から引き出した。名前はたしか、トーヤマ・シンゴとかいったか。

「首席なのか。すごいな」

アマトは話がズレていると抗議の視線を向けた後、ちらりと訓練場のモニタを見て、ぶるっと身を震わせた。

「怖くないんすか先輩？」

恐怖を込めた目で、アマトはトシヤを見上げてくる。

無論、トシヤも最初からミィのことが恐ろしくなかったわけではない。実験体である彼女たちへの、恐ろしい人造の怪物『ネコ』たちへの認識を改める、とある事件が過去にあったせいだ。

たまには昔話をするのもいいか、とトシヤは記憶を手繰り寄せて口を開く。

あれはそう六年前。トシヤが二十四歳だった頃に遡《さかのぼ》る。

*

六年前。灰の街は今と変わらず、空から白い灰ばかりを降らせていた。雲に切れ間はなく、十数日に一度ぱらぱらと降って来る雨以外には、天気の変化らしいことは何も起こらない。

そんな街の小綺麗《こぎれい》なビルの一階の店に、トシヤともう一人の男は座っていた。昨夜降った雨のせいでいつもより湿気った空気を吸い込んで、トシヤは目の前に座る男に言葉を吐き出した。

「俺は美味《うま》い飯を奢《おご》ってくれるって言うからついてきたんですけどね、ハラキ先輩」

目の前のスーツ姿の男、ハラキは飄々《ひょうひょう》と笑って両腕を軽く広げてみせた。

「美味い飯じゃないか。コーヒーは美味い、店の雰囲気もいい。他に何の不満があるって言うんだ？」

「ここが女子供に大人気のケーキ専門店だってことですかね」

そう、ここはケーキ専門店「アリス」。店内はピンクを中心とした明るい配色で纏められており、所々には女子供に好まれそうなぬいぐるみや雑貨が置いてある。机や椅子もまるでおもちゃのようで、背の低い椅子に座っているせいで、高身長の二人は二人とも足が余ってしまっていた。ハラキは一本取られたとでも言いたそうな仕草で陽気に笑った。

「そう言うな。一人じゃ恥ずかしかったんだよ」

「二人でも恥ずかしいですが？」

トシヤはハラキの顔をじろりと睨《にら》みつける。ハラキはまた声を上げて笑ってから、トシヤの機嫌が直らないのを見て、机の上のケーキを指差した。

「そんなに言うんならそのチーズケーキ貰うぞ？　要らないんだろ？」

「あげませんよ俺のです」

トシヤは即答すると、皿の横に置いてあったフォークを手に取った。

大きめに切られたチーズケーキの先端に、フォークをゆっくりと差し入れる。しっとりとした生地をフォークは簡単に両断した。

ケーキの欠片《かけら》を口の中に入れる。舌の上に滑らかな感触と爽《さわ》やかな味が広がり、トシヤはほんの少しだけ目を細める。

美味い。今時珍しい古典的な製法で作られたケーキらしいとは聞いていたが、ここまで工場で作られた既製品と差が出るものか。鼻に抜けるレモンの香りも、喉《のど》の奥に残るクリームチーズの味わいも、くどすぎずちょうどいい。

「どうだ美味いだろ」

「……はい」

「そのチーズケーキがここのオススメなんだよ」

「そうなんですか」

「製法も昔ながらの方法なんだが、クリームチーズにものすごくこだわっててな、なんでも――」

つらつらと自慢げに語り出したハラキを全く気にせず、トシヤはチーズケーキと向かい合っていた。次はどこを食べてやろうか。先端をもう一度攻めようか。それとも円周のキツネ色に色づいた部分を食べてやろうか。

口の端をうずうずと持ち上げるトシヤを見て、ハラキはまた笑った。

「お前本当に美味そうに食べるよなあ」

「そうですか？」

「そうだよ。普段は仏頂面なだけにこう、微妙な変化が分かりやすいというか」

「へえ、そうなんですね」

一切、ハラキの方を見ようともせずにトシヤは答える。それが生返事だとやがて気づいたハラキは、机に肘《ひじ》をついて、拗《す》ねたように唇を尖《とが》らせた。

「……聞いてないなお前」

「聞いてますって」

惜しむようにチーズケーキを平らげたトシヤはふーと満足そうに息を吐く。そんなトシヤに苦笑いした後、ハラキはふっと真剣な顔を作った。

「それでお前、異動希望先は出したのか？」

その言葉にトシヤは体を強張らせた。

トシヤとハラキは同じ警察署に勤める同僚だ。二十四歳であるトシヤに対して、ハラキは二十七歳の先輩である。

この街の警察では毎年、年度末前に希望を募っての部署異動が行われていた。最初の数年は選ぶことのできる部署は限られており、また希望が叶《かな》えられることも稀《まれ》であったが、三年目ともなれば選択肢も広がり、希望が通る可能性も高くなってくる。

ここでの選択が自分の将来をほぼ確定させるであろうことは明らかであり、トシヤはどの進路を選ぶか決めかねているのであった。

「刑事課――刑事事件を担当する課だ。分かりやすいな。警護課――要人警護が主な任務だ。交通課――地味だが縁の下の力持ちってやつだ。それからこれはあまりオススメしたくないんだが――」

「……特務課ですか」

ハラキは険しい顔で黙り込む。トシヤは手元のコーヒーで指先を温めながら問いかけた。

「ハラキ先輩、質問なんですが」

「なんだ」

「――特務課って実際のところ何なんです？」

特務課。それは民間人はおろか、警察内部ですらその詳しい任務内容を知らされていない謎の部署だ。ベテランの警察官ですら、接点がなければ誰が特務捜査官なのかすら分からないらしい。ハラキは眉《まゆ》を寄せながら、口を開いた。

「俺も詳しいことは知らない。だが、警察の人間でありながら警察外部で活動しているとも、この街で不可解な荒事が起きた時は必ず現れるとも言われている」

「不可解な荒事、ですか？」

ハラキは眉間《みけん》にしわを寄せたまま身を乗り出して、トシヤに顔を近づけた。

「バラバラ殺人だよ。――正確にはグチャグチャ殺人だがな」

「……グチャグチャ殺人？」

「死体がな、人間の原形が残らないほど酷い有様なんだそうだ。そういう現場に彼らは現れる。そして刑事部の奴らを追い出して、事件を解決しちまうらしい」

ハラキは小声でそう囁《ささや》く。縄張り意識の強い刑事部に対してそんな横暴が許される集団があるということが、トシヤは俄《にわ》かには信じることができず、疑いの目をハラキに向けてしまった。ハラキはそんな目を気にせず、顔を遠ざけて肩をすくめた。

「まあ、わざわざあそこを選ぶやつなんてそうそういないし、選んだとしても狭き門らしいからな！　気にすんな！」

そうやってはぐらかされ、トシヤは釈然としない思いを抱えながら冷めかけたコーヒーへと目を落とした。

「しかし美味かった！　また来ようなトシヤ！」

「ええ……またココにですか……」

確かに美味かったが気が乗らない。そんな気持ちを込めてハラキを見るも、二人分の支払いを終えたハラキは声を上げて陽気に笑うばかりだった。

厚手のレインコートを着込み、二人は店の外へと出ていく。外にはやはり雨の匂いが残り、降り続ける灰も心なしか湿っているように見えた。

「ごちそうさまでした、また奢ってください」

隣を歩きながらしれっと次を要求するトシヤに、ハラキは小さく苦笑した。

「お前はそういうところ本当に……」

「食べるのは好きなので」

「そういうことを言ってるわけじゃなくてな？」

やいのやいのと言い合いながら、二人は駅に向かって歩いていく。ハラキは呆《あき》れた様子ではあったが、そんなトシヤを非難する気はないようで、二人は二人とも上機嫌だった。しかし——

「きゃあああああ！」

突然甲高い悲鳴がどこかから響き渡り、二人は立ち止まって顔を見合わせた。周囲の人々も悲鳴が聞こえた方を振り返ってざわついている。二人は頷《うなず》きあうと、そちらに向かって走り出した。

人混みを掻《か》き分《わ》けていった先にあったのは、三階建ての小さな雑居ビルだった。

「警察です。何があったんですか」

「あ、あのビルの中から何かが飛び出してきて……」

見物人の先頭にいた女性を捕まえて尋ねると、女性は震える声でそう答えた。トシヤが辺りを見渡すも不審な人物は見当たらない。

「そいつはどこに？」

「すぐにビルの中に戻っていって……」

「歩いてた人が一人引きずりこまれたんです！　きっとワニか何かですよ！　どこかから逃げ出し

てきたんだ！」

興奮した様子の男が割り込んできて、そうまくしたてる。トシヤが追いついてきたハラキを振り返ると、ハラキは本部に応援を要請しているところだった。

「立てこもりか何かのようです。ワニを見たという話もあるので、もしかしたら猛獣が人を襲ったのかも」

「そうか、なら一刻の猶予もないな」

どこからやってきた獣なのかは見当もつかないが、今ここにいるという事実がある以上は見過ごせないだろう。

「とりあえず応援が到着するまでその攫《さら》われたって人を捜す。……まだ間に合うかもしれないからな」

ハラキの言葉に頷き、トシヤは道端に放置してあった鉄パイプ（外壁工事中か何かだったのだろう）を拾い上げた。心許ないが無いよりはマシだ。

「行くぞ」

「はい」

二人は隣り合うと、それぞれ左右を警戒しながらビルの中へと入っていった。

ビルの中は荒れ果てていた。別に長い間使われてこなかったというわけでもないのに、椅子や机はなぎ倒され、ドアは歪《ゆが》み、まるで巨大な何かが暴れまわった後のようだ。

その状況に顔をしかめながら二人は慎重に歩みを進めていく。すると狭い階段の向こう側、エレベーターホールに異様なものが見えてきた。

それは恐らく人間の死体だった。恐らく、というのはほぼ原形を留めていなかったからだ。頭と手足は噛《か》みちぎられ、内臓も掻き回されてしまっている。辛うじてそれを人間と断ずることができたのはボロボロになった服を着ていたからだった。

「間に合わなかったか……」

苦々しく言うハラキをよそに、トシヤは死体から目を離せないでいた。原形が残らないほどグチャグチャにされた死体。これじゃあまるで――

「例のグチャグチャ殺人……」

いいや、違う。今回のこれは猛獣の仕業だ。人間の仕業なんかじゃない。無関係だ。

――それより、まだ生き残っている人がいるかもしれない。

トシヤは踵《きびす》を返すと、通り過ぎてきた他の部屋を探そうと走り出した。

「待て、トシヤ！　先走るな！」

死体を検分していたハラキがトシヤを追いかけてくる。しかし、ちょうど階段の横を通り過ぎた瞬間、ハラキの姿は何か巨大なものによって横から押し潰《つぶ》された。

「え」

それは階段の上から飛び降りてきたもののようだった。きっと階段に隠れていたのだ。混乱する頭でそこまで考えた後、トシヤはようやく、壁と、二メートルはありそうな巨大な生物の間に挟まれて潰れてしまったハラキの姿に気がついた。

「ハラキ、先輩」

その生物はゆっくりと壁から体を離す。潰れてしまったハラキの体は力なく地に落ちる。化け物はそんなハラキに向かって巨大な口を大きく開けた。――何をしようとしているのかはトシヤにもすぐに分かった。

「や、やめろおおおお！」

握り込んだ鉄パイプを振り上げ、化け物の頭部に打ち付ける。化け物は一瞬動きを止めたが、すぐに太くて長い尾でトシヤの体を吹き飛ばした。

「あっ、ぐぅ……」

壁に勢いよく打ち付けられ、トシヤは地面へと倒れ伏した。頭を打ってしまったようで全身がうまく動かない。揺れる視界の中、トシヤは這《は》いずって化け物の方を見る。かすかに見えた光景と音にトシヤは目を見開いた。

バリバリ、バリバリ、グチャグチャ。

咀嚼《そしゃく》音、咀嚼音、嚥下《えんか》音。化け物の巨大な体の向こう側でハラキのだらりと落ちた腕がビクビクと跳ね回る。

「せんぱい、先輩……！」

助けに行かなければ。もう手遅れだ。なんで、どうしてこんなことに。ほんの数十分前まで一緒に食事をして笑いあっていたっていうのに。

ぐるぐると回る思考を処理しきれず、トシヤは体を硬直させて全てを見続けることしかできなかった。

やがて満足したのか化け物はハラキの体から顔を離した。そしてトシヤの方を振り返ると、ゆっくりとこちらに向かって歩み寄ってきた。

「はっ、はぁっ……」

死ぬ、殺される。鱗《うろこ》に覆われた巨大なトカゲのようなそれの顔を正面から見てしまい、トシヤは浅く息をした。

化け物は四足歩行でトシヤににじり寄ってきた。半開きになった口からは血の臭いのする息を吐き出し、そこから覗《のぞ》く鋭い牙《きば》をまるで見せつけているかのようだった。

一歩、二歩。狭い廊下をあっという間に横切ると、化け物はトシヤに顔を近づけ、口を大きく開けた。トシヤはその口の中に収まる直前まで、化け物から目を逸《そ》らせずにいた。しかし──

「ギャアアア！」

突然悲鳴とともに化け物の体はトシヤの前から吹き飛んだ。そう、まるで入口から飛び込んできた何かに横からタックルされたかのように。

「ギャア！　ギュアアア！」

化け物の悍《おぞ》ましい悲鳴が響き渡る。やっとのことで体を起こしそちらを振り返ると──そこには化け物を食らう二匹目の化け物が蹲《うずくま》っていた。

バリバリ、グチャグチャ。

圧倒的な力で敵を押さえつけ、二匹目の化け物は一匹目の化け物を咀嚼していく。その体表は銀色の鱗に覆われ、手足には鋭い爪、尻《しり》には太くて長い尾があった。

やがて化け物は化け物を食い終わり、こちらを振り返った。

──化け物のその真っ赤な目と、目が合った気がした。

トシヤが次に目を覚ましたのは、警察の保有する特殊な病院だった。目が覚めてから数時間、何が起きたのか呑み込み切ることができずトシヤは呆然《ぼうぜん》としていた。しかしそんなトシヤには構わず、一人の慇懃《いんぎん》無礼な訪問者がトシヤのもとを訪れたのだった。

「あれはある病の発症者です」

「病……？」

それはスーツを着た若い女性だった。胸に付けられた名札には「トガク」と書かれている。この病院にいるということは警察関係者なのだろう。しかし彼女は所属を名乗ろうともせず、突然そう切り出した。

「あれっていうのはあの化け物のことか？　病っていうのはどういうことなんだ。まさか――あれが人間だなんて言うんじゃないだろうな」

混乱しながらも震える声でトシヤは言い募る。しかしトガクは感情を一切見せない目でトシヤに言い放った。

「これ以上は機密情報です。知りたいのなら――」

トガクは手元のファイルから一枚の紙を取り出した。

「こちらを、お受けください」

手渡されたそれに目を通す前に、トガクは「失礼します」と言って病室から出ていってしまった。残されたトシヤは手元の紙に書かれた単語に目を見開いた。

「特務捜査官……」

＊

六ヶ月後。特務課の訓練を無事にパスしたトシヤは、街の郊外にある研究施設へとやってきていた。今日が特務捜査官になるための最後の試験。うまく立ち回らなければ――最悪死ぬ。

「31番。彼が新しいパパだよ。仲良くするように」

白衣の研究員に連れてこられたのは、水色の手術衣を着た一人の少女だった。

まるで雲が立ち込める空を映したかのような灰色の髪。裂けた口から覗く牙。額から生える二本の角。そしてその目は――血のような濃い赤色をしていた。

「パパ！」

31番と呼ばれた少女はトシヤを指差して、嬉《うれ》しそうにそう言った。言われた側のトシヤは心底嫌そうに眉根《まゆね》を寄せる。それを見た研究員は片眉を跳ね上げると、31番の手を引いて踵《きびす》を返した。

「さあ行くよ、31番。訓練をパパに見せてあげよう」

研究員は31番を引きずるようにして連れていく。31番は何か言いたそうにしきりにトシヤの方を振り返っていたが、すぐに自動ドアの向こう側へと消えていった。

トシヤが選択した進路――特務捜査官とは人が化け物になる病、『カミガカリ病』への対処のために結成された組織だ。街の住民に『カミガカリ病』のことは知らされていないため、特務捜査官は警察の直轄ではなく、独立した組織として運営されている。

特務捜査官のことを詳しく知らない者や構成員からは便宜上、警察庁特務課とは呼ばれているのだがそれはさておき。

特務課の研究員たちは多くがこの研究所で働いているのだが特務捜査官は違う。特務捜査官は街で起こる発症者の事件に対処するため、市井の人々の間に交じって一般人のふりをして暮らしているのだ。

そしてこの街に降る『灰』は、『カミガカリ病』の発症を抑える抑制剤らしい。それゆえに雨の次の日は抑制剤の効果が弱まり、『灰』の効果を抑えてしまう薬物――『ヒミコ』服用者の発症が頻発する。

発症者は必ず殺さなくてはいけない。『ヒミコ』服用の疑惑がある者も同罪だ。でなければまた、ハラキ先輩のような犠牲者が——

「——31番、訓練を開始します」

淡々としたアナウンスが響き、思案に暮れていたトシヤの意識は引き戻される。備え付けのモニターを見上げると、そこには服を脱ぎ去った31番の姿と、その前に置かれた巨大な訓練人形の姿が映っていた。

開始アナウンスを受けた31番は、手に持っていた薬を口に放り込んで噛み砕いたようだった。十数秒後、彼女の体は突如膨れ上がり始めた。肉が盛り上がり、肌は鱗に覆われ、手足の先には鋭い爪が生えてくる。やがて31番は二メートルほどの化け物へと姿を変えた。

——これが発症者に対抗するために生み出された人型兵器『ネコ』だ。

ネコは、『ヒミコ』を投与してもある程度自我が残るように作られた人造人間だ。通常『ヒミコ』を投与された人間は、強い酩酊《めいてい》感や幻覚を見た後、過剰摂取によってネコたちと同じような化け物に成り果てる。

しかしネコは化け物の姿から人間の姿に戻ることができるように調整されており、そんなネコを特務捜査官が使役することによって特務課は発症者たちの対処に当たっているのであった。

化け物に成り果てた31番は、目の前の訓練人形へと飛びかかった。訓練人形の体長は三メートルほどあり、31番よりも遥《はる》かに大きかったが、彼女はそれを物ともせずに訓練人形の首へとしがみつき、床へと押し倒した。

訓練人形も何もしていなかった訳ではない。31番が変貌《へんぼう》を遂げた瞬間、彼女に掴《つか》みかかろうと体を動かしていた。しかし、31番の初動が圧倒的に速すぎたのだ。

異形の少女は訓練人形の頭に噛み付くと、たったの一噛みでその頭を食いちぎった。ガリガリと音を立てて、31番は人形の頭を噛み砕いていく。ビーッとブザーが鳴り、訓練の終わりを告げた。

「訓練終了。31番、人型に戻りなさい」

単調な命令音声が室内に響き渡る。しかし31番は音声には従わず、鋭い牙を人形の首へと突き立て、バリバリと捕食を続けていた。

「繰り返します。31番、人型に戻りなさい」

強い口調で命令され、ようやく31番は顔を上げると、声の出所を探すように数度頭を巡らせ、それから大きく息を吐くような仕草をしてスルスルと元の少女の姿へと戻っていった。

トシヤはそんな彼女の姿を目《ま》の当たりにして、背中に汗が噴き出すのを感じていた。

同じだ。あいつは、ハラキ先輩を食った連中と同じなんだ。

話では聞いていたがいざ目の前で動いているそれを見てしまうと、トシヤは全身に震えが走るのを止められなかった。今でもはっきりと思い出せる。ギラギラと輝くあの目、鱗に覆われた体、そして先輩の血に汚れた鋭い牙。トシヤは震える両手をきつく握りしめた。

そんなトシヤに一人の男が声をかけてきたのはその時だった。

「あいつが相棒とは運がなかったな」

振り返ってみるとそこにいたのは、特務捜査官としての大先輩にあたる人物だった。養成所で顔だけは知っていた男性だったが、胸元に付けられた名札によれば、四十代ほどの彼の名前はロウというらしい。

「ほれ、コーヒー。飲むだろ?」

「あ、ありがとうございます……」

ロウに手渡されたのは廊下の自販機で買える、紙コップの擬似コーヒーだった。数秒間、震える指先を温めてから擬似コーヒーに口をつける。予想通り、古紙を焦がしたかのような苦くて渋い味がした。

「あいつは俺たちの間でも有名な問題児でな」

ロウは自分もコーヒーを啜《すす》りながら、訓練室を映したモニターを見やる。モニターの向こう側では31番が完膚なきまでに破壊した訓練人形の回収が行われていた。

「何しろ一年半で三人の捜査官を死なせてる」

初めて聞く情報に、トシヤは目を見開いて床を見た。抑え込んだはずの震えがまた蘇《よみがえ》ってくる。

「情を移したりするんじゃないぞ。……早死にするからな」

ロウはトシヤの肩にぽんと手を置いて言った。トシヤは震えを呑み込むと、覚悟を決めた眼差しでまっすぐに前を見た。

「『ネコ』はただの道具です。情なんて移るわけありません」

「そうか。だったら大丈夫だな」

ぽんぽんと数度肩を叩《たた》くと、ロウはトシヤから離れていった。

「じゃあな、面談の健闘を祈るよ」


三メートル四方ほどの小部屋で、トシヤと31番は向かい合って座っていた。ここは面談室。ネコと特務捜査官の相性を見るための最後の試験の場所だ。

31番は機嫌良さそうに足をぶらつかせ、じっとトシヤを見ていた。対するトシヤは難しい顔をしながら、目を斜め下に逸らしている。

このネコは見た目通り五歳程度の知能しかない生き物だ。しかしその力は少女の姿を遥かにしのぎ、その気になれば特務捜査官の首を一瞬でへし折ることすらできる──らしい。

それを防ぐために養成所で教えられた「死にたくないなら守るべきこと」が三つある。

主従関係をはっきりさせること。

番号以外で呼ばないこと。

決められた食事以外与えないこと。

必ず守れ、というわけではないのは不可解だったが、どれも飼い主とネコの良好な関係を築くには必要不可欠なもののように思えた。

いつまで経っても喋《しゃべ》ろうとしないトシヤを不審に思ったのか、31番は首をこてんと傾《かし》げて尋ねてきた。トシヤは目を逸らしたまま吐き捨てた。

「どうしたの、パパ?」

「パパと呼ぶな。俺はお前の親じゃない」

冗談じゃない。こんな化け物にパパ呼ばわりされるなんて。こいつは先輩を殺したのと同じ発症者なんだぞ。

二人の間に沈黙が満ちる。トシヤが31番の方をちらりと窺《うかが》うと、31番はトシヤの言葉をじっと待っているようだった。

「……トシヤだ」

その視線に耐えられず、トシヤは仕方なく名乗った。

「トシヤと呼べ、31番」

するとと31番はパッと顔を明るくして、両手を上げて言った。

「ミィだよー！」

「……何がだ、31番」

言われた意味が分からず、トシヤは尋ね返す。31番はぴょんっと椅子の上に立ち上がると、机の向かい側のトシヤに顔を近づけて覗き込んできた。

「31番じゃなくて、ミィだよ？」

やや考えてトシヤはその言葉の意味に思い至った。31番だから31（ミィ）。語呂合《ごろあ》わせか。きっと前任の捜査官にでも呼ばれていた名前なのだろう。ネコは番号で呼ぶべきなのになんて不用心な。

「椅子に立つな、31番」

冷たく言い放つと、31番は意外にも素直にそれに従った。椅子に座りなおし、ちょこんと大人しくしている。しかしほんの数分後にはまた足をぶらつかせ始め、何がおかしいのか笑顔でトシヤの名前を呼び始めた。

「トシヤー」

「……なんだ」

「えへへ、トシヤー」

そんな不可解なやり取りをして数分。ビーッと突然響いたブザー音によって面談は終了した。

研究員に連れていかれる31番を見送り、トシヤは内心ホッと胸を撫で下《お》ろした。全く内容のない面談になってしまったが、これはこれでよかったのだろう。俺にはあの化け物を御せる自信はない。

きっとこれで、俺には新しいネコがあてがわれるはずだ。

しかし十数分後、部屋に現れたのは、上機嫌な31番を連れたロウの姿だった。

「面談の結果は合格だ。以後こいつとバディを組め」

ロウの言葉にトシヤは目を見開く。31番は笑顔でトシヤに駆け寄ると、足元にじゃれついてきた。

ロウはそんなトシヤに苦笑いを向けた。

「『別の人じゃ嫌だ、トシヤがいい』だそうだ。本当に運がないな、お前は」


二週間後、「灰の街」郊外の研究施設。街の区画を再現した訓練ルームに31番は立っていた。今日の訓練は「チーズ」の捕獲。街中での敏捷《びんしょう》性を高める訓練だ。

「――31番、訓練を開始します」

ブツッとマイクが切られ、31番は一人室内に取り残される。しかし彼女に真剣さはまるで無く、鼻歌でも歌い出しそうな雰囲気で辺りをきょろきょろと見回すばかりだ。

31番は数歩歩いて、自分の斜め上にあるものに気がついて目を輝かせた。それは軒下につけられたカメラだった。31番はカメラに走り寄ると、カメラに向かって大きく手を振って飛び跳ねた。

「トシヤー!」

笑顔で手を振ってくる31番に、モニターで観察していたトシヤは頭痛をこらえるように額に手をやった。

一方、部屋の中にいる31番の目の前には小さな影が横切ったところだった。

「あっ!」

それを視界に入れた31番は、両手を伸ばして駆け出した。

「チーズ！」

地面を蹴《け》り、置かれた備品を蹴り倒しながら31番は走り回る。途中何度も派手に転び、しかし標的を見失うことはせず、数分の追いかけっこの末に31番はチーズを捕まえた。

「2分17秒03。平均以下のタイムです」

「……そうですか」

研究員から告げられた結果に、トシヤは顔をしかめて答える。

31番の足は遅いわけではなかった。むしろ速い方だ。しかし他のネコに比べると、31番には圧倒的に集中力が足りていないのだった。

どうしたものかと考え込んでいると、自動ドアが開いて、31番がトシヤめがけて突進してきた。

「トシヤー！」

ぶつかられたトシヤは派手によろめいたが、なんとか踏みとどまって体勢を立て直した。なめられている。これは絶対にネコになめられている。31番はトシヤを見上げて何かを主張しているようだったが、トシヤが反応をしないことに気づくと、手に持っていたネズミの尾をガリガリとかじり始めた。そんな彼女をトシヤはチラリと見下ろした。31番はトシヤを見上げて首を傾げた。

「トシヤも食べる？」

「要らん。さっさと食え」

トシヤが冷たくはねつけると、31番は差し出したチーズをしまいこんだようだった。その時、自動ドアが滑るように開き、研究員が31番に近づいてきた。

「31番、検査の時間です」

「……はーい」

31番は不満そうな顔のままトシヤのもとを離れて、研究員とともにドアの向こう側へと消えていった。トシヤは大きくため息を吐《つ》いた。

「調子はどうだ、トシヤ?」

「ロウさん……」

いつのまにかトシヤの背後にいたのは、先輩捜査官のロウだった。ロウは傍らに肩の上で切りそろえられた黒髪の少女を連れていた。額に小さな角が一本生えていることから考えるに、彼女がロウのネコなのだろう。

「あまり良くないです。どうしても思い通りに動いてくれなくて……」

「そうか、やっぱりな……」

ロウはそう言うと、顎《あご》を押さえてううんと考え込んだ。その時ふと視線を感じてトシヤが下を見ると、ロウのネコがじと目でトシヤを見やっていた。トシヤがそれに見つめ返すと、ネコはトシヤからふいと目を逸らした。

「そうだな。トシヤ、そろそろ31番を家に連れ帰ってみたらどうだ」

突然の提案に、トシヤはぎょっとした顔でロウを見た。

一人前の捜査官は、相棒のネコと完全に同居して暮らすことになっている。しかしそれはネコと捜査官の間に主従関係が確立されてからの話であり、最低でも数ヶ月の間は捜査官が施設にいるネコのもとに通って関係を構築する必要がある。

「しかし……自分はまだ31番とは……」

「何、昔から言うだろう。習うより慣れろだ。意外と何とかなるかもしれないぞ?」

ロウの無責任にも聞こえる言葉を受けて、トシヤは何も答えることができなかった。確かに今のままでは何も変わらないのだ。俺たちには何かきっかけが必要なのかもしれない。

「まああまり悩みすぎるな。こういうのは感覚に頼るところも大きいから――ちょっと待て」

突然、ロウの持つ端末が震え出し、ロウはトシヤとの話をやめた。そして端末を確認すると、一気に渋い顔になった。

「緊急召集だ。街で発症者が出たらしい」

発症者。つまりまたあの化け物が街に現れたということか。トシヤは体の奥底から震えが走るのを感じた。ロウはそんなトシヤの肩をぽんと叩いて、にやりと笑った。

「ちょうどいい。トシヤ、お前も来い」


灰降る街の片隅。工場の事故によって汚染区域に指定され人の立ち入らない――逆に言えばそこにしか居場所のない貧困層の住む区域に緊急車両が滑り込んでくる。

現場はすでに封鎖され、ガス事故だという虚偽の説明によって住民の避難もほとんど済んでいた。

「先に二組の捜査官が入ってる」

車両から降りながらロウは言う。ロウに続いてトシヤと31番、それからロウのネコが油断なく車から降りてきた。

「俺たちは対象を逃がさないための後備えだ。まあそう緊張せず気楽にいこう」

そうは言われても、これは捜査官としてのトシヤの初陣だ。しかもこんなに御せていない状況でネコを連れてきてしまったのだ。トシヤが緊張しない道理はどこにもなかった。

ロウの持つ通信機が震え、現場の状況を吐き出す。

「対象は複数。サラシナ通り沿いのビルに潜伏している。現在出入口を封鎖し、対象を屋上に追い立てている。上からの援護を頼む」

「了解。17番、援護に回る」

通信を切り、ロウは自分のネコを見下ろす。

「聞こえたな、17番。隣のビルから挟み討ちだ」

「はい、マスター」

ネコ——17番は表情一つ変えずに答えると、目にも留まらぬ速さで立入禁止区域の中へと駆け込んでいった。

「あっ、ミィも行くー！」

とんでもない言葉が聞こえてきて、トシヤはぎょっと31番を見下ろす。言うが早いか31番は楽しそうに走り出しており、トシヤは慌ててその後を追おうとした。

「ま、待て、31番！」

31番はバリケードを乗り越え、あっという間に消えていってしまう。トシヤもまた、バリケードを乗り越えて追おうとしたが、後ろから襟を掴《つか》まれ引き戻された。

「やめておけ。未熟なネコの戦闘に捜査官はついていくべきじゃない。……前の三人はそれで死んだんだ」

「しかし、このままじゃ31番が逃亡する可能性が……！」

「何、うちの17番が一緒だからな。いざとなればどんな状態にしてでも連れ帰ってくるだろうよ」

気楽にそんなことを言うロウに胡乱《うろん》な眼差しを向けながらも、トシヤはそれに従った。

遠くで聞こえる悲鳴や怒声、破壊音を生きた心地がしないまま聞き続けて十数分。31番は17番に手を引かれて、トシヤたちのもとに戻ってきた。

「トシヤ！」

トシヤを視界に入れると、31番はパッと顔を明るくしてトシヤに駆け寄ってきた。

「聞いて聞いて！　ミィ、たくさん倒したよ！　すごい？　すごい？」

足元にじゃれついてくる血まみれの31番に、トシヤは恐ろしく嫌そうな顔をすると、大声で怒鳴りつけた。

「どうして命令を無視した！」

31番はびくりと肩を震わせると数歩トシヤから後ずさった。

「トシヤ怒ってる……？」

窺うような目で見られ、トシヤの苛立《いらだ》ちはさらに高まる。31番はしゅんと項垂《うなだ》れた。

「ごめんなさい……」

気まずい沈黙が辺りに流れる。トシヤはさらに31番に対して声を張り上げようとしたが、ロウがやってきてそれを止めた。

「まあまあ無事だったんだからいいじゃないか。それより二人とも疲れただろう。ここはいいから、もう家に帰りなさい」

家に。つまりこの化け物を自宅に連れ帰るということだ。まだ意思の疎通もろくにできていないこの化け物を。トシヤはロウに異を唱えようとした。

「しかし……！」

「これ以上ここにいても後処理の邪魔なんだ。分かるな？」

「……はい」

そう言われてしまえばトシヤには返す言葉もない。ロウは明るく笑ってトシヤと31番を交互に見た。

「まあなんだ。後のことは俺が責任取るから、二人とも、仲良くするんだぞ？」


白い灰の降る街を、フードを目深《まぶか》に被ったトシヤと、血を洗い流して着替えた31番は歩いていく。大通りを歩いているため、道行く人々の表情も心なしか明るく見える。

そんな街をトシヤは31番のことを気にせず早足で歩いていき、後ろをついてくる31番はほとんど走るような形になってしまっていた。

ネオンがちかちかと壁面で輝いている。レインコートを着た人々が、ショーウィンドウを覗《のぞ》き込んでいる。そんな店のうちの一つにトシヤはふと目をやって立ち止まった。

そこはケーキ専門店「アリス」。ハラキと最後に行ったあの店だった。「アリス」はあの事件があった前と全く同じ様子で営業していた。ガラス越しに見える店内では、多くの女性客が美味《おい》しそうにケーキを食べている。一番近くに座っている客の目の前にあるのはチーズケーキのようだ。

「……チーズケーキ、か」

思わずぽつりとトシヤは呟《つぶや》いてしまっていた。すると、31番はトシヤを見上げて目を輝かせた。

「チーズっ⁉」

それは訓練に使われるあのネズミを指しての言葉だったのだろう。トシヤは眉間《みけん》にしわを刻むと無感情に言い放った。

「チーズじゃない。行くぞ」

住宅密集地の只中《ただなか》にあるサクド駅からほど近く、七階建てのマンションの五階がトシヤの住む家だ。

トシヤが鍵《かぎ》を開けてドアを引くと、傍らに立っていた31番が待ちきれないといった様子で中に飛び込んだ。

「31番！」

怒声を飛ばされ、31番はぴたりと足を止めて恐る恐るトシヤを振り返った。トシヤは足元を指差した。

「靴を、脱げ」

31番は玄関に戻ってきて靴を脱ぐ。トシヤはそれを見届けてから自分も靴を脱いで、整えた。31番はしゃがみこんでそれをじっと見ていたかと思うと、トシヤの真似をして両手で自分の靴を揃えた。

トシヤはそれを見てどこか複雑な気分にはなったが、それを言葉に表すことはせずに、さっさと部屋の奥のキッチンへと向かった。

一応、31番の背丈に合わせた替えの服も預かってはきているが、それは後でもいいだろう。とにかく今は疲れた。早く飯を済ませて寝てしまいたい。

トシヤは一人用の炊飯器に三分で炊ける戻し米をセットしてスイッチを入れた。おかずはもうレトルトでいいだろう。パウチに入ったスカスカに乾燥した肉を皿に出し、上から湯をかけるだけで見る見るうちに四角く成形された合成肉のハンバーグが出来上がっていく。既製品特有のくどすぎる肉の香りが充満し、トシヤは腹の虫が鳴るのを感じた。

本格的にネコと同居することになれば、このレトルトの世話になることも増えてくるだろう。本当は外食や自炊をするのが好きなのだが、そんな余裕も無くなるに違いない。せめてもう少しおとなしいネコならそれも叶《かな》ったかもしれないのだが。

成形された野菜ペーストを湯で戻しながらそんなことを考えていると、前方から強い視線を感じてトシヤは顔を上げた。そこにはカウンターにぶら下がってこちらを覗き込む31番の姿があった。31番の目はキラキラと輝いており、期待に満ちている。トシヤはため息を吐いた。

「お前のじゃないぞ」

そう言いながら炊き上がったごはんを茶碗《ちゃわん》に盛り、野菜ペーストとハンバーグの乗った皿を一緒に持って、トシヤはテーブルへと移動した。

さてどうしたものか。食器をテーブルに置き、トシヤはカバンからネコ用の餌皿と梱包《こんぽう》された銀色の袋を取り出す。袋を破ってみるとそこにあったのは、二センチほどの直方体のブロックだった。これがネコに与えるべき食事なのだ。

現状、俺はこのネコになめられている。どうすれば主従関係を示せるのか。

トシヤは餌皿にブロックを入れながら考え——とりあえず31番を動物扱いしてみることから始めることにした。

トシヤは31番の様子を窺《うかが》いながら餌の入った皿を床に置いた。そうしてから自分は椅子に座り食事を始めようとした。こうすれば流石《さすが》に31番も自分と人間が違うものだということが分かるだろう。

しかし31番は餌皿に歩み寄ると、さも当然のようにそれを拾い上げ、テーブルの上に置いて、自分はトシヤの向かいの椅子に座ってしまった。

「お、お前……！」

トシヤは怒りで立ち上がりかけたが、ニコニコと笑う31番に毒気を抜かれて、怒ることもできずに、へなへなと椅子に座りこんだ。

もういい。とりあえず食べよう。

そう決めると、トシヤは両手を合わせて言った。

「いただきます」

31番はそんなトシヤをじっと見た後、そっと自分の両手を合わせて、トシヤの真似をした。

「いただきます」

そうしてから31番はちらっとトシヤを窺う。トシヤはもう何を言うのも面倒になって、箸《はし》を持って、食事を口に運び始めた。

しかしその時、けたたましい呼び出し音がカバンの中に放置された携帯端末から響き渡った。トシヤは口の中に突っ込んだ肉を慌てて咀嚼《そしやく》しながら、カバンの方へと駆け寄る。そこに表示されていた文言に、トシヤは口の中の肉をごくりと飲み下した。

「緊急事態発生。至急現場に急行せよ」


幸い現場は自宅の近くだった。だがそれはつまり人口密集地であることを示している。こんな場所で大っぴらに発症者が暴れでもしたら大惨事が起きてしまう。トシヤはキープアウトのテープをくぐり、近くにいた捜査官に声をかけた。

「状況は」

「ああ、ネコつきの捜査官殿ですか！　助かった！」

捜査官は見るからに安堵《あんど》の表情を浮かべると現状を話し出した。

「ネコのいない部隊が強襲を受けたのです。現在、「灰」の銃弾で応戦し、マンションの一階に押し込めています。しかし発症者――正確には半分しか変異していないそうなので半発症者ですが、そいつが女性の人質を取っているようで、下手《へた》に手出しができない状況なのです」

状況は緊迫したもののようだ。どうするか。俺にできるのは31番を使うことだけだが、31番が素直に俺の言うことを聞くとは思えない。ついさっきも命令違反をして飛び出していったばかりなのだ。そんな奴をつれていくぐらいならいっそ自分一人で――

「トシヤ！」

思案に暮れていたトシヤの袖《そで》を引いて、31番は声を上げる。

「ミィは戦えるよ。ミィに命令して」

それはこれまで聞いたことのないほど必死な声だった。31番はトシヤの袖に縋《すが》り付いて、泣きそうな声で繰り返した。

「……もう命令無視しないから。だから一人で行かないで」

まるで心を読んだかのような言葉に、トシヤはぎくりと身を強張らせる。いや、そんなはずはない。俺の仕草を見て推測しただけだろう。

それよりもどうして急にこんなしおらしいことを言い出したんだ。もしかして――さっきはしゃぎまわったことを反省しているのか？

トシヤは31番の顔をじっと見下ろした。31番も真剣な眼差しでトシヤの方をじっと見ていた。

――先に折れたのはトシヤだった。

「……分かった」

背に腹は代えられない。こうしている間にも人質が食われているかもしれないんだ。トシヤは31番から目を現場の方に向けながら言った。

「次に命令無視したら廃棄処分の申請を出すからな」

「それでもいい。命令して」

31番もまた現場の方を睨《にら》みつける。

「発症者を処分し、人質を救出する。……行くぞ」

「うん！」

キープアウトのテープから離れ、マンション入口を包囲している部隊へと走り寄る。二言三言会話を交わした後、二人はマンションの中へと入っていった。

角で一度立ち止まり、誰もいないことを確認してから廊下に出る。住民たちは慌てて避難したのだろう。廊下には日用品がところどころに散乱し、いくつかのドアは開け放たれていた。

さてここからどうするか。一部屋一部屋確認していたのでは、人質の安否が危うくなる上に背後から襲われる可能性も高くなる。壁に身を預けながら息を吐いていると、31番はトシヤの袖をちょいちょいと引いた。

「トシヤ、こっち」

振り返ると、31番は廊下の右奥を指さしていた。

「薬のにおいがする」

『ヒミコ』のことだろう。そういえばネコには『ヒミコ』の匂いをかぎ分ける能力があったのだったか。

31番に従って廊下の右奥へと進んでいく。その間、31番は無駄口は一切叩《たた》かず、ただ真剣な面持ちで足音を殺しながら前に進んでいた。

なんだ。やればできるんじゃないか。感心しながらその後ろを歩いていくと、31番は突然立ち止まり、トシヤに手のひらを向けた。──止まれの合図だ。

31番の目の前には開け放たれた部屋のドアがあった。その中からはかすかに物音が聞こえてくる。ここで間違いないだろう。トシヤは31番に「ヒミコ」を手渡した。31番はそれを口の中に放り込む。

「31番、先に行って陽動できるか」

無言でこくりと頷《うなず》くと、31番は音もなく部屋の中に走り込んでいった。直後、何かを蹴《け》り飛ばす音が響き、焦った様子の男の声が聞こえてくる。

「な、なんだてめえ！　放せ！」

陽動は成功のようだ。トシヤは部屋の中に走り込むと、化け物と化した31番が食らいついている半発症者の頭めがけて、三発発砲した。

「ぎゃああ！」

発症者は頑丈だ。一発頭を撃たれたぐらいでは死なない。しかし、怯《ひる》ませることならばできる。仰《の》け反《ぞ》った半発症者の頭部に、31番は食らいついて噛《か》み砕《くだ》いた。ゴリ、と何かが折れる音がして、直後、半発症者の体はだらりと脱力する。

任務は成功だ。俺たちでもできたんだ。トシヤはほっと息を吐き、辺りを見回した。すると、部屋の隅で震えている人質の女性が目に入った。よかった。こちらも無事だったか。トシヤは彼女に歩み寄り声をかけようとし――しかしその直前に、化け物の姿の31番が彼女に向き直った。

一歩、一歩、確かめるように31番は彼女へと近づいていく。その様子に人の姿に戻ろうとする兆しは無く、ただ彼女を襲って食らおうとしているようにトシヤには見えた。

「な、何してる、止《や》めろ、31番!」

トシヤは大声で31番を止めた。31番はぴたりと足を止め、不思議そうに振り返った。よかった。言うことを聞いた。取り返しのつかないことになるところだった。

しかしその直後――それまで震えていたはずの女性の体は一気に膨れ上がり、31番の肩口に噛みついて、向かいの壁まで31番を吹き飛ばした。

「なっ……!」

女性の体は今や二メートル以上にも膨れ上がり、その体にはびっしりと鱗《うろこ》がへばりつき、その口には鋭い牙《きば》が生えていた。――発症者だ。

彼女は咄嗟《とっさ》に動けないでいる31番に食らいつき、ぶちぶちと肉を食いちぎった。血が噴き出て、化け物越しに見える31番の手足がびくびくと震える。

同じだ。あの時と、ハラキ先輩の時と同じだ……!

「やめろおおお!」

がむしゃらになったトシヤは震える手で銃を構え、発症者に向かって五回引き金を引いた。重い銃声が響き、「灰」の銃弾が発症者にめり込んでいく。発症者はおもむろに立ち上がると、ぶるぶると体を震わせ、銃弾を振り落とし、トシヤの方を振り向いた。

発症者の真っ赤な目と目が合う。トシヤは全身に震えが走るのを感じた。殺される。このままじゃ殺される。

慌てて腰に吊《つ》った弾倉を取り出し、リロードする。しかし銃口を再び向けたその瞬間、発症者は猛烈な勢いでトシヤに突進してきた。

「トシヤ！」

発症者を後ろから引き留めたのは31番だった。31番は発症者の首に噛みつき、必死でその場に留めようとしていた。

「ううーっ！」

しかし、31番の顎《あご》ではその発症者の首を一度に噛み切ることはできず、発症者は体をぶんぶんと震わせて31番を振り払った。トシヤはその隙を逃さず、発症者に発砲した。しかし、効いている様子はない。肌が硬すぎるのだ。

発症者は素早く手を動かすと、ちょうど弾切れになってリロードをしようとしていたトシヤを掴《つか》み上げた。

「うごくな」

立ち上がってきた31番に対して、発症者はトシヤを見せつける。

「こいつがどうなってもいいのか」

31番は戸惑っているようだった。動きを止め、こちらを窺《うかが》っている。発症者はトシヤの体を握りこんだ。ぎしぎしと体中が軋《きし》み、何本か骨が折れた音がした。トシヤは息も絶え絶えになりながら、31番に指示を飛ばした。

「俺は、いい、さっさとこいつを、殺せ」

31番は動かなかった。動こうとしなかった。トシヤは苛立《いらだ》って、叫んだ。

「どうして躊躇《ためら》う！　お前たちは、化け物を殺す化け物として作られたんだ！　それ以外のことなんて、必要ないはずだ！　それがお前たちの在り方だろう！　31番！」

それでも31番は動かなかった。発症者はにやりと笑うと、トシヤの体を壁めがけて勢いよく投げつけた。

「トシヤ！」

31番はほとんど悲鳴のように叫ぶと、素早く駆け寄ってトシヤを受け止めた。その隙に発症者は窓を破ってマンションの外へと逃げていった。拘束から解放されたトシヤは、げほげほと咳《せき》をして新鮮な空気を吸い込んだ後、自分よりも背丈の高い31番を怒鳴りつけた。

「馬鹿！　どうして追わなかった！　お前の仕事はあっちだ、31番！」

「……なかった」

31番は俯《うつむ》いて、絞り出すように呟《つぶや》いた。腕の中のトシヤに、ぽたぽたと雫《しずく》が落ちてくる。

「死んでほしくなかった……」

震える声でそう告げられ、咄嗟にトシヤは何も答えられなかった。その代わりに息を吸い込み――肺の方からせり上がってきてしまったものを一気に吐き出した。

ごぼりと血が口からあふれる。肺にあばら骨でも刺さったのだろう。それを見た31番はさらに大声で泣き出した。

「トシヤ死なないでえ……‼」

まるでただの子供のようにわんわんと泣く巨体の31番に、トシヤは途方にくれる。なんなんだ。どうしろっていうんだ。

「トシヤーー！　うわあああん！」

ああ、そうか。薄れゆく意識の中、トシヤは不意に納得する。

主従云々じゃない。こいつはただ俺のことを想っているんだ。

まいったなあ。頭上で泣き続ける31番にトシヤは困り果て――そのまま意識を手放した。


次にトシヤが目を覚ますと、そこは特務課直属の病院だった。真っ白な天井をぼんやりと見上げて数分、慇懃《いんぎん》無礼なスーツ姿の女性――トガクがやってきたのはその頃だ。

「派手にやりましたね」

呆《あき》れきった声でトガクは言い放つ。トシヤはぼんやりとした頭のまま、まばたきをした。

「腕の骨一本、肋骨《ろっこつ》二本、肋骨が刺さって肺に穴が開き、血がかなり失われていました。この病院の設備で既に繋げてありますが」

「……31番は？」

トシヤの言葉に、トガクは心底嫌そうに顔を歪《ゆが》める。咄嗟に間抜けな質問をしてしまったことに気付いたトシヤは何かを言おうとしたが、良い言い訳も思いつかずに黙り込んだ。

「ずっと張り付いていたので、上官命令で引きはがしたんです。連れてきましょうか？」

「……頼みます」

流されるままにトシヤが頷くと、トガクは足音一つ立てずに部屋から退出していった。数分後、控えめなノック音がして、病室の引き戸がそっと開かれた。

「トシヤ……」

おそるおそる入ってきたのは水色の手術衣を着た少女――31番だ。31番はおずおずとトシヤに歩み寄ると、あるものをポケットから取り出した。

「トシヤ、これあげるから早く元気になって……」

そう言ってトシヤの手に握らせたのは、尻尾《しっぽ》のないネズミの死骸《しがい》だった。トシヤは一度大きく顔を引きつらせたが、それが何なのかに思い至り、怒るに怒れなくなった。これはチーズだ。ネコたちの大好物のネズミ型のおやつだ。

「命令違反したミィは廃棄処分でいいから、トシヤは元気になって……」

そんな殊勝なことを言われてしまえば返す言葉も出てこなくなり、トシヤはぐっと黙り込み――それから天井に視線を移して大きく息を吐いた。

どうしたものか。こんな風にまっすぐに好意を向けられて、無視し続けるのも疲れた。31番はトシヤの右手にぐいぐいとチーズを押し付けてくる。正直痛い。トシヤは31番を見た。泣きそうな顔の31番を見た。

――そうだな、ここは譲歩してしまおう。

「それは自分で食べろ。俺には食べられないから」

31番は愕然《がくぜん》とした顔でトシヤを見た。その顔がおかしくて、少しだけトシヤは笑ってしまった。

「その代わりと言ってはなんだが……」

そう、一歩だけ。一歩だけ歩み寄るだけだ。

「今度一緒にチーズケーキを食べに行こう、ミィ」

＊

「なぁるほどねぇー」

聞いていたのだか聞いていなかったのだか分からないような適当さで、アマトは相槌《あいづち》を打った。

トシヤはそんなアマトに少しむっとした表情を向ける。アマトはしたり顔でうんうんと頷いた。

「先輩のネコに対するソレって、相棒だとか父性愛だとかその辺りのものだったんすね」

「は？」

「いやーてっきり、ロリコンなのかと思ってたっす……いってぇ！」

とんでもないことを言い出したアマトのすねを、トシヤは思いきり蹴りつけた。

「いたっ、痛いっ、事実じゃないっすかあ！」

「あ？」

「そんなんだからその歳で『チンピラ捜査官』だなんて呼ばれるんですよぉ!?」

「誰がチンピラ捜査官だ、誰が」

続けて何度かアマトを蹴りつけていると、音もなく自動ドアが開いて、手術衣から着替えたミィが駆け寄ってきた。

「おつかれ、ミィ」

「ただいま、トシヤ！」

腰に飛びついてきたミィをトシヤは抱き止める。ミィはトシヤに頭をすりつけた。

「チーズたくさん捕まえたよ！　ミィが一番！」

「そうか。よくやったな」

頭を撫《な》でてやると、ミィは嬉《うれ》しそうにえへへと笑う。トシヤもわずかに相好を崩した。今日の訓練はもう終わりだ。そして、訓練の日は決まって、帰りに外食をすることにしている。

「今日はどこにいくの？」

「第三月曜日だからな、『アリス』が新作を出してるはずだ」

「やったあ！　ミィ、あそこのチーズケーキ大好き！」

自動ドアの向こう側に楽しそうに消えていく二人を見送って、アマトはもう一度「なるほどねぇ」

と呟いた。

第三話　ハロウィン式悪霊の丸焼き

住宅街の程近く、大型店が立ち並ぶ通りに、一際派手に飾り付けられたその店はあった。入口からは煌々《こうこう》と店内の光が漏れ出て、頭上の看板からは陽気な客寄せの音楽が響いている。

トシヤとミィが、灰を防ぐための分厚い二重の自動ドアを抜けると、そこにはずらりと食料品が並んでいた。トシヤはいつも通り、カートと買い物かごを取り、ミィは当たり前のようにカートに乗り込む。

ここはスーパーマーケット「ナミンヤ」。安価でよく知られる庶民の味方のスーパーだ。

この「灰の街」は、過去にあった最終戦争によって多くの食べ物の文化が失われている。戦時中や戦後の食糧難によって、一般家庭で料理をすることなどなくなってしまい、その結果、食に関するあらゆる技術が断絶してしまったのだ。

しかし、ほんの数百年前、「灰の街」の食糧難は代替食品の発明によってほぼ解決された。そうなるとただ味気ないレーションを食べているだけでは満足できないのが人間というものだ。

そうして起こったのが「食の復古主義《ルネサンス》」と呼ばれる食べ物文化の再発見だった。

「おっかいものー、おっかいものー！」

「ミィ、暴れるな。落ちるぞ」

足をばたばたとさせるミィに、食品の棚を覗《のぞ》きこみながらトシヤは答える。棚にあるのは、ほとんどがパッケージングされたレトルト食品だ。「灰の街」に古来から伝わる伝統食品から、舶来の品まで、様々な形のレトルト食品がずらりと棚に並んでいる。

「ヨーグルト味のカレー……。流石《さすが》『ミウラヤ食品』、攻めるな……」

しかしトシヤはその棚からは必要最低限の商品しか取らなかった。（ヨーグルト味のカレーはしっかりとカートに入れた。）その代わりに、カートを押し進めて、生鮮食品のコーナーへと向かっていく。

生鮮食品コーナーはスーパーの隅にこぢんまりとあるだけの小さな売り場だ。だがトシヤはこの売り場の食品こそを愛用していた。

トシヤはひんやりとした売り場の箱の中を覗きこみ、豚肉のパックを二つ取り上げて見比べ始めた。

日照時間のほぼないこの街で野菜を育てるのは難しい。どうしても室内栽培になってしまうし、そうなると安価なこの店では手に入らないものになってしまう。

だから野菜が保存食品になってしまうのは仕方がない。だがせめて肉ぐらいは、乾燥肉ではない生肉を食べたかった。

真剣な面持ちで豚肉を睨《にら》みつけるトシヤをよそに、カートに座ったミィはあるものを見つけて目を輝かせた。賑《にぎ》やかな色で彩られた数ブロック先にあるお菓子売り場だ。

「トシヤ！　お菓子買ってきていい⁉」

「ああ、百円までな」

「やった！」

ミィはカートから飛び降りると、転がるようにしてお菓子売り場へと向かっていった。

「おまけつきは駄目だぞー」

パックの肉から目を離さないまま、そんなミィの背中にトシヤは声を投げかけた。

「おっかしー、おっかしー」

下手《へた》くそなスキップをしながら、ミィは広大なお菓子コーナーを歩いていく。この辺りはファミリーパックの大きなお菓子なので、トシヤから言い渡された予算では買えないことをミィはちゃんと知っているのだ。

鼻歌を歌いながら奥の棚に進むと、そこには小さなお菓子がかごに入れられてずらりと並んでいた。お菓子は一つ一つパッケージングされて、子供が好きなキャラクターが印刷されている。

ミィはその中の一つのお菓子に目をつけた。今流行《はや》りの番組「仮面ヒーロー」のキャンディだ。

棚に一つだけ残されたそれにミィは手を伸ばした。しかし、ちょうどその時、誰かの手が伸びてきて、ミィの手に当たった。

「あっ」

ミィが顔を上げると、そこにはミィと同じように驚いた顔をした、七、八歳ぐらいの男の子が立っていたのだった。


「——ハロウィンパーティ？」

自宅でYシャツにアイロンをかけていた手を止めて、トシヤは聞き返した。ミィもまた、自分のパンツを畳んでいた手を止めて、満面の笑みで答えた。

「ヨシルくんが誘ってくれたの！　ハロウィンに集まって、お化けのかっこうをして、お菓子を食べるんだって！」

言葉が足りないミィの説明に、トシヤは困ったように眉《まゆ》を下げた。

「そのヨシルくんってのは誰だ」

「スーパーのお菓子売り場で会ったの！」

「……そうか」

昼の買い出しの時に会ったのだろう。そう推測しながら、トシヤはＹシャツにアイロンをかけ終え、軽く畳んで次の洗濯物を取り出した。

「それで？」

下着入れにパンツを詰め込むミィにトシヤは重ねて聞き返す。ミィはきょとんと首を傾《かし》げた。

「行くんだろう、ハロウィンパーティ。衣装は？　お菓子はどうするつもりだ？」

最初、ミィは何を言われたのか分かっていなかった様子だったが、徐々にその意味を呑みこんできたのか、ぱぁっと顔を明るくしていった。

「パーティ行ってもいいの……⁉」

「行きたくなかったのか？」

「行きたい！」

食い気味にミィは答える。トシヤは念のためにくぎを刺した。

「ただし俺もついていく。……万が一のことがあったらまずいからな」

本当は参加させること自体、上層部にバレたらまずいのだが、今回ぐらい別にいいだろう。

特務課の上層部のほとんどはネコへの自由を許さない『猟犬派』という派閥であり、『中立派』を含めれば、その人数は特務課の九割にあたる。しかし残りの一割――ネコでありながら幹部として君臨する「5番殿」の派閥――『ネコ派』が容認派でいてくれている限り、大っぴらにやらなければ罷免されることもないはずだ。

「最近成績もいいからな。ご褒美だ」

「やったー！」

ミィは歓喜のあまり手を振り上げて、下着入れをひっくり返した。


翌日の夜、トシヤとミィはいつもとは違うスーパーへと来ていた。店の名前は「コウリヤ本舗」。野菜や果物を中心とした足の早い生鮮食品を売っている珍しい店だ。

国の運営するプラントや、大企業の保有する養殖場では、米や小麦といった主食の植物は優先されて育てられるが、スペースの関係上、野菜は最低限にしか育てられない。

また、食肉加工施設では細胞から増やした培養肉が主に作られており、電極培養豚のような動物の全身を作る方法は少数派だ。その上、そういった場所で作られるのは食肉用の動物であるのだから、自然と乳製品が高騰するのも仕方がないことだった。

「やっぱり乳製品は高いな……」

プラスチックでパッケージングされた保存乳を持ち上げて、トシヤは小さくぼやく。乳製品のほとんどはレストランや工場に卸されるため、こうして小分けにして売られているものはさらに高くなる。

じっと保存乳を睨みつけるトシヤを見て、ミィは不安そうに声を上げた。

「やっぱり買わない方がいい？」

「……大丈夫だ、牛乳もバターも何にでも使えるからな」

そう言って、トシヤは保存乳を買い物かごの中に入れる。

ハロウィンパーティに持っていくお菓子をトシヤたちは手作りすることにしたのだった。こんな機会でもなければ一般家庭でわざわざ乳製品を使うお菓子を手作りすることもない。

ハロウィンを口実にしている自覚はトシヤにもあったが家の片隅で眠り続けるお菓子のレシピ本《古文書》を活用する時が折角巡ってきたのだから、これを逃す手はなかった。

「あとはかぼちゃか……」

慣れない店内を歩き回り、トシヤとミィはようやく野菜コーナーへとたどり着く。

「えーと、かぼちゃ、かぼちゃ……」

ぶつぶつと呟《つぶや》きながら野菜コーナーを歩いていくと、コーナーの片隅に小さくかぼちゃが積んであった。しかしそこを見渡して、トシヤは少しだけ眉根《まゆね》を寄せた。

「かぼちゃだー」

「カットされたものはないのか……」

一玉まるごとのかぼちゃしかそこには陳列されていなかったのだ。カットされたものは傷みやすく、あまり売れ筋でないものをわざわざ切って売る道理もないのだから当然と言えば当然だ。トシヤはかぼちゃを一つ手に取って、色を見て吟味を始めた。

並べられたかぼちゃを大人しく覗きこんでいたミィが、振り向いて声を上げたのはその時だ。

「あっ、ヨシルくんだー！」

トシヤが振り返ると、ミィが一人の男の子に駆け寄っているところだった。男の子は買い物かごを持っていて、連れは誰もいないようだ。

「ヨシルくん、おつかい？」

「そ、そうだよ。お前はとーちゃんと買い物か？」

「ううん、とーちゃんじゃなくてトシヤだよ！」

どうやら彼が件《くだん》の「ヨシルくん」のようだ。かぼちゃを一旦《いったん》置いてトシヤが近付くと、ヨシルはトシヤを見上げて目に見えて動揺したようだった。どうやらトシヤの姿に怯《おび》えているらしい。

子供に好かれるような容姿をしていない自覚はあったが、ここまで露骨に怖がられるとは。トシヤは内心少しだけショックを受けながら、腰を折ってヨシルに視線を合わせた。

「はじめまして、ヨシルくん。ハロウィンパーティにミィを誘ってくれてありがとうな」

「誘ってくれて、ミィ嬉《うれ》しい！　パーティ楽しみ！」

満面の笑みでミィはヨシルに抱き着く。するとヨシルは一気に顔を真っ赤にしてミィから遠ざかった。

「べ、別にお前のためじゃねーし！　来るやつが少なかったから誘ってやっただけだし！」

「うん！　ありがとう、ヨシルくん！」

早口で言い訳をするヨシルに、ミィは素直にお礼を言う。

ああ、なるほど。とトシヤは納得した。この年頃でも男の子は男の子。女の子が気になってしまうこともあるだろう。

トシヤが内心頷《うなず》いていると、ヨシルはふと何かを思い出したようで、肩からかけていた鞄《かばん》の中を漁《あさ》り始めた。

「そうだ」

彼が鞄の中から取り出したのは派手な柄のチラシだった。

「なんかパーティの日にハロウィンのお菓子を配るってチラシ貰《もら》ったんだ。お前にもやるよ」

「わーい、ありがとう！」

ミィは素直にそれを受け取る。ヨシルはもう一枚チラシを取り出すと、トシヤにも差し出した。

「ほら、おじさんも」

「おじ……」

何気ない一言にショックを受けつつ、トシヤはそれを受け取る。チラシにはハロウィンのお菓子を無料で配るという内容が書いてあった。しかしそれは問題ではない。チラシの隅に書いてあった小さな狐のマークを見つけ、トシヤは目を鋭くした。


チン、と軽やかな音が鳴ってレンジが止まる。レンジの前でずっと中を覗きこんでいたミィをどけて、トシヤはレンジの蓋《ふた》を開けた。

中から取り出したのは、大きく切ったかぼちゃだ。レンジの蓋を開けた途端、甘い匂いが漂ってきてミィはトシヤの持つ皿に手を伸ばそうとする。

「熱いからやめなさい。火傷《やけど》したいのか？」

「火傷は痛いからやだ……」

「だったらもう少しだけ下がっていろ。すぐに手伝うことも出てくるから」

そう言いながらトシヤは柔らかくなったかぼちゃの中身をスプーンでくり抜き、ボウルに入れていく。くり抜き終わった皮は、また今度揚げておやつにでもしようと決め、横にどけておく。濃い黄色のかぼちゃの中身をフォークの裏側でつぶし、油を少しだけ加えてペースト状にしていった。

だまがなくなるまで混ぜた後、薄力粉と砂糖をかぼちゃペーストにふるって入れる。木べら――はなかったので、しゃもじでそれをさっくりと混ぜ、生地は出来上がった。

生地を一つにまとめ終わると、トシヤはそれを冷蔵庫の中に入れた。30分冷やして、固くなるのを待つのだ。

「さてと、問題はこっちの残りか……」

トシヤの目の前には、かなりの量が残ったかぼちゃがあった。このまましばらく放置してもいいが、折角切ったのだから早めに調理してしまいたい気持ちもある。トシヤはかぼちゃを取り上げると、まな板を出してきてその上に置いた。

包丁を上に置き、体重をかけて一気に切る。思ったよりも軽い感触で、かぼちゃはすとんと切れた。

この包丁は、包丁のために作られた合金でできている。なんでもこの合金を作るために生涯を捧《ささ》げた一族がいるとかいないとか。まさに職人業《わざ》の逸品という訳だ。一般家庭にはまずない代物だが、レストランの厨房《ちゅうぼう》ではよく愛用されている代物らしい。

そんな包丁で、トシヤはかぼちゃを一口サイズに切っていく。すとんすとん、という小気味いい音に合わせてミィが足元で踊っていたので、一旦手を止めて、ミィを台所から追い出した。

戻ってきたトシヤは数分かけてかぼちゃを全て切り終わった。次に大きな鍋《なべ》を出してくると、その中に水と酒と砂糖とみりんと醤油《しょうゆ》を入れて、混ぜ合わせる。（醤油とみりんは高級品だが、料理には欠かせないのでトシヤの家には常備されている。）

鍋の中にかぼちゃを半分入れて、火にかける。もう半分は流石に多すぎたので後から煮ることにした。

そうこうしているうちに三十分が経ち、トシヤは固まった生地を冷蔵庫から取り出して、ミィの待つテーブルへと持ってきた。

「型抜きするぞ」

「はーい！」

生地を薄く伸ばすと、トシヤはミィにクッキーの型を手渡した。ミィはきらきらとした瞳《ひとみ》で、型をじっと見つめた後、そっと生地の上に型を置いて、上からぐっと押し込んだ。

「出来上がったやつはこっちに並べなさい」

「うん！」

トシヤが差し出した皿にミィはどんどんくり抜いた生地を置いていく。トシヤはそれを微笑《ほほえ》ましそうに見ると、火の様子を見に台所へと戻っていった。鍋の中身は水分もほとんどなくなり、完成は間近だ。トシヤはレンジをオーブン機能に切り替えると、一八〇度にセットして予熱を開始した。

しばらくしてテーブルの方からかけられた声に、トシヤはミィのもとへと歩み寄る。生地は不格好なものもあったが、全てかぼちゃの形にくり抜かれていた。ちょうど、チン、という音がして、予熱が完了する。トシヤは持ってきた天板に改めてクッキーを並べ直すと、オーブンの中に入れてスタートボタンを押した。

「トシヤー！　できたよー！」

ずっと煮ていた鍋の火を止め、鍋の中を見る。中からは濃い黄色に染まったかぼちゃたちが甘い匂いを漂わせていた。

ふと足元を見ると、ミィがじっと鍋の方を見つめていた。ミィはトシヤがこちらを見ていることに気付くと、あーんと大きく口を開けてみせた。トシヤは苦笑しながらよく煮えたかぼちゃを一個取り上げた。

「一個だけだぞ」

ふーふー、と冷ましてやってからミィの口の中にかぼちゃを入れてやる。ミィははふはふと口を動かしてそれを飲みこむと、両頬を押さえて満面の笑みになった。

「おいしー！」


ハロウィン当日、二人は地下鉄を乗り継いでパーティの会場へと向かっていた。トシヤは普段のコートの下に縦セーターというラフな格好なのに対し、ミィはしっかりとハロウィンの仮装を着こんでいる。

短い黒のローブにオレンジ色のかぼちゃパンツ。カバンに入っている魔女の帽子をかぶって魔法の杖《つえ》を持てばもう立派な魔女見習いだ。

「ハロウィンハロウィン！」

飛び跳ねるようにるんるんと歩くミィに、隣を歩くトシヤは問いかける。

「ミィ、ハロウィンのルールはちゃんと覚えたか？」

「うん！」

ミィは大きく頷くと、指を一本一本折り曲げて確認した。

「えっとねー、怖いかっこうして、お菓子を持ってる人に近付いて、とりっくおあとりーと！」

両手をがおーっと持ち上げて、ミィはトシヤを威嚇する。トシヤは声を上げて笑ってしまいそうになったのをぐっとこらえた。

「すごく怖いな。これはたくさんお菓子を貰《もら》えるだろうな」

「ほんと⁉」

目を輝かせるミィの頭を、トシヤは優しくなでてやる。ミィは気持ちよさそうに目を細めてそれを楽しんだ。

手を繋《つな》ぎ直して、トシヤたちは信号で立ち止まる。表通りを行き交う人々の中には明るい仮装をしている人もかなりいて、ミィはそんな彼らを不思議そうに見回していた。

「みんなハロウィン？」

「思ったより仮装してる奴がいるんだな……」

「ハロウィンすごいねー」

「そうだな」

同意しながら、トシヤもコートの下に仮装をした人々を見送る。

いつもはハロウィンに参加するなんてことをしたことがなかったから気づかなかったが、繁華街ではここまでハロウィンに浮かれる人がいるものなのか。

信号が青になる。二人は歩き始める。

「ねぇ、トシヤー」

「なんだ」

「ハロウィンって一回なの？」

「10月31日のお祭りだからな。一年に一回だ」

ハロウィンの起源は分かっていない。どうやら何かを祝うためのお祭りらしいが、それが何なのかは今では廃れてしまっている。残っているのは、相手を驚かせてお菓子を貰うというイベントの形だけだ。

「ハロウィンって、どうして一年に一回なの？」

純粋な声で問いかけられ、トシヤは一瞬だけ考えてその質問の裏側にたどり着いた。

「ずっとハロウィンがあればいいって？」

「ミィ、お菓子たくさんもらいたい……」

しょんぼり声で言いながら、ミィは唇を尖《とが》らせる。

ミィがこういう類《たぐい》のわがままを言うなんて珍しい。きっと、よっぽどハロウィンが楽しいのだろう。

トシヤは繋いだミィの手に、軽く力をこめた。

「ずっとはダメなんだよ。こういうのはたまにあるからいいんだ」

ミィはトシヤを見上げた後、頷きながらきゅっと彼の手を握り返した。

繁華街から一本入ったところに、パーティ会場の講堂はある。近づいてくるパーティの気配にミィの足取りはどんどん浮かれたものになっていく。それでも自分の手を離して走り出そうとしないミィに、トシヤは優しい目を向けていた。

ちょうどその時、数人の男たちと二人はすれ違った。彼らは奇妙な仮面をつけていて、何か大きな荷物を運ぼうとしている。

「トシヤ、あの人たちもハロウィン？」

「そうかもな」

その荷物にあった小さな狐のマークを確認し、ミィには何も言わないままトシヤは端末でメッセージを送った。

そうしてたどり着いた会場は、色とりどりの装飾に満ちていた。

魔女に吸血鬼に狼男。入口にも窓にも天井にも、子供が思う恐ろしい化け物たちの形がちりばめられている。まるで魔物がいっぱいの絵本の中に入り込んだような光景に、ミィは目を輝かせる。

今宵は人と化け物がまじりあう奇妙な夜だ。そこに生物兵器が一人紛れ込んでも、誰も気づくまい。

そんなことを思いながらトシヤが人知れず笑っていると、ミィは何かに気づいたようで手を上げながら声を上げげた。

「ヨシルくん！」

ミィの視線の先には、先日のあの少年の姿が見えた。少年はミィを見つけて、軽く手を振っている。ミィはそのまま駆け出そうとして立ち止まり、トシヤの方を振り返ってきた。

「遊んできていいぞ。俺はここで待ってるから」

トシヤが許可を出すと、ミィはパッと表情を明るくしてパーティ会場に駆けこんでいった。その手には昨日作ったかぼちゃクッキーの入ったかごが揺れている。

その様子を目を細めて見送ると、トシヤは会場の壁に凭《もた》れかかり、そっと耳につけた通信機へと手をやった。

「そっちはどうだ、アマト」

「ビンゴっすね。教団の連中が動いてます」

教団。九尾の狐のマークを掲げ、街中で辻説法《つじせっぽう》を行うなどの活動を行う秘密結社。人知を超えた怪物である「発症者」を崇拝し、「発症者」に喰《く》われることによって人は救われるとする宗教組織だ。

そのマークがヨシルから貰ったチラシに載っていたことに気付いたトシヤは調査と応援を特務課に

要請していたのだった。

「奴ら、お菓子に混ぜて『ヒミコ』を配ろうとしてたっぽいっす。先輩のこういうことへの嗅覚《きゅうかく》ってもはやネコ並ですよね」

「阻止できそうか？」

「してみせますよ。俺を誰だと思ってるんですか」

「助力が必要ならすぐに言ってくれ。ミィを連れて急行する」

「そんな野暮なことは言いっこなしですよ。折角の休暇なんですから、先輩も楽しんできてください」

通信機の向こう側でアマトは笑った。その後ろでは忙《せわ》しないタイピング音が響いている。本当に大丈夫なのかと言葉を重ねようとしたトシヤだったが、裾《すそ》をくいくいっと引っ張られ、足元を見下ろした。

「トシヤ、トシヤ！」

そこには両手にお菓子をいっぱいに持って、こちらに差し出してくるミィの姿があった。

「これ美味《おい》しいよ！　一緒にトシヤも食べよー！」

そちらに気を取られている隙に、アマトとの通信は一方的に切られてしまっていた。トシヤは仕方なさそうに眉《まゆ》を下げると、ミィに手を引かれて子供たちの輪の中に入っていった。

トシヤとの通信を一方的に切るとアマトは、一般車に偽造した薄暗い装甲車の中でモニターを睨《にら》みつけた。街中に張り巡らされた監視カメラが、教団の関係者らしき人物を捕捉《ほそく》していく。

手元に投影したキーボードをパタパタと叩《たた》き、モニターを操作する。すると装甲車のドアが開き、一人の捜査員が車内へと入ってきた。

「アマトさん！」

「ん？　あー、たしかシンゴだったすか？」

はきはきとした喋《しゃべ》り方をする捜査員、シンゴはびしっと敬礼をすると、アマトの手元を覗《のぞ》き込んできた。そちらに目を向けず、モニターを目で追いながらアマトは口を開く。

「そっちの状況はどうっすか？」

「計画通りですね。これで奴らも一網打尽です」

シンゴは端末をモニターに近付け、データを転送させる。それを確認すると、アマトはトシヤが消えていった建物へとカメラを拡大させた。

建物の窓からは温かい光が漏れ、その内側で行われているパーティの騒がしさが伝わってくるようだ。その様子を想像してアマトがちょっとほのぼのしていると、隣に立つシンゴがぽつりと言った。

「ネコをハロウィンパーティに参加させるとか、あの特務捜査官、何を考えてるんでしょうね」

振り向くと、シンゴはきゅっと眉を寄せて、理解できないという表情をしていた。

「だってネコって生物兵器ですよ？　兵器を楽しませる必要なんてどこにあるんですか」

真っ当な正論をぶつけられ、改めてアマトは建物へと視線を戻す。

「まあ、そうっすよねえ。そういうところ、先輩って結構、常識はずれではあるっす」

確かにネコは恐ろしい生物兵器だ。でも、トシヤが彼女に情をかけている理由もなんとなく分かる。

「特務捜査官って変わり者だらけっすから、そういうこともあるんじゃないっすか？」

適当な返事をしながら、アマトはキーボードを再び叩き出す。

わざわざ上層部に睨まれてまでそうする蛮勇は、自分にはないと思いながら。


「ナメキトシヤ」

「17番」

フルネームを呼ばれて振り返ると、そこにはロウの相棒のネコ——17番がむすっとした顔で立っていた。17番は見るからに不機嫌な表情をしていたが、その表情の理由は明白だった。

「随分と可愛《かわい》い格好だな」

「……今日はこれの方が目立たないので」

今日の17番の服装は、いつもの簡素なコートではなく、ハロウィンに合わせた黒猫の仮装だったのだ。

「標的の処理は終わりました。マスターがあなたが呼んでいると言っていたので来たのですが……一体何の用ですか」

帰りたくて仕方がないといった声色で凄《すご》んでくる17番に、トシヤは手に提げていた鞄《かばん》から一つの紙袋を取り出した。

「これを持って帰ってくれないか？」

「何ですかこれは」

17番が紙袋の中を覗きこむ。そこには三つ積まれたタッパーが入っていた。

「かぼちゃの煮物だ」

「煮物……」

「ロウさん、お菓子ってガラじゃないだろう。だからせめて煮物だけでも貰ってくれ」

17番はじっと紙袋の中を見つめた後、トシヤの方を見上げて睨みつけてきた。

「これは賄賂《わいろ》ですか」

「純粋なおすそ分けだよ。二人じゃかぼちゃ一個は食べきれないんだ」

「……そういうことなら」

渋々といった様子で17番は紙袋を受け取った。トシヤはそんな17番に僅《わず》かに微笑《ほほえ》んだ。

「君も食べてくれていいんだぞ、17番」

「必要ありません、私はネコですから。……失礼します」

軽く頭を下げると、17番はパーティ会場から出ていってしまった。

パーティはその後、二時間ほど続いた。主催者によって用意されたお菓子の山もなくなり、子供たちとその保護者は続々と帰り始めていた。

「ミィ。その、また今度遊ぼうぜ。これ、連絡先！」

ヨシルは顔を真っ赤にしながら、ミィに小さな手紙を手渡していた。その手は緊張でぷるぷると震えている。手紙を受け取ったミィは満面の笑みでお礼を言った。

「ありがとう、ヨシルくん！」

笑顔を向けられて羞恥心《しゅうちしん》の方が勝ったのか、ヨシルはぱっと駆け出して、少し離れた場所で叫んできた。

「じゃあな、また今度遊ぼうな！　今度は俺の友達も紹介してやるから！」

「ヨシルくんばいばーい！」

大きく手を振ってミィも応える。トシヤはそんなミィの手を引いて会場を後にした。


防灰用のコートを着せて、駅への道を二人は歩いていく。あれだけいた人通りももうまばらだ。こうしてハロウィンの夜は終わり、怪物だった人々は人間へと戻っていく。

それでもまだ浮かれた様子で歩くミィに対して、トシヤは念のために声をかけた。

「ミィ、分かってるとは思うが……」

「また今度はないんだよね」

化け物に姿を変えることができ、しかも歳を取らない『ネコ』の存在は機密情報だ。一つのところに留まっていては、ミィが異常であることはすぐに周囲に気付かれてしまう。

そのため、特務捜査官とネコは人とのかかわり合いは最低限に、そして定期的に引っ越しをしなければならないのだ。

「知ってる。大丈夫。へーき」

まっすぐ前を向いてそう言うミィにトシヤは何か慰める声をかけようとして――やめた。その代わりにトシヤはミィに問いかけた。

「……ハロウィンパーティ、楽しかったか？」

「うん！」

＊

「かぼちゃの煮物？」

がらにもなくきょとんとした顔をするロウに、17番はトシヤから託された煮物を手渡した。

「あの若造からのおすそ分け、だそうです。クッキーはきっとあなたに合わないだろうから、と」

「なるほど、さてはかぼちゃを余らせたな」

ロウはいそいそと紙袋の中のタッパーを取り出して、その蓋《ふた》を開ける。

「別にクッキーでもよかったんだがなあ」

そうやってぼやきながら、丁寧にもつけてあった箸《はし》を割ってかぼちゃの煮物を口に運んだ。

「うん、うまいな！　流石《さすが》はトシヤだ」

そんなロウを見ながら、17番はトシヤに言われたことを思い出していた。

ごくたまにあの男からはネコとしての幸せについて問いかけられることがある。だがそんなことは大きなお世話だ。私は現状に満足しているし、あの男とネコのような甘ったれた関係になるつもりもない。だけど――

上機嫌にかぼちゃの煮物を頬張るロウを見て、17番はふっと頬を緩めた。

――あなたの幸せが私の幸せです、マスター。

17番の視線に気づいたロウは17番を見て――嬉《うれ》しそうな声を上げた。

「珍しい。今笑ったな、17番」

「笑ってません」

「責めてるわけじゃないぞ。なんだ、たまには笑ってもいいんだぞ」

「笑ってません、マスターの見間違いです」

第四話　愛と妄執の引っ越し蕎麦

——これは、ミィとトシヤが出会って数ヶ月後。若さ故に犯してしまった過ち。ほろ苦い思い出の話である。

幌《ほろ》のついた軽トラックが、重いエンジン音を響かせながらとあるアパートの前へと止まる。トラックを迎えたのは身長一八〇センチを超える特務捜査官の男性、トシヤだ。

トシヤは引っ越し用のトラックを迎えると、引っ越し作業員たちに指示を出して、新居へと家具を運び入れ始めた。そんなトシヤの隣では、ミィが不思議そうな顔をしてそれを見守っている。

特務捜査官とネコはその任務の特殊性、そして不老であるネコの特異性から、一つのところに留まることができない生活を送っている。最長でも二年、短ければ数ヶ月で住居を変え、町中を転々とすることが定められているのであった。

今回はトシヤとミィが相棒になって初めての引っ越しだった。特務課によって選ばれた二人の新しい部屋はそれまで二人が住んでいた部屋よりずっと狭い、三階建てのアパートの二階の部屋だった。

必要最低限の家具はあっという間に作業員たちによって部屋の中に並べられ、トシヤとミィはプラスチック製のコンテナ箱の山の中にぽつんと取り残されることになった。

引っ越し費用や家賃は特務課が払ってくれるが、流石に引っ越しの手伝いまではしてくれない。機密があるため作業員に細かい作業を任せるわけにもいかず、トシヤは一度大きなため息を吐《つ》いた後に腕まくりをして荷物をコンテナから出し始めた。

二人分の食器、二人分の着替え、保存食、ホロテレビ――

「トシヤ、トシヤ！」

「なんだ」

「ミィも手伝うー！」

トシヤが顔を上げると、そこには片手を上げてやる気満々な表情をしたミィの姿があった。その様子に若干の不安を覚えながらも、トシヤはコンテナのうちの一つを指さした。

「そこのコンテナから自分の荷物を出しなさい。あまり散らかさないようにな」

「はーい！」

元気な返事をしてミィはコンテナの中から自分の荷物を取り出していく。

絵本、知育玩具《がんぐ》、こっそり溜めているお菓子の山――

散らかすなと言われた通り、多少整頓《せいとん》されて荷物は出されていくが、なかなか綺麗《きれい》に並べるというのは難しく、ミィの荷物は床に散らばっていった。

そろそろおもちゃ箱を作るべきかと思案しながら、トシヤも荷物を次々に開けてはしまっていく。

片付け続けること数時間。やっとのことでコンテナを畳み終わった二人は、椅子に腰かけて麦茶を飲んでいた。何回も煮出した後のティーバッグを使っているのでかなり味は薄いが、トシヤとしては長年慣れ親しんできたこの味の方が濃い麦茶よりも口に合った。

「麦茶美味《おい》しいねえ」

「飲み終わったら隣に挨拶《あいさつ》に行くぞ」

「あいさつ?」

「引っ越し蕎麦を持っていくんだよ。これからよろしくお願いしますってな」

「やったー!　ミィ、おそば大好きー!」

「……お前が食べるんじゃないぞ」

「えっ、違うの……?」

ショックを受けた顔でミィはトシヤを見る。トシヤは買っておいた引っ越し蕎麦を取り出してきた。

「お隣さんにこれを渡すんだ。俺たちは、食べないんだよ」

ミィにも分かるようにゆっくりと言い聞かせる。それでもミィは納得いかない様子で、トシヤの顔をじっと見てきた。

「食べないの……?」

「食べない。おねだりしても無駄だぞ」

冷たく突っぱね、トシヤは引っ越し蕎麦を持ち上げた。

「俺は隣に蕎麦を渡してくるからな、ミィはここで留守番してなさい」

「留守番……」

「落ち込んでもダメだ。連れていかないからな」

そのまま立ち上がり、玄関へと向かう。ブーツを履いていると、ミィはトシヤに駆け寄ってきた。

「おそばー!」

「ダメったらダメだ。いい加減諦《あきら》めなさい」

追いかけて靴を履こうとしているミィの目の前で、トシヤはぴしゃりとドアを閉める。

トシヤとミィが引っ越してきたのは、アパートの角部屋だった。自然と隣の部屋は一つになる。

時刻は午後七時頃。隣人が帰宅していてもおかしくない時間だ。トシヤは隣の部屋のドアの前で立ち止まると、呼び鈴を一回だけ押した。

ピンポーンと明るい音が鳴り、ややあってばたばたと中から足音が聞こえてくる。数十秒後、がちゃりと音を立ててドアは開き、中から現れたのは——髪から水を滴らせた浴衣《ゆかた》姿の女性だった。

突然の美女の登場に、トシヤは内心動揺した。いや、相手が美女だから動揺したわけではない。問題なのは彼女の格好だった。

風呂《ふろ》上がりだったのだろう。彼女の着る浴衣はかなり着崩れてしまっており、鎖骨や胸元が露わになってしまっている。高身長のトシヤから見下ろすと、はっきりと胸の谷間が確認できてしまい、トシヤは思わずそのままドアを閉めようとした。

「す、すまない！」

「えっ？」

ぴしゃりとドアを閉められ、浴衣の女性はドアの向こうでしばしの間きょとんとしているようだったが、やがて何故《なぜ》トシヤがそんな反応をしたのかに気付いたらしく、ドアの向こうから消え入りそうな声で返事があった。

「こちらこそすみません……お恥ずかしい姿を……」

数分後、再びドアが開いた時には、彼女の浴衣はしっかりと着こまれ、肩にも上着をかけた状態だった。

「本当にすみません……」

「いえ……こちらこそ」

互いに気まずい思いをしながら二人は対面し、改めて自己紹介をしあった。

「今日、隣に引っ越してきたナメキトシヤといいます。これ、お近づきのしるしに」

「あら、丁寧にどうも。サクラダモモコです。……そちらの子はお子さんですか？」

足元を指さされて見下ろすと、そこにはじっとモモコを見つめるミィの姿があった。

「……ミィ、留守番してろって言っただろう」

「ミィちゃんっていうのね。こんにちは」

腰をかがめて視線を合わせてくるモモコを、ミィは潤んだ目で見つめ返した。

「おそば……」

「え？」

「おそば……食べちゃうの……？」

トシヤはそんなミィを抱え上げると、片手で口を塞《ふさ》いだ。

「すみません。気にしないでください」

モモコは目をぱちくりとさせた後、状況を理解して小さく笑った。そしてもう一度、抱え上げられているミィと目を合わせた。

「ミィちゃん、お蕎麦食べたい？」

「うん……」

「じゃあ、おばちゃんのところで食べていかない？」

「えっ、いいの……⁉」

その言葉にミィは目を輝かせ、トシヤは慌てて断ろうとした。

「そんな、悪いですよ！」

「いいんですよ。余らせてしまうのもいやですし、食べたい子が食べるのが一番ですから」

そうやって微笑《ほほえ》まれてしまえば断ることも出来ず、トシヤとミィはすすめられるままにモモコの家へと足を踏み入れた。

家の中はがらんとした殺風景な印象を受けた。家具や荷物が少ないというわけではない。しかし何故かトシヤはこの家から寒々しいものを感じていた。

モモコは二人を畳の敷かれたスペースに案内すると、台所に立って、めんつゆを作り始めたようだった。めんつゆを自宅で作るとは珍しい。もしかして自分と同じように料理好きな人なのだろうか。そんなことを考えているうちに、醤油とみりんが煮えるいい匂いが漂ってきた。

「おっそばー、おっそばー！」

「もうちょっとだけ待っててね、あとはお蕎麦をゆでるだけですからね」

上機嫌のミィに仕方なさそうな視線を向けていると、トシヤの携帯端末が突然震えだした。慌ててトシヤはその内容を確認する。

『A7拠点が襲撃されている。至急応援を頼む』

トシヤは立ち上がると、台所に立つモモコに取り急ぎ一言だけ断りを入れて、ミィのもとに歩み寄った。

「ミィ」

「んー？」

「仕事だ。行くぞ」

答えを聞かないまま、トシヤはミィを俵抱きに持ち上げる。そしてそのまま玄関に向かうと、ミィの足に靴を履かせ始めた。

「仕事……？」

「そうだ」

「おそばは……？」

「なしだ。仕事が先だ」

すぽんと両足の靴を履かせて、自分もブーツを履いた辺りで、ミィはようやく状況を察したらしく、トシヤの腕の中で暴れ始めた。

「いやだー！　おそば食べるーー‼」

「聞き分けなさい！　行くぞ！」

「うわああああああん‼」


ハンダタ町付近、Ａ７拠点。

拠点は二体の発症者に襲撃されていた。職員たちが「灰」の弾丸を撃ち込むも効果は薄く、理性のない発症者たちは職員たちを守るバリケードに一歩一歩近づいていった。その時――

「走れ、ミィ‼」

鋭い号令とともに、小さな影が拠点の中に飛び込んできた。影は見る見るうちに巨大化し、発症者たちに食らいかかった。

「ネコだ！　助かった……！」

銃を構えていた職員が歓喜の声を上げる。ミィと呼ばれたネコが作った隙を縫って、一人の特務捜査官――トシヤがバリケードの中へと駆け込んできたのはその時だ。

「状況は」

「恐らく教団の連中です。『ヒミコ』を服用して、こちらの拠点を襲いに来たようです」

「一体どこから拠点の情報が漏れたんだ……」

職員たちは悔しそうに歯噛《はが》みする。そうしている間にも、ミィと発症者の戦闘は続いており、すさまじい悲鳴や破壊音が響き渡っていた。職員の内の一人はおそるおそるといった様子でトシヤに尋ねかけた。

「ところで――」

「なんだ」

「……何かあったんです？　そちらのネコ、相当荒れてるみたいですが……」

トシヤは一気に渋い顔になると、ミィの方を見やって遠い目をした。

「出がけに飯を食べ損ねて……」

「ああ、それであんなに……」

職員たちもつられてミィの方を見やる。そこではちょうどミィが、最後に残った発症者を叩《たた》き潰《つぶ》したところだった。

「おそばたべたかったー‼」


翌日の早朝、事後処理を終えたトシヤとミィはアパートの自室にふらふらと帰ってきた。トシヤの腹はぐうぐうと空腹を訴えているし、ミィにいたってはトシヤの腕の中で眠ってしまっている。

「ただいま……」

ミィを抱き直しながらトシヤは自室のドアの鍵《かぎ》を開け、部屋の中へと入っていく。途中何もない所でつまずきそうになりながらもミィを抱えて歩いていき、すやすやと眠り続けるミィを畳の上に下ろした。

とにかく何か食べないことには寝るに寝られないだろう。何か作ろうと頭は考えているのに体は言うことを聞かず、トシヤはぼんやりとしてしまっていた。

そうしているうちに十数分が過ぎた頃、玄関のベルが安っぽい音を立てた。こんな時間に誰かと疑問に思いながらもドアを開けると、そこには温かそうな上着を着たモモコの姿があった。

「モモコさん」

「お仕事お疲れ様です。お蕎麦《そば》ゆでたので食べに来ません？」

悪戯《いたずら》っぽく笑むモモコに、トシヤはしばし呆気《あっけ》にとられた後、問い返した。

「まさか……一晩中待っててくれたんですか？」

「眠れなかっただけですよ。さあ、どうぞいらっしゃってください」

「えっ、ですが……」

なおも渋るトシヤに、モモコはとどめの一言を投げかけた。

「困ったわ。もう三人分作っちゃったのよ……」

そう言われてしまえば断るわけにもいかない。トシヤは部屋の中に戻ると、眠りこけているミィの肩を揺すった。

「ミィ、蕎麦を作ってくれたそうだぞ。食べないのか？」

「……おそばっ⁉」

勢いよくミィは跳ね起き、きょろきょろと辺りを見回した。

「いただきます！」

手を合わせて元気よく言い、ミィは蕎麦のどんぶりに箸《はし》を差し入れた。細くてまっすぐな蕎麦が箸に挟まり、持ち上げられる。ミィはそれに少しだけ息を吹きかけると、一気に口の中に吸い込んだ。

その途端、口の中に広がるのは、あっさりとしただしの香りだ。つゆが絡んだ麺《めん》は、数度噛《か》んだ後、自然と喉《のど》の奥へと飲みこまれていった。美味《おい》しい。鼻に抜ける後味も最高だ。でも——

「おいしいけど……トシヤのおそばと違う？」

ミィはこてんと首を傾《かし》げてどんぶりを見つめた。ミィの隣ではトシヤも一口目を吸い込み飲みこんで、モモコに話しかけていた。

「もしかしてこのつゆ……カンサイ風ですか？」

「あら、トシヤさんのところはカントウ風？」

蕎麦のつゆには大きく分けてカンサイ風とカントウ風がある。その語源は今となっては分からないが、カンサイ風はあっさり、カントウ風は濃いという特徴がめんつゆにはあるのだった。

「料理、お好きなんですか？」

「はい。トシヤさんも？」

「ええまあ……母の影響で」

ぽつりぽつりとぎこちなく喋《しゃべ》りながら、三人は蕎麦を啜《すす》っていく。やがて麺は全て胃の中に収まり、残っていたつゆも喉を鳴らして飲み干して、トシヤとミィは満足そうに息を吐いた。

「ごちそうさまでした」

「ごちそうさまでした！」

「はい、お粗末様でした」

あっさりしたカンサイ風のつゆは、早朝の空っぽの胃に優しく浸み込んだ。お腹がいっぱいになったせいで心なしか眠くなってきた気もする。トシヤはモモコに頭を下げた。

「本当にありがとうございます。こんな、ご馳走《ちそう》になっちゃって」

「いいんですよ。それより、一つ聞きたいことがあるんですが……」

モモコは下から覗《のぞ》きこむようにして悪戯っぽくトシヤを見た。

「トシヤさんって……もしかして特務捜査官さん？」

その言葉にトシヤは全身を硬直させた。特務捜査官だということは一般人に気付かれてはいけない機密事項だ。それをどうして彼女が。まさか自分がボロを出していた？　でも出会ってまだ半日も経っていないはずだ。じゃあどうして──

「……やっぱり」

モモコは嬉《うれ》しそうに微笑《ほほえ》むと、胸の前で指を合わせ、そして種明かしをした。

「夫が特務課の人間なんですよ。よく酔っぱらっては特務課の話をするんです。特務捜査官のことだとか、……ネコのことだとか」

それを聞いてトシヤは眉《まゆ》をひそめた。いくら家族相手とはいえ、特務課に関する情報は重要機密だ。そう易々と語っていいものではない。そんなトシヤを気にせず、モモコはミィのかぶっていたフードを取って、そっと頭を撫《な》でた。

「こんなに可愛《かわい》い子たちだったのね」

「んー?」

「あら、ちっちゃい角《つの》があるわ」

微笑ましそうに言うモモコに内心冷や汗をかきながら、トシヤは釘《くぎ》を刺した。

「あの、ミィがネコだってことは……」

「分かっていますよ。誰にも言いませんって」

モモコは口元を隠しながらうふふと笑う。トシヤは生きた心地がしないまま、何も言い返せずにいた。

その後、気まずい思いのまま、トシヤはモモコに送り出された。足元のミィはおなかいっぱいで満足そうだ。

「またいらしてくださいね」

「し、しかし……」

「来てくれないとミィちゃんがネコだってばらしちゃうかも」

「えっ」

「冗談ですって、うふふ」

楽しそうにトシヤをからかうモモコに、トシヤは眉を下げて曖昧《あいまい》に答えることしかできなかった。

「それじゃあ、また。おやすみなさい」

「おやすみなさい。ごちそうさまでした」

ぺこりと頭を下げて、トシヤとミィは部屋に戻っていく。その後ろ姿を見送って、モモコはぱたんとドアを閉めた。

一週間後、瓦礫《がれき》の山と化したA8拠点でトシヤは顔をしかめていた。

襲撃の報があったのは一時間前。ただちに近辺の特務捜査官が対処に当たったが、救援が間に合わず、複数の犠牲者が出てしまった。

「これで三件目ですね……流石《さすが》に偶然じゃないでしょう」

「どこかから情報が洩《も》れてるってことか……目星はついてるのか？」

「いいえ、全く。生き残った職員に聞き取りを進めているのですが、裏切り者も侵入者も全く見つからない現状で……」

一週間前に襲撃されたのはA7地点、三日前に襲撃されたのはA5地点。この近辺の拠点ばかりが狙われているのは明らかだった。トシヤは睨《にら》みつけていた監視カメラの映像から離れて目の間を揉《も》んだ。

一方、侵入者を片付け終わり、元の姿に戻ったミィは、遅れて拠点にやってきた人影に気付いて大きく手を振った。

「あっ、イナちゃんだー！」

「イナちゃんじゃありません、17番です。何の用ですか、31番」

ロウ捜査官に連れられてやってきた17番は、心底嫌そうにミィを睨みつけた。ミィはそんな17番の様子を全く気にせずに、17番のもとへと駆け寄っていった。

「あのねあのねイナちゃん。トシヤがね、お隣のモモコと昼ドラしてるんだよ！」

「……は？」

突然何の脈絡もなく振られた話題に、17番は冷めた声で返答する。周りの大人たちは瞬間的にフリーズした。

「だってモモコ言ってたもん！　トシヤとモモコは昼ドラなんだって！」

ちなみに「昼ドラ」とは最終戦争前のドラマを平日の昼に再放送しているものの総称で、その多くがドロドロとした人間関係を描いたメロドラマであることから、そういった人間関係を指す言葉となっている。

「トシヤは間男なんだよー！」

ミィは嬉しそうに大声で主張する。そんなミィに大股《おおまた》で近付いてきたトシヤは、ミィの頭にがつんと拳骨《げんこつ》を落とした。

「どこでそんな言葉覚えたんだ……！」

「うわあああん！　トシヤが殴ったーー！」

周囲の職員たちに再びざわめきが走る。しかし今度は昼ドラがどうとかという話ではなく、トシヤが怪物であるネコを殴ったことへの衝撃であった。

泣き出すミィに、ミィを睨みつけるトシヤ、混乱する周囲。そんな混沌《こんとん》とした状況を押し破るように、ロウはトシヤに声をかけた。

「あーうん、トシヤ、その、恋愛をするのは自由だが倫理に反するようなやつは流石にどうかと思うぞ……？」

「ち、違います、ロウさん。誤解です！」

トシヤは必死にロウに弁明した。ミィはぐずついているし、17番からの視線は冷たい。胃が痛くなるのを感じながら十数分かけてようやく誤解を解き、トシヤはハァと息を吐いた。

今回はなんとかおさめたが、人の口に戸は立てられない。このままでは誤解を生み続けてしまうだろう。なんとかしてモモコの夫だという人を見つけて、先手を打って説明しておかなければ。

トシヤはちょうど歩いてきた職員を捕まえて尋ねた。

「なぁ、ハンダタ町付近の拠点に勤めているサクラダという職員を知らないか？」

「サクラダ……？　知らない名前ですね……、その方がどうかされたんです？」

「いや、個人的な質問だ。忘れてくれ」

ぺこりと頭を下げて職員は去っていく。別の拠点の人間の名前を全員把握しているはずもないか。あとで職員リストを検索してみよう。そうやって内心で決めて、トシヤもまた後処理へと向かっていった。


さらに一週間後の夕方、五件目の襲撃事件の後始末を終えたトシヤとミィは、ふらふらになりながらアパートへと帰宅した。やけに重く感じるドアを引き開け、抱きかかえていた寝ぼけ眼のミィを下ろす。後ろ手でドアを閉め、ハァと息を吐いた時、背中のドアが控えめにノックされた。

「おかえりなさい、トシヤさん、ミィちゃん」

「……またですかモモコさん」

「はい、またです」

ドアを開くとそこにいたのは、案の定、隣の部屋に住むモモコだった。モモコの顔を見て、何が待っているのかを察したミィは目を輝かせる。

「そんな、毎回毎回ご馳走になるなんて申し訳ないです」

「あらそう？　困ったわぁ、このままじゃ折角作ったものが腐っちゃうわ」

　そうやって嘯《うそぶ》くものだからトシヤは何も言い返せなくなって、モモコに従って隣の部屋に行くしかなかった。足元では食べ物の気配を察知して嬉しそうにミィが跳ねている。

「あれ、今日もお蕎麦《そば》ですか」

「ええ。カントウ風にチャレンジしてみたくて。お口に合うといいのだけれど」

　ちゃぶ台の前に座ると、そこに置いてあったのは、どんぶりになみなみと注がれたかけ蕎麦だった。蕎麦の上には薬味のねぎまで乗っている。

「ねぎまでわざわざ……」

「ついでですよ。ねぎが食べたい気分だったんです」

　飄々《ひょうひょう》と言い返されてしまい、トシヤはそれ以上追及することもできず、箸を持った。

「いただきます」

「いただきます！」

　木の箸をどんぶりにそっと差し入れて、灰色の蕎麦をそっと持ち上げる。蕎麦に絡むつゆは濃い醤油《しょうゆ》の色をしていて、持ち上げただけで濃厚な香りが鼻をくすぐった。口へと運び、音を立てて一気に吸い込む。一緒に持ち上げたねぎが口の中で噛み砕かれしゃきしゃきと音を立てる。美味《うま》い。滑らかな麺にねぎの辛みがアクセントになっている。

「美味しいです。つゆの濃さもちゃんとカントウ風になってる」

「おいしー！」

　見るからに美味そうに食べる二人を見て、モモコは満足そうに微笑《ほほえ》んだ。

　あっという間にどんぶりを空にして、二人は出された濃い麦茶を啜っていた。

「モモコさん、ミィに昼ドラがどうとかって吹き込んだでしょう」

「あら、もうバレちゃったのね。おしゃべりさんねえ、ミィちゃんは」

仕方なさそうにモモコはそう言い、ミィの頭を撫でる。ミィは気持ちよさそうにごろごろと喉《のど》を鳴らした。

「大変だったんですよ。誤解を解くの」

「あら、誤解なの？　私はてっきり……」

「か、からかわないでください！」

「ふふ、冗談よ」

年上のモモコにいいようにからかわれ、トシヤは軽く怒りながらも、怒り切れずに眉を下げた。

そうしているうちに夜も更け、トシヤは居心地悪そうに座りなおした。

「その……ご主人はまだ帰ってこられないんです？　こんな時間なのに……」

「ああ、そのことですか……」

モモコは寂しそうに目を伏せた。

「主人は泊まり込みの仕事が多くて……あまり家には帰ってこないんです」

「……そうだったんですね」

いや、それにしたってこれ以上ここにいるのもまずいだろう。お暇《いとま》しようとトシヤが腰を上げた時、モモコはトシヤを見上げて微笑んだ。

「でも主人は私の料理が好きで……、よくお弁当を届けに行くんですよ」

薄暗い資料室で、トシヤは一人、端末に接続してある名前を検索していた。やけに長く感じるローディング画面を経て、その結果は表示される。
検索結果は――０件。サクラダという職員は、特務課には存在していなかった。

＊

五日後、アパートの程近くにあるＡ３拠点で、トシヤとミィは襲撃の後処理に追われていた。襲撃はこれで六件目。警戒を強めていたため今回は被害を最小限にとどめることができたが、情報源を潰《つぶ》さなければ、まだまだ襲撃が続くことは予想できた。

化け物と化した襲撃者を殺処分し、『ヒミコ』を服用していないと思われる教団の人間を尋問する。ただし、いざという時に備えて、ネコであるミィはそれに立ち会っていた。

「素直に話せば殺しはしない。教団の拠点はどこだ。内通者は誰なんだ」

「……誰が話すかよ、我等《われら》の神を愚弄《ぐろう》する公僕どもめ！」

「そうだ。我々は公僕だ。だが公には存在しない組織だ。それゆえに法外な手段を取ることも許されている。……おい」

尋問担当の職員が顎《あご》で指示を出すと、控えていた職員がペンチを取り出した。数十秒後、襲撃者の悲鳴が響き渡る。それを心底嫌そうな顔で見ながら、トシヤは自分の携帯端末が震えたのに気がついた。

「アパートで襲われています。助けに来て」

そこに表示されていた文字に、トシヤは顔を歪《ゆが》める。何が起こっているのか、そして何が起こるのか、既にトシヤには見当がついてしまっていた。

「ミィ」

尋問を受ける教団の人間をしゃがみこんでじっと見つめていたミィに、トシヤは声をかける。

「俺がいなくてもみんなを守れるか？」

「うん、守る！」

「……いい子だ」

元気に返事をしたミィの頭を一撫《な》でするると、トシヤは誰にも告げずに、その場を後にした。


絶え間なく空から灰が降り注いでいる。カンカンと音を立てて、安アパートの階段を上っていく。辺りは予想通り静かすぎた。アパートの一室が襲撃を受けているようにはとても思えない。

階段を上り切ると、トシヤは廊下に積もった灰を踏みしめながら、一歩一歩モモコの部屋へと向かっていった。ドアノブを掴《つか》み、ひねる。鍵《かぎ》はかかっておらず、ドアはあっさりと開いた。

土足のまま部屋の中へと入り、トシヤはその人影を見つける。そして——

「モモコさん」

トシヤは懐から大型拳銃《けんじゅう》を取り出すと、こちらに背を向けて立っているモモコへとまっすぐに銃口を向けた。モモコはゆっくりと振り返り、トシヤの持つ拳銃を見て、微笑んだ。

「あら、どうして私に銃を向けるの？」

「ご同行を願います。教団への密通者は——あなたですね？」

トシヤは鋭い目をモモコに向ける。モモコは何も答えなかった。

「動機はおそらく……ご主人を殺した特務課への復讐《ふくしゅう》」

絞り出すようにトシヤは言う。

「特務課の生きている職員のリストにはサクラダだなんて名前はなかったんです。……ですが、死亡者のリストにはあった」

拳銃のグリップをきつく握りしめる。モモコは変わらず微笑んでいた。

「あなたのご主人は特務課の研究者だった。しかし一年前、『ヒミコ』服用の疑惑がかけられて殺処分された。……あなたはよくご主人にお弁当を届けに行っていた。複数の拠点を転々としていた研究者の妻なら、拠点の位置を把握していてもおかしくは——」

「そこまで分かってるのね。トシヤさんは優秀な捜査官だわ」

モモコは目を細めた。その様子には緊張感などまるでなく、普段通りの、料理を振る舞ってくれるあの優しい笑顔のままだった。トシヤはぐっと唇を引き締めた。

「お願いします、投降してください。今ならまだ間に合う」

「いいえ、もう駄目なの。何もかも遅かったのよ」

モモコはゆるゆると首を振る。

「私はもう飲んでしまったのよ、——『ヒミコ』を」

その言葉にトシヤは目を見開いた。モモコは穏やかな顔で続けた。

「あなたも捜査官なら知っているでしょう？　『ヒミコ』を飲んだ人間は、どれだけ少量でも、どんな事情があっても殺処分だと。……でなければ怪物が野に放たれてしまうものね」

「嘘だ」

震える声でトシヤは否定する。

「あれは飲んでから二分以内に効果が出るはずだ。あなたは『ヒミコ』を飲んでいない」

「そうかしら？　私の夫は『ヒミコ』の研究者よ。新型を持っている可能性がないと言い切れるの？」

動揺で銃口が揺れる。モモコは変わらず微笑んでいる。トシヤは浅く息をした。

「トシヤさん。ネコを連れていない今のあなたに残された選択肢は一つだけ」

そうだ、ネコを連れていない以上、ここで襲われたら自分はおしまいだ。それだけじゃない。近隣住民にも間違いなく被害は出るだろう。残された選択肢は一つ。発症者になる前に、この人を殺すこと。でも——

「嘘だ、」

トシヤの指先は今やがたがたと震えていた。自分がこの人を殺す。どうして。ほんの数日前まで親しくしていた相手なのに。トシヤは震える手を押さえ付けるように、両手で拳銃を握りこんだ。それでも銃口はまだ細かく揺れている。

モモコはトシヤに向かって一歩踏み出した。

「来るな」

「トシヤさん」

「来ないでくれ……！」

制止もむなしく、モモコは一歩一歩こちらに近付いてくる。トシヤは足が縫い付けられたかのように動けなくなり、ただ彼女が近づいてくるのを待つことしかできなかった。

モモコは立ち止まり、トシヤに手を伸ばす。その手が一瞬化け物のものに重なって見える。モモコは優しい目でトシヤを見る。恐怖で呼吸が荒くなる。駄目だ、このままじゃ殺される。殺されるんだ。どうすれば、決まってる、俺は——

「ああああああ！」

トシヤは悲鳴に近い声を上げながら、拳銃を握り直し、指先に力を込めた。


——銃声が一発だけ、狭い室内に響く。


咄嗟《とっさ》に目をつぶってしまっていたトシヤは、おそるおそる目を開けた。そこには胸を撃ち抜かれて倒れるモモコの姿があった。

ぎりぎり急所は外れたらしく、モモコにはまだ息があった。しかし、その出血量から見て、もう助からないということは明白だった。『ヒミコ』を飲んでいたならば、化け物の姿になって生き延びるはずだ。だが、モモコは数度だけ浅く息をすると、口からごぼりと血の塊を吐き出して、そのまま動かなくなった。

「やっぱり——」

トシヤは拳銃を取り落とす。頭を掻《か》きむしり、ぼんやりと天井を見つめるモモコの亡骸《なきがら》に向かって叫ぶ。

「やっぱり飲んでないじゃないか‼」

どこかでやかんが沸く音がする。モモコの胸からあふれ出した血だまりは、ささくれた畳にゆっくりと浸み込んでいった。


謹慎一週間。それがトシヤに言い渡された処分だった。

発症者がいる可能性がありながら、独断で動いたことへの罰としては妥当だろう。しかしそれ以上に、己の精神状態を加味した上での休養期間であるということはトシヤ自身も理解していた。

モモコは何故《なぜ》、特務捜査官と知りながら、トシヤと親しくなったのか。何故よく料理を振る舞ってくれたのか。そして——何故、あの時トシヤを呼んだのか。

考えても仕方のないことがぐるぐると頭の中を回り、臨時に用意された部屋の中で、トシヤは布団をかぶりなおした。

——もしかしたら、モモコは自分に止めてほしかったのかもしれない。自分のしたことへの罪の意識にさいなまれて、自分に助けを求めていたのかもしれない。

そんな想像が頭をよぎったが、今となっては確かめようもないことだ。トシヤはぎゅっと目を閉じて、その想像を頭の中から追いやった。


一週間後、ミィを連れてトシヤは引っ越しトラックに荷物を詰める手伝いをしていた。

「トシヤ、トシヤ！」

「……なんだ」

「またお引っ越し？」

不思議そうな目でこちらを見てくるミィに、トシヤは目を逸《そ》らしながら「そうだ」と答えた。するとミィは一気に表情を輝かせ、トシヤに飛びついた。

「おそば食べれる⁉」

無邪気に期待に満ちた目を向けてくるミィの頭に、トシヤは手を置いて撫でてやった。

「ああ、今度は二人で食べような」

第五話　25年目のオムライス

最初の記憶は、息苦しく、生温かい感触だった。

目を閉じていても自分の状態はなんとなく理解できた。まず自分にはほとんど体毛が生えていないようだ。その代わりに細いコードの先端が全身にへばりついている。口の中には太い管が固定され、どこか遠くでピッピッと規則正しい音が聞こえた。

遠くで聞こえるざわめき、枷《かせ》が外れる音、私を包んでいた生温い何かが急激に下に落ち、それにしたがって私の体もずるずると落ちていった。

べちゃりと音を立てて、私の体は外界へと引きずり出される。口の中に固定されていた管が外され、私は自発呼吸を始める。震える手足を駆使して、私は起き上がり、目を開いた。

そこには白衣を着た人間たちが大勢いた。人間たちは私を興味深そうに覗《のぞ》きこんでいた。私は自分の体を見下ろした。べたべたとした透明な液体が全身にへばりついていた。

自分はパッケージングされた羊水の中にいたのだと、私はすぐに理解した。そうやってあらかじめ知識を与えられていた。

私は17番。発症者を狩るために作られた「ネコ」という化け物。私は人間に服従し、人間のために生きなければならない。

「おはよう。そしておめでとう、17－P。君が正式な17番だ」

目の前の人間が私に声をかけた。私は彼の言葉に従って、後ろを振り向いた。

その時の光景を、私はずっと忘れることができない。

十数人もの「私」がそこにはぶらさがっていた。パッケージングされた羊水の中で、目を閉じて、指先一つ動かさず、それでも確かに息をしていた。彼女たちは「私」だった。まごうことなき「私」だった。

私は理解した。理解してしまった。

私は偶然、最も優秀な個体であっただけだ。偶然、最も最後に作られ、偶然、他の個体よりも性能が良かっただけだ。そうでなければ私は、今からごみのように処分される失敗作と同じだったのだ。

目の前で用済みになり、生命維持装置を切られていく姉妹たちを見て——、私は何もすることができなかった。

*

「17番、訓練を開始します」

訓練場に硬質な音声が響き渡り、私は目を閉じて感覚を研ぎ澄ませる。どんな些細《ささい》な音でもいい。聞き逃すわけにはいかない。

息を止めて、耳を澄ませて数十秒。空調の音。雨どいから水滴が垂れる音。開きかけた金属の戸が軋《きし》む音。——アスファルトを何者かが蹴《け》る音。

——いた！

私は目を開くと、地面を蹴って駆けだした。逃がすわけにはいかない。一瞬でも早く捕まえなければ。焦る気持ちを押し隠し、足音の主が通るであろうルートを予想する。私の足では追いつけない。ならば、待ち伏せして捕まえるしかない。

息を殺して数十秒。標的は警戒しながらも建物の中から出てきた。私は素早く物陰から飛び出すと、逃げ出しそうになった標的をギリギリで手の中に収めた。

訓練終了を告げるブザーが鳴った。

「1分57秒04。17番にしては速いタイムですね」

「……そうですか」

研究員に告げられたタイムを私は表情を変えないまま受け止める。

「よくやったな」

後ろから歩み寄ってきたマスターはそう言って私の頭に手を置いた。私は複雑な思いが胸に去来しながらも、それを呑みこんでマスターを見上げた。

「マスター、このまま帰宅するのですか？」

「いや、5番殿がお前を呼んでるらしいから、帰るのはその後だな」

「……5番殿が？」

「なんでも女子会をやるそうだぞ。よかったな、楽しんでこい」

「女子会……」

嫌そうな表情が顔に出ていたらしく、マスターは私を見て苦笑した。ちょうどその時、訓練終了のブザーが鳴った。私の次のネコが訓練を終えた音だ。

数十秒後、部屋に転がり込んできたのはチーズを振り上げた31番だった。

「13秒58。素晴らしいタイムです」

「ミィが一番？」

「はい、そうですよ、31番」

「やったー‼」

タイムを告げられ、31番は嬉《うれ》しそうにあの若造——トシヤの名前を呼びながら、どこかへ駆けていってしまった。きっとトシヤは31番を素直に褒めるのだろう。素晴らしい結果を出した31番を。

胸の奥で何かが刺さるような痛みを感じて、私は拳《こぶし》を軽く握りしめた。

羨《うらや》ましいわけじゃない。あえて言うのであれば、私の持っていないものを当たり前のように持つあいつが妬《ねた》ましいのだ。

31番はスピードタイプだ。速さだけを追求し、他の能力は比較的低く設定されている。そのため、力の強い発症者に押し負けることもあるが、持ち前のスピードで攪乱《かくらん》し、急所を食いちぎる力を持っている。

パワータイプならば、特務課の幹部でもある「5番殿」にかなうものはいない。これは噂にすぎないが、「5番殿」が暴れたことにより、ビルが倒壊した例もあるらしい。

対して私はどうだ。スピードタイプでもなく、パワータイプでもない。あえて言うならばバランス型。特筆すべき能力もなければ、どの訓練の成績も下から数えた方が早い。

言い訳のしようがない。私は——ネコとしては劣等生だ。


いくら人によって造られたネコとはいえ精神的な負荷がかかれば成績が悪くなることもある。

無実の人を殺したことへの罪悪感、血を見ることが好きではない個体、捜査官との軋轢《あつれき》、虐待。それらの問題やストレスを軽減するために不定期に行われている聞き取り調査を俗に私たちは、「女子会」と呼んでいる。

手をかざして生体認証によってドアを開ける。ここから先はネコしか入ることのできない秘密の部屋だ。開いたドアの先には柔らかな明るい色で構成された——端的に言ってしまえば、人間の女児が好みそうな部屋が広がっていた。

壁紙の色は水色、足元のフローリングに敷かれたピンクのマットにはデフォルメされたキャラクターが印刷され、部屋の中央には可愛《かわい》らしい装飾の椅子と机が置いてあった。その椅子に座っていた人物に、私は露骨に顔を歪《ゆが》めた。

よりにもよって、こいつと同室か。

「あっ、イナちゃんだ！　おーい、イナちゃーん！」

「イナちゃんじゃありません。17番です」

手を振ってくる31番に冷静な顔を作りながら歩み寄る。すると、いつのまに部屋に入ってきたのか、私の後ろから抱きついてきた人物がいた。

「ええ？　いいじゃないか、イナちゃん。可愛い名前だと思うけどなあ」

「……5番殿」

ころころ変わるアーモンド形の目に、暗く光る深紅の瞳《ひとみ》。笑顔の形で固められた口元。女児じみたクラシックロリータ。

髪は明るい茶色で、赤の髪留めをものともせずふわふわと動くさまは、まるで髪の束ひとつひとつが意思を持っているかのようにすら見えた。

「ごーちゃんって呼んでっていつも言ってるでしょ、イナちゃん頭がかたいんだからー」

ぷにぷにと頬をつっついてくる彼女はネコでありながら特務課の幹部でもある人物、5番殿だ。見た目は通常のネコよりも背が高く、十歳ほどの少女に見える。

「ほら、座って座って」

5番殿に急かされて、可愛らしい椅子に腰かける。目の前の机には、ネコ用の固形食料と紅茶、それから人間用のお菓子が積み上げてあった。

「二人とも直接会うのは二ヶ月ぶりぐらいかな？　元気にしてた？」

「ミィ、元気ー！」

手を振り上げて31番は答える。5番殿は椅子に腰かけながら相好を崩した。

「うんうん、ミィミィはいつも元気だね。イナちゃんはどう？　体調が悪いとか悩み事があるとか──」

「自己管理は万全です。ネコとしての機能低下はありません」

5番殿は苦笑いをした。

「機能低下って……また味気ない言い方するなあ」

「ネコにとって大事なのはそこでしょう？　訓練も実戦も滞りなく行えています」

そうやって私が言うと、5番殿はじっと私の方を見つめてきた。その目に何もかも見透かされている気がして、私はそっと目を逸らす。

「……まあ、いいけどね。じゃあ女子会を始めようか」

5番殿は私から視線を逸らし、31番の方へと目をやった。私は密《ひそ》かに胸を撫《な》で下ろした。

「ミィミィ、最近楽しかったことあるー？」

31番はちょっとだけ考えると、手を上げて元気よく答えた。

「トシヤとハロウィンしたー！」

「いいねえ、ハロウィン。どんなことをしたんだい？」

「仮装してね、お菓子配ってね、あと、一緒にお菓子作った！　クッキー！」

「おお、クッキーか。すごいなあの子、何でも作れちゃうんだ。今度マフィンとか作らせてみようかな、上官命令で」

さらりと職権濫用発言をする5番殿の言葉は聞かなかったふりをして、私は机に置かれた固形食料に手を伸ばす。31番と5番殿は紅茶のカップを手に取っていた。

「そういえばハロウィンの作戦にはイナちゃんも参加していたね？　変わったことはなかったかな？」

「……変わったことですか」

私は固形食料を口に運びかけていた手を止めて、考え込んだ。あの任務は特に妙なことはなかったはずだ。でも、特筆すべきことといえば一つだけ。

「トシヤから貰《もら》った煮物を、マスターのもとに運びました。押し付けられた形でしたので収賄にはあたらないと考えます」

「ほう、煮物か。それをロウは食べたんだね？」

「はい」

「それを見て、イナちゃんはどう思った？」

「どうって……」

咄嗟《とっさ》に答えられず言葉に詰まる。そうだ、あの時感じた感情は——

「……嬉しかった、です」

「何故《なぜ》？」

「……マスターが喜んでいたから」

ぼそぼそと小声で答える。何故か頭に血が上り、顔が真っ赤になるのを感じる。それがどうにも恥ずかしくて俯《うつむ》いていると、ふと31番がじっとこちらを見つめているのに気がついた。

「……なんですか、31番」

冷たい声で尋ねると、31番は何も考えていなそうな顔で首を傾《かし》げた。

「イナちゃんってロウのこと、好きなの？」

「………………は⁉」

突然の問いかけに、私の思考はフリーズして素《す》っ頓狂《とんきょう》な声を上げてしまっていた。そんな私を置いて、二人は和気藹々《わきあいあい》と話し始める。

「あのね、好きな人のことを考えると顔が真っ赤になるんだよ！」

「おやおや。ミィミィったら、どこでそんな情報を仕入れてきたんだい？」

「昔の漫画！」

「あっはっは！　漫画か！　トシヤったら君にそんなものまで与えているんだね」

「読んじゃだめだった？」

「いいや、存分に読むといい。ミィミィが読みたくて読んでるんだろ？」

「うん！　ミィ、漫画好きー！」

二人の会話が耳に入らないほど、私は動揺していた。思考がぐるぐると回り、はっきりとした答えが出ない。私はマスターのことが好き？　それってどういう意味で？

「それでー、イナちゃんはロウのことどう思ってるんだい？」

5番殿が私に問いかける。私は目を泳がせて、必死に考えた挙句、絞り出すように答えた。

「……嫌いではないです」

「ふふふ、煮え切らない回答だね。実際のところ、恋しちゃってるんじゃないのー？」

「こ、恋……!?」

にんまりと笑った5番殿のその問いかけに、私はいよいよ思考がぐちゃぐちゃになって何も返事ができなくなってしまった。おかしい。私は精神を安定させるためにこの部屋に来たはずなのに、どうしてこんな目に。

5番殿は紅茶のカップを机に置くと、びしっと私を指さしてきた。

「よし上官命令だ。イナちゃん、君はロウ捜査官とデートしなさい！」


「服を買いに行け、ですか」

「そうそう。イナちゃんがデートに行くからね。それにふさわしい服を見繕ってやってほしい」

ここは女子会をしている間、ネコの捜査官たちが待つ待合室。そこでロウとトシヤは待っていたのだが、5番殿はロウだけを追い出して、トシヤにそう告げたのだった。

「お金はこっちで出すからさ」

「はぁ、いいですが、何がどうしてデートなんて……」

「おやおや、知らないのかい？　女子会の内容は詮索《せんさく》無用なんだよ？」

女子会は捜査官の目を気にせずに捜査官からの不当な扱いを告発できる場でもある。その性質上、女子会で何が話されたのかは、同席したネコと5番殿以外誰も知ることはできないのだった。トシヤが黙り込むと、5番殿はトシヤに屈むように指示して、その耳に顔を寄せた。

「もしイナちゃんが駄々をこねたらこう言うといい」

ひそひそと何事かをトシヤに耳打ちする。どうやらろくでもない内容だったらしく、トシヤは5番殿のことを微妙な表情で見た。


バスに揺られて『灰の街』の繁華街へと向かう。バスを降りてフードをかぶったトシヤは、私を見下ろして尋ねてきた。

「一旦《いったん》、朝ごはんを食べてからにしたいんだが構わないか?」

「……好きにしてください」

つっけんどんに答える。31番はトシヤを見上げて言った。

「おうち帰るの?」

「いや、どうせ繁華街まで戻ってくるんだ。喫茶店にでも入って食べよう」

「喫茶店!　モーニング!」

31番は軽く飛び跳ね、トシヤの手を取った。そしてそのまま歩き出すかと思いきや、トシヤは私に向かって手を差し伸べてきたのだった。

「17番も手繋《つな》ぐか?」

「必要ありません。その喫茶店とやらはどこですか。さっさと行きますよ」

その手を無視して、私は歩き始める。トシヤは行き場のなくなった手を引っ込めると、私たちの歩みに合わせてゆっくりと歩き出した。

その後は思いのほか静かな道中だった。31番は無駄にはしゃぎまわることもしなければ、どこかに走り出してしまうこともない。街中でそんなことをすれば捜査中の身としては目立つからだ。

いつもこうやって振る舞っていればいいものをどうして我慢が出来ないのか。私は内心あきれ返っていたが、同時にその理由も理解していた。

理由は分かりきっている。だって彼女は——

「ああ、あった。ここにしよう」

トシヤが不意に声を上げる。視線を上げると、そこには控えめにちかちかと光る喫茶店の看板があった。

「モーニングのAセットで」

「ミィはB！」

メニューを開いて二人は注文をする。店員はそれを端末に打ち込むと、私に視線を向けた。

「そちらのお嬢さんは……」

「私はおなかが空いていないので結構です」

冷たい口調で言うと、店員はたじろいだようだった。すかさずトシヤは言葉を繋げた。

「すみません、水だけいただいていいですか？」

ほどなく運ばれてきたモーニングとやらは、トーストと卵料理のセットのようだった。

クローンによる培養肉が主なタンパク源であるこの街において、卵をわざわざ食事に使うというのは考えてみればナンセンスだ。しかし、あらゆる料理に卵は欠かせないものとなっているため、食の復古主義《ルネサンス》が起こって以来、卵だけは昔ながらの方法で採取されているのだった。

だが、私は卵というものに嫌悪感を抱いていた。正確には卵というものを食べることに対してだ。

隣に座った31番が、ナイフを使って目玉焼きの黄身を潰《つぶ》している。生まれるはずだった命を潰して食べている。

私はあの羊水の匂いを思い出し――目の前に置かれた水へと視線を落とした。


「お客様にはこれが合うんじゃないかしら?」

レースのついた白くて大きな襟。ゆったりと膨らんだ袖《そで》。スカートの裾《すそ》の少し上には一本のレースがぐるりと縫い付けられている黒いワンピース。

店員からそれを手渡され、あれよあれよと言う間に私は試着室へと押し込められてしまっていた。外にはトシヤと31番。カーテンは閉められ、もはや逃げ場はない。

――これは上官命令なんだ。仕方ないんだ。

ぐっと顔をしかめた後、私はワンピースに袖を通した。

「こ、こんなもの……私には似合いません……」

カーテンにしがみつき、半身だけを表に出して私は主張する。しかしトシヤと31番は首を振ってそれを否定するのだ。

「いや、似合ってる」

「うん! イナちゃんかわいいー!」

「はい。よくお似合いですよ、お客様」

「だそうだ。それでいいか、17番?」

「嫌です！　もっと地味なのに替えてください！」

私の必死の叫びにも、トシヤは肩をすくめるばかりだ。

「これ以上地味なのはあるか？」

「いえ、お客様のお召しになっているものが当店で一番地味なものになっておりまして……」

「だ、そうだぞ」

「うう……」

あくまで抵抗を続ける私に対して、トシヤは仕方なさそうにため息を吐《つ》いた。

「あーできれば言いたくなかったんだが……」

「なんですか」

「……『ロウさんもきっと喜ぶぞ』」

私は言葉を失った。ずるい。そこでマスターの名前を出してくるなんて。私は赤く染まる顔をカーテンに押し付けて、渋々ながら店員に言った。

「この服ください……」


「おお、可愛《かわい》いじゃないか！　流石《さすが》、トシヤとミィミィだ！　目が肥えてるねえ！」

「ちがうよ！　選んだのは店員さん！」

「お店を選んだのは君たちだろう？　いやあいい趣味してるねえ」

「……それって褒めてます？」

ワンピースを着たまま研究所に連れて帰られた私を待っていたのは、ひどく上機嫌な5番殿の姿だった。

強面の男が三人の少女に囲まれて眉《まゆ》を下げているという状況はいささか愉快ではあったが、今はそれどころではない。なんとかしてここから逃れられないか俯いたまま思考を巡らせていると、5番殿は優しく私の手を取ってきた。

「おいで、イナちゃん。私が直々に髪を結ってあげよう」

ほらほら、と手を引かれて私は5番殿に更衣室へと連れ込まれる。鏡の前に座らされ、5番殿はどこからか櫛《くし》と可愛らしい小さなヘアピンを持ってきた。

「5番殿、あの……」

「ごーちゃんと呼びなさいっていつも言ってるでしょ」

「できません。5番殿は上官ですから」

頑《かたく》なに拒否すると、5番殿は「仕方ない子だね」と苦笑いをした。

小さな櫛が髪に通され、5番殿は私の左側の髪だけを編みこみ始める。私が抵抗せずにされるがままでいると、5番殿は顔を上げないまま尋ねてきた。

「君はさ、ミィミィがなんであんなに明るいか知ってる?」

私は少しためらった後、わざと5番殿を見ないようにしながら淡々と答えた。

「幼いままでいるようにわざと精神が調整されているからです。……余計なことを考えることができないように」

「そう。そして君にはその調整がされていない」

一体何が言いたいのか。跳ね上がる心臓の音を感じながらちらりと視線を上げると、鏡越しに5番殿と目が合った。

「17番。君は31番のことを憐《あわ》れだと思うかい？　それとも羨《うらや》ましい？」

全身に震えが走った。憐れ、だとは思っているのだろう。だけど羨ましい？　どこにあいつを羨む要素があるというのだ。確かに性能としては私よりあいつの方が上だ。だけどそれは性能だけのこと。精神ならば私の方が上——のはずだ。

じゃあなんで、私は震えているんだ。

「よし、できた！」

嬉《うれ》しそうな声を上げて5番殿は私の髪から手を離した。しかし私は立ち上がることができずにいた。

5番殿はそんな私の前に回り込み、私の両手を包み込むように取った。

「イナちゃん、やはり君には感情のメンテナンスが必要だ」

「メンテナンス、ですか」

言われた意図が分からず、私は5番殿の言葉を繰り返す。5番殿は私の手を慈しむように何度も撫《な》でた。

「他者と触れ合えば感情は揺れ動く。どんな生き物だってそうだ。……そして一度揺れ動いた感情はなかったことにはできない」

いつもは悪戯《いたずら》っぽく笑んでいる5番殿の真剣な眼差しを受けて、私は跳ね回っていた心臓が落ち着いていくのを感じていた。

「要はガス抜きだよ。楽しんでおいで、イナちゃん」

数時間後、ナナガ町にある大規模ショッピングモール「ナナガトキ」の一階に私は立っていた。

ここは灰の影響を受けずに屋内で買い物を楽しめるこの街有数のレジャースポットで――5番殿に勝手に決められたマスターとの待ち合わせの場所だ。

今日はちょうど休日のようで、周囲は防灰コートを脱いでおしゃれをした人間であふれている。

そんな中で一人、私は居心地の悪さを感じながら視線を泳がせていた。

任務として数度張り込んだことはあるが、利用者として来るのは初めてだ。私なんかがこの場所にいていいのだろうか。こんな、真っ当な人間が来るべき場所に。

「ああ、いたいた。待たせて悪かったな、17番」

「マスター」

顔を上げると、そこにはこちらに歩み寄ってくるマスターの姿があった。マスターもいつもの味気ないコート姿ではなく、ラフだが小洒落《こじゃれ》た格好をしている。

「可愛い服だな、どうしたんだ?」

マスターに見下ろされ、私は極力平静な顔を作って答えた。

「5番殿にデートだと言われまして」

きょとんとした顔をするマスターの顔を直視できず、私は目を逸《そ》らして俯《うつむ》いた。

「……何をすればいいのか全く分かりません」

そんな私に、マスターは「そうか」とだけ言うと、突然私の手を握って歩き出した。

「マ、マスター？」

突然のマスターの行動についていけず、つんのめりながら私は尋ねる。マスターは立ち止まって、私のことを優しく見下ろしてきた。

「デートだっていうなら手を繋ぐべきだろう」

「繋ぐべき、ですか」

そうだ。私は5番殿の命令でデートをしに来たんだ。だったらデートらしいことをするのは当然だし仕方のないことだ。

「そういうことなら……」

渋々と頷《うなず》き、そっとマスターの手を握り返す。マスターは妙に子供っぽい表情でにっと笑うと、私の手を引いて再び歩き出した。

「しかしデートか、何十年ぶりだろうな」

「以前されたことがあるのですか？」

「ああ、まだ十代だったころに……いや、デート中に前のデートの話をするなんて無粋だったな、忘れてくれ」

「はあ」

上機嫌に歩みを進めるマスターに困惑しながら私はついていく。マスターは一体何を考えているのだろうか。突然デートをしろだなんて言われてマスター自身も困惑しているはずなのに。

「17番、どこか行きたいところはあるか？」

「いえ、別に……」

「そうか……」

そう言ったきり、マスターは黙って考え込んでしまった。

——失敗した。マスターを困らせてしまった。

焦った私が何か言葉を繋げようとしたその時、マスターは私に振り向いて笑った。

「そうだ、思い出した！　俺はちょうど映画に行きたいと思っていたんだ！」

「え？」

「よし、行こう！　今すぐ行こう！」

マスターの勢いにおされて、私は手を引かれるまま映画館へとついていく。

映画館で上映されていたのは、最終戦争前の豊かな時代に撮影された古いラブストーリーだった。

ポスターを横目にチケットを買い、存在しか知らなかった上映シアターへと入っていく。一つのスクリーンを観るために段になった座席を物珍しげに眺めていると、チケットの半券を見ていたマスターは指定席を見つけたようだった。

ギリギリの時間に滑り込んだからか、座席はシアターの隅にあった。座る部分を倒す珍しい形の椅子に困惑していると、マスターは私の席を下ろしてそこに自分のハンカチをふわっと敷いた。

「どうぞ、お姫様」

行為の意味が分からず、きょとんと目を丸くする。そのまま答えられないでいる私を見たマスターは、徐々に顔を赤くすると、バッと立ち上がって顔を手で覆った。

「あー、はは、すまない、ちょっとくさかったな。デートだし、映画の内容が内容だからつい、な！　ははは！」

マスターが照れている。

だから、それがきっと恥ずかしい行為だったということは分かったが、どういう意味なのかはやはり分からない。

マスターの行動の意味を知ったのは、映画が始まってからだった。

一国の姫とただの国民の男。偶然出会った二人が徐々に仲を深めあい、こっそりとデートをする。

そんな中、男は精一杯の礼儀を勉強して、姫の座る縁石にハンカチを敷くのだ。

「どうぞ、お姫様」

ようやく意味を理解した私は口を押さえて赤面した。マスターは彼女と同じ扱いを私にしてくれたのだ。

バクバクと動揺からくる鼓動がうるさい。なんでこんなことに。してはいけないことだと思いながら、頭の中で5番殿をあらん限りの語彙《ごい》を尽くして詰《なじ》る。全ての元凶である彼女は、脳内でにゃははっと笑うばかりだった。

違う。マスターは仕事だから私とデートをしてくれているんだ。仕事熱心なだけなんだ。顔を覆ってぶんぶんと首を横に振る。

なんとか映画が終わるまでに顔の熱を鎮め、私はマスターに手を引かれてシアターを出た。ロビーとチケット売り場を通り過ぎても、マスターの顔をろくに見ることができない。

「17番、その、つまらなかったか……？」

「い、いえ、あの……」

マスターにおそるおそる問われ、私は必死に言葉を探した。

「え、映画を見るのは初めてだったので……興味深かったです」

「……そうか！　それはよかった！」

私の言葉にマスターは満足したらしく、ほっと胸を撫で下ろしたようだった。

「次はどこに行こうな」

そう問いかけられても私には適切な答えを返すことはできなかった。こんなことをするだなんて生まれて初めてで、デートをする機会ができるなんて考えたこともない。だから、本当にこれ以上行きたいところなど分からなかったのだ。困って俯く私に、マスターは再び問いかけてきた。

「そうだな、服は……新しいものを買ってもらったばかりだろうから、アクセサリーなんてどうだ？」

「アクセサリー、ですか」

「ああ、似合うと思うぞ。17番はかわいいからな」

「か、かわっ……！」

真っ赤になった私に気付いているのかいないのか、マスターはマイペースに私の手を引いてアクセサリーショップへと向かっていった。

「いらっしゃいませ。今日は――娘さんとお出かけですか？」

「いや、デートなんです。……な？」

「はい……」

依然赤いままの顔を伏せて、私は答える。マスターと店員は二言三言会話をすると、私をショーケースの前へとつれていった。ショーケースの中には銀色の指輪がずらりと並んでいる。

「欲しいものはあるか？　何でもいいぞ？」

「……わ、分かりません。こういうものの価値は教わっていないので」

困り果ててマスターを見上げると、マスターは顎《あご》に手を当ててふむと考え込んだ。

「俺はこれがいいと思うな。ちょっとつけてみてくれないか？」

マスターが指さしたのはシンプルながら小さく花のモチーフがついた銀の指輪だった。指示されるままに店員がそれを取り出し、私の指にはめる。一番小さいサイズだというその指輪は、それでも子供の指には大きくぶかぶかだった。

だけど私は手を持ち上げて、指輪をじっと見つめた。指輪は照明を反射してきらきらと輝いていた。

「うん、やっぱりそれがいいな。買おう。決まりだ！」

覗《のぞ》きこんできたマスターがうんうんと頷く。私は慌ててそれを制した。

「でも、私ばっかりこんな……」

自分ばかり貰《もら》ってしまって居心地が悪い、と主張すると、マスターは少しだけ考え込んだ後に言った。

「じゃあ俺も買おう」

「え？」

「おそろいだ」

おそろい。その言葉はとても魅力的な響きで私の鼓膜を揺らした。咄嗟《とっさ》に言い返せないでいるうちに、マスターは店員と話を終わらせて、私の目の前には小さな指輪とネックレス用のチェーンだけが残された。

「失くさないように首からかけておこうな」

反論する暇も与えられず、私の首にネックレスはかけられる。マスターもまた、似た形をした男性ものの指輪を選ぶと、指にはめた。

――その時、店の外から妙な匂いがした気がして私は振り返った。店の前を通っていったのはカートを押す清掃員姿の男女だ。

妙だ。今の匂いは確か――

「どうした、17番」

急に目の前にマスターの顔が現れ、心臓が跳ね上がる音が聞こえた気がした。硬直する私の額にマスターは触れてくる。

「顔が赤いぞ。熱でもあるんじゃないか？」

「な、なんでもありません」

緊張で頬が熱くなるのを感じながらそう答え、再び振り返った時には――店の前には既に誰の姿もなかった。


「次はそうだな、その辺りのレストランにでも……いや、お前は食べられないんだったな、すまない」

一般的なネコである私は人間の食べ物を食べない。マスターは恥ずかしそうに頭をかいた。

私は周りへと目を向けた。周囲には親子連れや恋人同士と思《おぼ》しき人々が楽しそうに行き交っている。私はそんな人々を目で追いながら少しだけ考えて――首を横に振った。

「いえ」

マスターが目を丸くして私を見てくる。私は緊張で声を震わせながら言った。

「……食べてみたいです、デートですから」

そう、デートだから仕方がない。そうやって自分を納得させる。するとマスターは満面の笑みを浮かべた。

「……そうか、そうか！」

「デートだから仕方ないんです」

「そうだな、デートだもんな！　はっはっは！」

上機嫌のマスターに連れられるままに、私たちは近くにあったレストランに入店する。夕食には少し早いぐらいの時間だったため、それほど店内は混んでおらず、すんなりと席に座ることができた。

「ほら、メニューはこれだ。何でも好きなものを頼みなさい」

手渡されたメニューを前にして、私は困惑して視線を泳がせる。目の前には色とりどりの食べ物の写真が広がっているが、そのほとんどに対する知識を私は持ち合わせていなかった。

「わ、分かりません。どれがその……『美味《おい》しい』のでしょうか」

「ん、ああそうだな。じゃあ俺が決めていいか？」

私の混乱を悟ったマスターは、私からメニューを受け取るとううむと考え出した。

「17番の初めての食事を決められるとは、なんだか嬉《うれ》しいな」

「そういうものなのですか？」

「そういうものなんだよ。そうだな、初めてだから箸《はし》は使えないだろうし、そうするとスプーンで食べられるもの……子供が好きそうなもの……オムライスなんてどうだ？」

オムライス。それは知っている。ケチャップライスを「卵」で包むというあれだ。そう、よりにもよって「卵」を使った料理。

私は一瞬体を強張らせたが、楽しそうにしているマスターを見ると、何故《なぜ》か断りたくなくなってしまい、首肯して答えた。

「その、オムライスというもの、食べてみたいです」

料理はほんの十五分ほどで運ばれてきた。ウェイターが去った後にテーブルの上に残されたのは、二つの簡素なオムライス。卵はしっかりと焼かれ、中のライスを包んでいる。真ん中には赤い調味料らしきものがかかっていて、全体からはほかほかと湯気が立っていた。

これがオムライス。生まれてくる前の命を奪って作られた卵料理。生まれてくるはずだった姉妹たちの姿が脳裏をよぎり、私は拳《こぶし》を握った。

「いいか、こうやってすくうんだ」

マスターの真似をしてスプーンを持ち、たどたどしくオムライスの端にスプーンを差し入れる。薄く焼かれた卵はあっさりと切れ、中のライスと一緒にスプーンの上に乗った。

マスターがそれを口の中に入れたのを確認し、私もまた――数秒間オムライスと向き合った後に、意を決してそれを口の中へと押し込んだ。

その瞬間広がったのは柔らかくて優しい感触。鼻から抜けるこれは卵の匂いだろうか、それともライスのものなのだろうか。ふと残されたオムライスの断面を見てみると、そこにあったのは知識にあるケチャップの赤色ではなく、クリーム色のぱらぱらとしたライスだった。おそるおそる噛《か》み締《し》めると、ライスの中に交じっていた具が口の中を躍り、浸み込んでいた味が広がっていく。

私はもぐもぐと十数秒噛み続けた後、ごくりとそれを飲み下した。

――ああ、食べてしまった。だけど嫌な気持ちはしない。むしろこれは。

「どうだ？　美味《うま》いか？」

期待に満ちた目をマスターが向けてくる。私はスプーンを握りしめながらそれに答えた。

「マスター。実は私、卵というものに嫌悪感を持っていたんです。……生まれてくる前の命を食べるなんて、すごく残酷なことだと思っていたから。……それに初めての食事で味もよく分かりません」

淡々と述べる感想に、マスターの表情は曇っていった。私は慌てて言葉を繋《つな》げた。

「でも、嫌じゃなかったんです！　とても温かくて、嬉しくて」

それはきっとマスターが選んでくれたものだから。私のためだけにうんと考えて選んでくれたものだから。私は自然と顔が笑みの形になるのを感じていた。

「きっとこれが美味しいということなんだと思います」

マスターは最初きょとんとした顔をしていたが、やがてとても優しい表情になると、「そうか」とだけ言った。

その表情を見ているうちに、私は途方もない喜びと、ずっと胸の内に抱えてきた罪悪感がわきあがってくるのを感じていた。言ってしまうべきだろうか。きっと言ってしまうべきなんだろう。マスターと出会って25年。ずっと抱え続けたこの感情を。

「マスター、あの、ずっとマスターに言いたかったことがあるんです」

覚悟を決めてそう切り出すと、マスターは優しく「なんだ？」とだけ問い返してきた。私はスプーンを置いて、頭を下げた。

「マスター、私みたいな劣等生を今まで使い続けてくれて——ありがとうございます」

マスターは何も答えなかった。答えられなかったのかもしれない。

「私は駄目なネコです。周りに比べれば足も遅いし、力も弱い。特殊技能があるわけでもない。それなのにマスターは私を見捨てないで使い続けてくれた。だから私は——」

「17番」

優しいマスターの声が、私の言葉を遮ったのはその時だった。私は俯《うつむ》いていた顔をそっと上げた。

そこにはいつになく真剣な顔をしたマスターの姿があった。

「俺はお前がいいんだ、お前が一緒だったからここまで来られたんだ」

それは、肩を揺さぶられているかのような力強い言葉だった。数秒置いてその言葉の意味を理解して、私は目を見開いた。

「25年間ついてきてくれてありがとう。これからもよろしくな、17番」

そう言ってマスターは微笑《ほほえ》んだ。嬉しい。こんなに嬉しい言葉をかけてもらえるだなんて。私は顔が赤くなってきているような気がして、再び俯いた。

こんな感情を向けられたら勘違いしてしまう。これまで高望みだと思っていたものが、目の前にあるような気がしてきてしまう。

私は軽く俯いたまま、目だけでちらちらとマスターを見た。マスターは変わらず優しい顔で微笑んでいた。

勘違いしてもいいのだろうか。望んでみても――いいのだろうか。

「……マスター」

「なんだ？」

「その、一度だけでいいので」

震える声で小さく、私は問いかける。

「イナ、と呼んでくれませんか？」

答えが怖くて顔は上げられなかった。だけどその代わりに、ほんの数秒後にその言葉は返ってきた。

「イナ」

優しく愛おしむように呼ばれたその名前。私は俯いたまま、目に涙がたまっていくのを感じていた。こんなに嬉しいことがあるなんて。私はごしごしと目をこすった後、マスターに答えようとした。

――その瞬間、マスターの背後で激しい光が見え、ショッピングモール全体を巨大な爆発音が揺らした。

すさまじい爆風で吹き飛ばされていた私は、数秒間、何が起こったのか分からずに硬直していた。やがて自分の上に乗っているのが、テーブルだということに気づき、どうやら至近距離で爆発が起きたらしいということを理解した私は、テーブルをはね除《の》けて起き上がった。

「マスター……？」

店内は惨憺《さんたん》たるありさまだった。爆発があったと思われる廊下には割れたガラスが飛び散り、爆風で吹き飛んだ椅子や机、そして人間が転がっている。その中の一人を見つけ、私は悲鳴を上げた。

「マスター‼」

慌てて駆け寄り、肩を揺する。返事はない。息はある。だけど細かいガラスの破片がたくさん突き刺さって大けがをしている。どうしよう、どうすれば。

冷静に状況を判断しようとしているのに、混乱で頭がぐちゃぐちゃになってしまう。

私のせいだ。私が甘ったれた考えを持ったから、警戒を怠ったからこんなことに。

唇を噛み締める。震える手を握りこむ。――その時、店の入口から破壊音が聞こえてきて、私は振り向いた。

「発症者……⁉」

そこにいたのは、鱗《うろこ》に覆われた巨大な化け物――発症者だった。誰が、何のために発症者を放ったのか。立て続けに襲い来る出来事の嵐に、私の思考は混乱を極める。

だけど、発症者が首をめぐらせ、倒れていた人間の内の一人にゆっくりと歩み寄り始めた時、私はなすべきことをはっきりと自覚した。

戦わなければ、私はネコなのだから。

気を失っているマスターのポケットを探り、「ヒミコ」の錠剤が入ったケースを取り出す。ケースの中の錠剤を全て口に放り込み、噛み砕く。継続時間はありったけ。戦えるだけ戦わなければ。

内側から盛り上がってくる肉に、ワンピースが引きちぎられていく。5番殿に結ってもらった髪がほどけ、マスターに貰《もら》ったネックレスがはじけ飛んで指輪はどこかに飛んでいく。

私はネコだ。私は化け物だ。こんなもの必要なかったんだ。浮かれている場合じゃなかったんだ。私がそんなことにかまけているから、マスターは、マスターは……！

後悔と自責心が咆哮《ほうこう》となって吐き出され、それに気づいた発症者がこちらに顔を向ける。私は四つ足で踏ん張ると、一気に発症者へと飛びかかった。

先手を取って押し倒す。しかし、喉《のど》を噛み砕こうとした牙《きば》は咄嗟《とっさ》に持ち上げられた腕に阻まれてしまう。私は発症者の腕に牙を食いこませ、横へと払った。がら空きになった顔面に拳を叩《たた》きこむ。ひるんだのか、発症者は一瞬反応が遅れた。その隙をついて私は発症者の首に食らいつき、思いきり顎《あご》に力を込めた。

ゴキ、と重い音がして、発症者の首がへし折れる。いかに頑丈な発症者であっても、元は人間だ。首が折れてしまえばそう簡単に再生はしない。動きが鈍った発症者の首にさらに食らいつき、念入りに絶命させる。しかしその時、飛びかかってきた何者かによって私の体は吹き飛ばされた。

「グウウウウ！」

唸《うな》り声を上げてそちらを見ると、そこにはもう一体無傷の発症者の姿があった。発症者は私を見ると、天を仰いで雄たけびを上げた。きっと増援を呼ばれたのだろう。だけど退くわけにはいかない。ここには守るべき人間と——マスターがいるのだから。

飛びかかり、押し倒す。急所は首だ。私の力ではそれ以外は狙えない。一人仕留めた。また飛びかかる。よけられる。視界の端に増援が映る。突進される。体を掴《つか》まれ、投げ飛ばされる。壁に叩きつけられる。骨が折れた音がする。だけど平気だ。すぐに繋がる。雄たけびを上げる。突進する。もう一人仕留めた。敵はまだいる——

十分だったのか、それとも数十分だったのか。私はそれを続けていたが、不意に体の違和感に気付いて動きを止めた。

力が弱まっている。違う、体が縮んでいる。

——時間切れだ。

「あぐっ……！」

敵に殴り飛ばされ、ガラスだらけの地面を転がっていく。大きく咳《せ》き込んで、息を整え終わる頃には、私の体は元の少女の姿へと戻ってしまっていた。

発症者たちが一歩一歩こちらに近付いてくる。

薬はもうない。

床には指輪が転がっている。背後にはぴくりとも動かないマスターが倒れている。

私はよだれを垂らす化け物たちに見下ろされ、不意に——怖くなった。

全身に震えが走る。奥歯ががちがちと鳴る。化け物がこちらに手を伸ばしてくる。足元には指輪が落ちている。怖い。足が動かない。化け物から目が逸《そ》らせない。怖い、嫌だ。

嫌だ、死にたくない。死ぬのが怖い！

——その時、店に飛び込んできた何者かによって、発症者たちはまとめて吹き飛ばされた。

「うらあああ！」

どこか気の抜ける咆哮とともに、飛び込んできた彼女は発症者たちを屠《ほふ》っていく。ほんの数十秒かけて奴らを文字通り叩き潰した少女は、全てを終わらせた後、へたりこんでいる私に駆け寄ってきた。

「イナちゃん無事⁉」

「5番殿……」

私は呆《ほう》けた顔でそれを迎えた後、5番殿に縋《すが》り付いて情けなく泣いてしまっていた。


二日後、私は5番殿との面談に呼び出されていた。面談場所に使われたのはいつもの「女子会」の部屋だ。可愛《かわい》らしい椅子に腰かけて私と5番殿は向かい合っていた。

「君も聞いているとは思うが、あれは「管理システム」否定派のテロだった。それに教団が技術提供をしていたんだね」

5番殿は淡々と説明する。だけど私にはそんなことはどうでもよくて、ただ俯いて沈黙を守っていた。5番殿は、そんな私をじっと見つめた後、テーブルの上にあるものを置いてこちらに差し出した。

「これ、君のだろう？」

それは——あの時、失くしてしまった指輪だった。テーブルの上で鈍く輝くその小さな指輪に、私は手を伸ばさなかった。

「……受け取れません」

5番殿は辛抱強く私の反応を窺《うかが》った後、指輪をテーブルの真ん中に置いたまま、両手の指を組んだ。

「イナちゃん、何か私に話したいことがあるんじゃないかな」

俯いたまま拳《こぶし》を握りしめる。言うべきことは決まっている。私はぎゅっと閉じていた唇を開いた。

「5番殿。私を、廃棄処分にしてください」

5番殿に驚いた様子はなかった。数秒の沈黙の後、彼女はただ穏やかな声色で尋ね返してきた。

「何故《なぜ》？」

「何故って……！」

そんなこと分かりきっている。

だけどそれが何なのか上手《うま》く言葉にできずに、私は口を開け閉めした。悲しさ、悔しさ、自分への失望。溢《あふ》れてくる感情を処理しきれず、目には涙の膜が張っていく。

「どうして私に教えたんですか」

「……何をかな？」

5番殿は相変わらず落ち着いた口調で尋ねてくる。

「食べることを？　おしゃれをすることを？　人として幸せになることを？」

全部だ。何もかもだ。私は俯いたまま、感情のままに叫んだ。

「こんなに苦しいのなら、こんなこと知らないままの方がよかった！」

ぼろぼろと涙がこぼれ、膝《ひざ》の上で握った拳に落ちていく。そう、私はもう知ってしまったのだ。

今まで見ないようにしてきた何もかもを。それを与えられる幸せを。

「死ぬのが怖いと思ったんです。幸せになりたいと思ってしまったんです」

私は全身を震わせ、大きくしゃくり上げた。

「こんな私はもうきっとネコですらない！　それならいっそ——」

「駄目だよ、イナちゃん。それは逃げだ」

絶対的で、だけど温かい5番殿の言葉に、私は顔を上げる。5番殿は相変わらずこちらを見つめて微笑《ほほえ》んでいた。

「君、オムライスを食べたんだってね」

「……はい」

「どうだい、生まれてくるはずの命を食べた感想は」

「……美味《おい》しかったです」

一度言葉を切り、あの時感じたものを吐き出す。素直に、感じたままに。

「温かくて、嬉《うれ》しくて、幸せでした」

あんなに嫌っていた人の食べ物を食べたのに。卵だなんて残酷なものを食べたのに。

幸せだと思ってしまった。感じてしまった。

5番殿はそんな私に音もなく歩み寄ると、私の手を取り、しゃがみこんで私を見上げてきた。

「君は生まれてくるはずの可能性を摘み取って生きているんだ。君だけじゃない。どんな命も、そうやって生まれたし、そうやって生きている」

生まれてくるはずだった命。私の姉妹たち。

私はあふれてくる涙を拭《ぬぐ》えないまま5番殿を見た。5番殿は私の手のひらの上に、あの指輪をそっと置いて、仕方なさそうに微笑んだ。

「イナちゃん。君はあのオムライスを食べた瞬間にようやく生まれたんだよ」


特務課直属の病院。その一室の前で私は十数分の間、入室をためらっていた。

この扉の向こうにマスターがいる。治療によって傷は全て塞《ふさ》がり、あとは体力の回復を待つのみという状態らしいが、本当に大丈夫だろうか。

爆発に巻き込まれ、破片の中に倒れ伏すあの姿を思い出し、手が震えてしまう。

しかしこのままここに立ち続けるというわけにもいかないだろう。やがて意を決した私は、手を持ち上げ、病室のドアを軽くノックした。

「どうぞ」

しっかりとした声の返事に、ほっと胸を撫《な》で下ろしながら、努めて真面目な顔を作ると「失礼します」と言って私は部屋の中へと入っていった。

「17番か」

マスターはベッドから体を起こして何か書類を読んでいたようだった。私が歩み寄るとマスターはふっと表情を緩めて笑った。

「無事だったんだな、よかった」

咄嗟に言葉を返せなかった。守れなかった罪悪感と、気遣われた喜びとがないまぜになって、私は思わず俯《うつむ》いてしまっていた。だめだ、そうじゃない。私はマスターに言わなければいけないことがあるのに。

「どうした？」

戸惑った様子でマスターが問いかけてくる。私は緊張で早鐘を打つ心臓を抑えこみながら、マスターの方へと顔を向けた。

私は伝えなければ。しっかり、この人と向き合って。

「廃棄処分を申し出ようと思っていたんです」

私の言葉にマスターは目を丸くしたようだった。だけどマスターは私の言葉を遮らず、私はそのまま言葉を続けた。

「私はあなたを守れなかったから。……失ってしまうところだったから」

――そして、ネコにあるまじき感情を持ってしまったから。

「あなたならきっと、私より有能なネコが代わりにあてがわれるだろうと思っていたんです」

淡々と語る私をマスターはじっと見つめ、優しい顔で問い返してきた。

「今は違うのか？」

私は頷《うなず》いて答えた。

そう、今は違う。もうそんなことは思っていない。

「私は私の命に責任を取らなくてはいけない」

私の命は私だけのものじゃない。私が生まれるために死んでいった命たちが、私が生きるために殺してきた数多《あまた》の命がある。

「私の摘み取った可能性に責任を取らなくてはいけない」

羊水の中に浮かぶ私の姉妹たち。生まれることのないまま食べられる卵たち。

その全てに私は責任を取って生きなければいけない。

「だからもう一度あなたのもとで戦わせてください、マスター」

真剣に、まっすぐにマスターを見つめる。マスターは私の眼差しをしっかりと受け止め、そして穏やかに微笑んだ。

「もちろん。こちらもそのつもりだったよ」

その言葉に私はほっと緊張を緩める。しかし、その後に続けられた言葉に私は再び緊張で体を強張らせた。

「ところで……」

「な、なんでしょう」

「……またイナと呼んでもいいか？」

思わぬ申し出に私は思考を停止させ、たっぷり十数秒考え込んだ後に答えた。

「いえ、それは止《や》めていただきたいです」

「む、何故だ」

拗《す》ねたような顔をしてマスターが問いかけてくる。私はあふれてくる感情を隠すように顔を逸らした。

「その、恥ずかしいので……」

マスターはそんな私を見ると、数秒きょとんとした後に、声を上げて笑い出した。私は羞恥心《しゅうちしん》で顔が赤くなるのを感じていたけれど、それでも今感じているのは決して不快な感情ではないと分かっていた。

「よしじゃあ二人きりの時だけそう呼ぼう。それでいいな？」

「はい、マスター」

第六話　任侠義理親子丼物語

ごとりと目の前にどんぶりが置かれる。真っ黒なソファの上で縮こまっていた少年、ヤスゴはその音にびくりと肩を震わせた。

そもそもヤスゴがこの事務所に連れてこられた理由は、彼自身にも分かっていなかった。ただ分かっているのは、自分が学校から帰ったら両親がどこにもいなかったこと。そして、残されていた手紙によれば、両親には多額の借金があったということだけ。

その後やってきた人相の悪い男たちに、十歳のヤスゴは真っ黒な車へと押し込められ、とあるビルにある事務所へと連れてこられた。

事務所はまるで普通の会社のようになっている下階と、居住スペースのようになっている上階に分かれているようであった。

手を引かれて会社の階を通り過ぎたヤスゴは大きなソファと机のある応接スペースへと通され、ソファに座らされた。

これから何をされるんだろう。父母はいなくなってしまったし、きっと借金の相手はこの大人たちで、するとここはきっとヤクザの事務所だ。

自分は違法な場所で働かされるんだろうか。工場だとか、漁だとか、風俗だとか。それとも、親の責任を取って殺されるんだろうか。

そんな想像が頭を駆け巡り、ヤスゴはソファの上でぶるぶると震え続けた。

しばらくそうしていると事務所の奥の方からなんだかいい匂いが漂ってきた。多分これは醤油《しょうゆ》を熱した香ばしい匂いだ。それは育ち盛りの、そして両親がいなくなって腹を空かせていたヤスゴの胃には、魅力的すぎる匂いだった。

生唾《なまつば》を飲み込んでそちらを注視していると、やがて一人の男性が奥の部屋から姿を現した。ヤスゴはひっと声を上げて俯き——そうしているうちに目の前の机に無言でどんぶりが置かれたという次第だった。

ちらっと視線を上げると、顔に傷のある厳つい男が向かいのソファに座ったところだった。男はヤスゴの視線に気づくと、不思議そうにこちらに尋ねてきた。

「なんだ、食わないのか？」

「えっ」

「……食わないと冷めちまうだろうが」

「た、食べます！　食べさせていただきます！」

ヤスゴは慌てて箸《はし》を取ると、どんぶりに向かって手を合わせた。

「いただきます」

どんぶりの蓋《ふた》をあけるとそこにあったのは鮮やかな黄色だった。つゆをよく吸ってつやつやになった卵、それに絡められた大きく切られた肉、ゴロゴロと入っている玉ねぎ。それは——明らかにレトルトではない本格的な親子丼だった。

それを見た瞬間、抱いていたはずの怯《おび》えや警戒心をヤスゴはすっかり忘れてしまい、どんぶりを持ち上げて夢中でそれをかきこみはじめた。

口に入れた瞬間、半熟の卵と醤油と出汁の香りが口いっぱいに広がる。噛《か》み締《し》めると、鶏肉からじゅわっと肉の旨味が溢れ出て、ヤスゴはハフハフと口の中でそれを冷ましながら食べ進めていった。しゃきしゃきの玉ねぎ、ほろりととろける脂身。どれも涙が出そうになる程美味しくて、ヤスゴは一度も箸を止めることのないまま、親子丼を食べ終わった。

「ごちそうさまでした」

「おう、美味《うま》かったか？」

目の前のいかにもヤクザですといった顔の男にそう問われ、ヤスゴは一気に現実に引き戻される。

ヤスゴは震えながらそれに答えた。

「は、はい！　美味しかったです……」

「……そうか」

男はほんの僅《わず》かだけ口角を上げて微笑《ほほえ》んだ――ように見えた。そして、背の低いヤスゴに視線を合わせるためなのか前かがみになり、ヤスゴに話しかけてきた。

「とりあえず今お前が置かれてる状況について説明すべきだろうな」

ヤスゴはびくりと肩を震わせた。

「お前の父ちゃんと母ちゃんは俺たちモトウオ組に借金があった。奴ら借金を繰り返してたな、ついに首が回らなくなってお前を借金のカタに売り飛ばしたいと言い出した」

机をじっと見ていたヤスゴは目を見開いた。

「それってつまり――僕は売られたってことですか」

震える声で尋ねる。涙がこみ上げてくる。売られた。僕はついに捨てられてしまったんだ。暴力ばかり振るう親だったが、自分にとってはかけがえのない両親だったのに。男は大きくため息を吐いた。

「まあそうなるな。だが俺たちはそれを許さなかった。……自分の子供を売り飛ばすような外道にかける情けはないからな。この先一生かけて借金を返し続けられる場所に行ってもらったよ。で、お前の処遇だが……」

思いもよらない方向に話が進み、ヤスゴは恐る恐る顔を上げた。男は真剣な眼差しでヤスゴを見ていた。

「お前、俺たちと一緒に住まないか？」

「……え？」

「困ってるガキを放っておけるほどモトウオ組は堕《お》ちてねえ。だがお前をそういう施設に預けようものなら足がつくかもしれねえ。だからそのなんだ」

男は頬の傷を照れくさそうにかいた後、こう切り出した。

「坊主、俺たちと家族にならないか」

ヤスゴはきょとんと目を丸くして、繰り返した。

「家族？」

「そうだ。家族だ。弱い奴には優しく、困った時は互いに助け合う、そんな家族になろう」

それを聞いた途端、何故《なぜ》だか涙が溢《あふ》れてきた。僕はここにいていいんだ。こんな優しい人たちの家族になれるんだ。

しゃくり上げるヤスゴの頭を、男は無骨な手のひらでぽんぽんと撫でた。

「俺はゼンキチ。今日からお前は、俺たちの家族だ」

十年後、二十歳になったヤスゴは近所のスーパーで買い出しをしていた。

鶏肉に卵に玉ねぎ。なんとなく今日の晩飯は想像がついた。そしてこのメニューが来るということは――つまり俺たちに家族が増えるということだ。

上機嫌のままレジを通り、コートを着て店の外に出る。近道をしようと細い道に入っていくと、ヤスゴはそこにたむろしていたチンピラに目をつけられた。

「おいそこの兄ちゃん、俺たちに飯奢《おご》ってくれよ」

コートの上からではやせっぽちにみえるヤスゴになら勝てると思ったのだろう。こちらを取り囲み、胸ぐらを掴《つか》んできた三人の男に、ヤスゴは鼻を鳴らした。

「やめとけよゴロツキ。今なら見逃してやるぞ」

「ああ？　なんだとテメェ！」

かなり短気な性格だったのだろう。軽い挑発に乗ってこちらに殴りかかってきた男の拳《こぶし》を軽く受け止めると、ヤスゴはそれを片手で投げ飛ばした。地面に背中を打ち付けた男は声も出せずに悶絶《もんぜつ》する。

そんな男に蹴《け》りを一発くれてやってから、ヤスゴは残りの男たちを一瞥《いちべつ》した。

「俺たちモトウオ組に喧嘩《けんか》を売るたぁいい度胸してるじゃねえか」

「モ、モトウオ組!?」

「やべぇよ、本物のヤクザだ！」

二人の男は悶絶する足元の男を置いて逃げ去っていった。ヤスゴは再びふんと鼻を鳴らすと、軽い足取りで事務所へと戻っていった。

事務所には予想通り、幹部が数人集まっていた。誰も彼も見るからに脛《すね》に傷を持つ風貌《ふうぼう》をしていたが、ヤスゴは臆《おく》することなくその輪の中へと入っていった。

「ただいま戻りました、ゼンキチ兄貴！」

「おおヤスゴか！　お前にも紹介しなきゃな、ほらこいつだ」

ゼンキチが指差してきたのは、彼の後ろに立っていた三十歳ほどに見える強面の男性だった。かなり身長は高く、目つきも鋭い。カタギの人間ではない雰囲気を醸し出す男だった。

「こいつは今日からこの事務所に出入りすることになったトシヤだ。まあ、よろしくしてやってくれ」

「……トシヤです。よろしくお願いします」

そう言うとトシヤは、年下のヤスゴに対して丁寧に頭を下げた。どうやらこいつは礼儀ってもんがしっかりしているようだ。

「トシヤはここに来るのも初めてだからな、ヤスゴ、お前ちょっとこいつにここを案内してやってくれ」

「はい、兄貴！」

ヤスゴは上機嫌でそれに答え、丁寧だが仏頂面のトシヤを促して部屋から出ていった。

「一階と二階は普通の会社なんだ。まあ裏で扱ってる内容はやばいんだがな。で、今俺たちがいる三階から上が詰所兼居住スペース。ここで一番偉い若頭のゼンキチ兄貴が住んでて、護衛の奴らが交代で詰めてるんだ」

踊り場でそう話しながら、ヤスゴは階段へと足をかける。

「ま、俺みたいな特例はいるがな」

WEB発の才能がここに集う！ 四六判小説レーベル
カドカワBOOKS 3月の新刊
カドカワBOOKS 毎月10日発売！
薬物捜査官のおっさんと
相棒の幼女による、
美味しくてすこし哀しい物語。
オーバー30歳
主人公コンテス
特別賞受賞作
灰の街の食道楽
著：黄鱗きいろ イラスト：にじまあるく
人類圏の東端に位置する“灰の街”。そこでは人が残酷に食い荒らされる事件が頻発していた。特務捜査官・トシヤ(30)は“ネコ”と呼ばれる幼女・ミィとエージェントとして街を暗躍する。SFグルメを食しながら！

コミックス
5巻
発売中!
悠利、スイーツバイキングに
新たな革命を起こす!?
最強の鑑定士って
誰のこと? 12
〜満腹ごはんで異世界生活〜
著：港瀬つかさ イラスト：シソ
パティシエのルシアから、スイーツバイキング用の新作メニューを試食して欲しいと呼ばれた悠利。美味しいタルトに舌鼓をうちつつも、現代日本を思い出し甘さ控えめのものもあるといいかもとアドバイスをするが……？

次の目標は
マイホーム！
無自覚最強魔導師の
セカンドライフ
第2弾！

トシヤは一度きょとんとした顔をした後、ヤスゴに尋ね返してきた。

「ヤスゴさんはここに住んでるんですか？」

「まあな。ちょいと訳ありでね」

喋《しゃべ》りながらも二人は階段を下り、一階のエントランスへと降りてきた。エントランスで控えていた見張りの男たちに手を軽く上げて挨拶《あいさつ》をし、ヤスゴはトシヤを外へと連れていった。

「ついでだ。事務所の周りも案内してやるよ」

入口にかかっていた共用のコートを羽織って二人は外に出ていく。ビルの外にはいつも通り灰がちらつき、二人に向かってびゅうと風が吹き付けてきた。

「おー、さむっ！　最近冷えてきたなあ」

「そうですね」

コートの前を閉めて背中を丸めながら二人は歩き出す。歓楽街の片隅にある組の事務所は、一歩外に出るだけで騒がしい呼び込みの音声が響いてくる。二人は連れ立って二ブロックほど歩き、不意にヤスゴは切り出した。

「どうして一旦《いったん》あそこから追い出されたのか不思議に思ってんだろ」

その問いにトシヤは戸惑いの表情で返した。どうやらどんな顔をすればいいか迷っているようだ。

そんなトシヤにヤスゴはにっと笑いかけた。

「いつもチンピラから構成員に格上げする時にゃ、決まって親子丼を作ることになってんのさ。それを作ってる最中だから追い出されたって訳だ」

「親子丼、ですか」

「そうさ。義理の家族になるんだから、って意味を込めてな！」

まるで子供へのサプライズだ、とでも思っているのだろう。トシヤは相変わらず困惑した表情のままだった。だが、それを声に出さないのは彼の優しさだろうか。なかなか話の分かる奴だと、ヤスゴはいい気分になって空を見上げた。

「懐かしいなあ。俺の時も親子丼作ってもらってさ」

今でも鮮明に思い出せる。両親のいなくなった家、やってきた厳つい男たち、頭を撫《な》でてくれた兄貴の大きな手。

「親に捨てられた俺を拾ってくれたのがゼンキチ兄貴なんだ。だから俺はゼンキチ兄貴のためならなんだってするんだぜ」

吐き出す息が白い。もう冬も半ばぐらいだろうか。無邪気に語るヤスゴをよそに、傍らのトシヤは無言のままだった。

「トシヤ、お前は家族はいるのか？」

ふとヤスゴに尋ねられ、トシヤは足を止める。その仏頂面には初めて動揺らしきものが浮かんでいた。

「いいえ。父は幼い頃蒸発して、母も数年前に……」

「そうか。悪いこと聞いたな」

ヤスゴは自分より高い位置のトシヤの肩にぽんと手を置く。トシヤは少しの間ヤスゴから目を逸《そ》らしていたが、気を取り直したのかヤスゴに何かを言おうとした。

しかしその時飛んできた明るい声がそれを遮った。

「あっ、トシヤだー！　おーい！」
五、六メートルほど先から手を振ってきたのは五歳ぐらいの一人の少女だった。

「ミィ」

トシヤは少女の名前を呼んで軽く手を振りかえし、ヤスゴはそんなトシヤを怪訝《けげん》な目で見た。

「知り合いか？」

「あ、ああ、まあ」

手を振って気が済んだのか、ミィと呼ばれた少女はそのままどこかへと去っていった。

「近所の子供です。たまに遊んでやったりしてるんです」

そう言うトシヤの顔はとても優しく、ヤスゴは咄嗟《とっさ》に何も言い返すことができなかった。

そのまま二人は事務所へと戻り——三階への階段を上りながらヤスゴは切り出した。

「トシヤ。……お前、ヤクザ向いてねえよ」

「そうですか？」

「そうだって。今からでも遅くねえ。兄貴にかけあってやるからヤクザなんてやめちまえ」

あんな優しい顔ができる奴が生きていける世界じゃない。確かにこの世界に人情は不可欠だが、それ以上の優しさは命取りだ。ヤスゴは百パーセントの善意でそうやって忠告した。しかしトシヤは目を伏せてそれを否定するのだった。

「……それでも、俺にはここでやらなきゃならないことがあるんです」

「……そうか」

そこまで言うのなら、引き下がれない何かがこいつにもあるのだろう。そうやって納得したヤスゴはふっと笑い、それから三階のドアを勢いよく開けた。

「じゃあこれからよろしくな、トシヤ！」

開けたドアの先からは、美味《おい》しそうな親子丼の匂いが漂ってきていた。

一週間後、寒さもさらに深まり、灰に交じって雪もちらつきだした日。事務所の階段を上っていたヤスゴはちょうど階段を下りてきたトシヤと鉢合わせた。

「よ、トシヤ！　今日はお前が護衛の日か」

「はい、まあ」

トシヤは曖昧《あいまい》な返事をする。ヤスゴはトシヤと一緒になって階段を下り始めた。

「つってもお前みたいな新入りはパシリからだけどな！」

「はい、ちょうどパシリを任されたところです」

そのまま古びたコートを着こんで外に出ていこうとするトシヤを、ふと見咎《みとが》めたヤスゴは押しとどめた。

「なあ、大丈夫か？　顔色悪いぞ？」

「平気です。ちょっと緊張しているだけで」

その割には目は泳いでいるし、やっぱり顔色も良くない。こういう暴力沙汰《ぼうりょくざた》には慣れていないんだろうか。この見た目で。

ヤスゴは一人納得すると、トシヤの背中をバンと叩《たた》いた。

「よし、大丈夫だって、俺がついていってやるから！」

トシヤは、え、と間抜けな声を出して振り向いた。ヤスゴはにこにこ笑ってそれに答える。

「ヤスゴさん、護衛はいいんですか？」

「ああ、俺は今日は非番なんだよ。だから気にすんなって！」

「非番ならなおさら……」

「いいんだよ。お前本当にいい奴だな。ちょっとぐらい先輩面させろって。な？」

にっと笑ってやるとそれ以上何も言えなくなったのか、トシヤはおずおずと頷《うなず》いた。ヤスゴは満足げに頷き返すと、トシヤを先導してビルの外に出た。

「で、どこにパシられたんだ？」

「ヤバト町のクラブからの集金の応援だそうです」

「あー、あそこかなり滞納してたからなあ。今日で多分片をつけるつもりだろうよ」

ヤスゴはフードをかぶりながらやれやれと首を振る。ふと見上げると、空からはやはり雪が降ってきているようで、ヤスゴはコートの前を閉めて襟に首を埋《うず》めた。

「あそこにはこっちの道が近いぜ」

つれられるままにトシヤはヤスゴと裏道へと入っていく。雑踏が遠ざかり、心なしか肌に当たる空気も冷たくなる。二人とも無言だったが、ヤスゴは不思議とその無言が嫌なものには思えなかった。しかし少し歩くと、そんな道を塞《ふさ》いできた人間がいた。

「よう、クソガキ。この前は舐《な》めた真似してくれたじゃねーか」

「あ、お前らこの前の」

思わず指を差してヤスゴは言う。そこにいたのは一週間前喧嘩を売ってきた、あのチンピラたちと、見知らぬ大柄の男二人だった。

「知り合いですか？」

「いやー、この前喧嘩売ってきたこいつら伸《の》しちゃってさ」

「なるほど」

緊迫した様子も見せず、ほのぼのと話し合うトシヤとヤスゴに逆上したのか、チンピラたちは声を荒らげてきた。

「てめえらなめくさってんじゃねえぞ！」

「やっちまってください、兄貴！」

チンピラたちの声に応えるように、大柄の男たちが指を鳴らしながら近づいてくる。ヤスゴは身構えた。

男の一人がヤスゴに殴り掛かってくる。大ぶりのそれをヤスゴは身を引くだけでかわした。図体はでかいが、そこまで喧嘩慣れはしてないな。こちとらこの十年、荒事の中にいつづけたんだ。なめてもらっちゃ困るぜ。

続けて殴りつけてきた拳を踏みこんでかわし、顎《あご》の下から強烈な一撃を叩きこむ。男は数歩よろめいた後、尻餅《しりもち》をついて倒れ込んだ。きっと脳が揺れたのだろう。これでしばらくは立てないはずだ。

ふと隣を見ると、トシヤが大柄の男の腕を取り、その重そうな図体を背負い投げたところだった。

「おお！」

トシヤはそのまま地面にたたきつけられた男の肩を取って、関節を極《き》める。ヤスゴははしゃいだ顔でトシヤに声をかけた。

「すげーなトシヤ！　今のアレだろ！　柔道ってやつだろ！」

力をこめ、トシヤは男の肩を外す。ごきっと嫌な音がした後、男は痛みで地面を転げまわった。

「どっかで習ってたのか？」

「昔ちょっとだけかじっていたことがあって……あとは我流です」

「そうかー。才能だなあ」

しみじみと言いながらもヤスゴは足元の男の腹を蹴《け》り上げる。残されたチンピラたちは逃げようとしたが、そのうちの一人をヤスゴはとっつかまえて、一撃で昏倒《こんとう》させた。

そしてヤスゴは、倒れたチンピラの懐を探り始めた。トシヤは戸惑ってヤスゴに声をかける。

「ヤスゴさん、何を……？」

「何って財布漁《あさ》ってるに決まってるだろ。有り金全部と身分証頂いて、後できっちり落とし前つけてもらわないとな」

二つ折りの財布をチンピラの懐から取り出すと、ヤスゴはその中身を数え始めた。

「トシヤ、そっちの鞄《かばん》見てくれ」

「……はい」

トシヤは戸惑った表情のままではあったが、チンピラたちが置いていった鞄に歩み寄り、そのジッパーを引き開けた。

そこにあったのはビニール袋に入った、十数袋の白い粉だった。

「ヤスゴさん」

トシヤに呼ばれてヤスゴも鞄に歩み寄る。そしてその中身を見て眉《まゆ》をひそめた。

「何だこれ、粉か？」

「……ヤクですかね？」

「かもな」

真剣な面持ちでヤスゴは粉を検分する。しかし見た目だけでは分かるはずもなく、ヤスゴは立ち上がり、携帯端末を取り出した。

「とにかく上に連絡すべきだろうな。うちのシマでうちが関与してねえヤクが出回ってるってんならコトだぜ」

ヤスゴは事務所の番号をコールしてトシヤに背を向ける。電話越しに簡潔に状況を伝え終わり、振り向こうとしたとき、背後でかちりと何かが押される音がした。振り向くとトシヤは右手にはめた大きな指輪をいじっているところだった。

「トシヤ？　その指輪がどうかしたか？」

「い、いえ、ちょっと殴った拍子に傷がついたかなと思って……」

「なんだ、そんなに大事な指輪なら家に置いてきた方がいいぞー。俺たちは荒事専門なんだから」

粉の袋を鞄に詰め直し、さらに情報がないか倒れた男たちの持ち物を調べていると、遠くからパトカーのサイレンが聞こえてきた。しかもどうやらパトカーはこちらに近付いてきているようだ。

「げっ、サツだ！」

恐らく自分たち目当ての出動ではないだろうが、検問でもされたらまずい。ヤスゴは慌てて鞄を持って立ち上がると、トシヤの背中を叩いて促した。

「行くぞトシヤ！　粉なんて持ってるの気付かれたらこっちまでおしまいだ！」

翌週、トシヤたち若い衆は事務所へと集められていた。トシヤたちの前にはゼンキチが立ち、若い衆を剣呑《けんのん》な雰囲気で睨《にら》みつけている。

「知ってる奴もいるかもしれねえが、うちのシマで妙なヤクが出回ってる。出所を探してんだが一向に見つからねえ」

捜索に関わっていた奴らなのだろう。若い衆のうちの数人が不甲斐《ふがい》なさそうに視線を下げる。

「どこの誰だか知らねえが、こんななめた真似を許すわけにはいかねえ」

ゼンキチは拳《こぶし》を振り上げ、若い衆に唾《つば》を飛ばした。

「どんな些細《ささい》な情報でも構わねえ。草の根を分けてでも探し出せ！」

「はい、兄貴！」

若い衆たちは大声でそれに応え、我先にと事務所のドアから立ち去っていく。トシヤもそれに続こうとしたが、急に肩を掴《つか》まれ引き留められた。

「おい、トシヤ、お前はここに残れ」

振り返るとそこにいたのは険しい顔をしたゼンキチだった。トシヤは顔を引きつらせながらも「はい」と返事をして、ゼンキチに向き直った。ゼンキチは真っ黒なソファに腰を下ろすと煙草《たばこ》を取り出して、トシヤに視線をやった。

「火」

「……あっ、はい！　只今《ただいま》！」

トシヤは慌ててライターを取り出すと、ゼンキチのそばに膝《ひざ》をつき、煙草に火をつけた。ゼンキチは煙草の煙を吸い込むと、大きなため息とともにそれを吐き出し、トシヤに向かいのソファを指し示した。

「まあ、座れや」

「はいっ」

緊張した面持ちでトシヤはソファに腰を下ろす。ゼンキチは煙草をくわえると、再び大きく煙を吸って吐き出した。二人の間に沈黙が流れる。トシヤは背中に流れる冷や汗を感じていた。

たっぷり五分はそうしていた後、ゼンキチは唐突に切り出した。

「お前、最近ヤスゴとよくつるんでるみてえじゃねえか」

「は、はい」

「……仲が良いのか」

「はい、まあ、よく世話してもらっています」

「そうか」

そう言うとゼンキチは再び沈黙し、煙草をくわえた。そして長い長い沈黙の後、顔を伏せたまま口を開いた。

「トシヤ。……ヤスゴをよろしくな。お前は逆だと思うかもしれねえが、あいつは危なっかしいところのある奴だからな、たまに気にかけてやってくれ」

トシヤは一瞬きょとんとした顔をした後、思わずふふっと噴き出してしまっていた。そんなトシヤをゼンキチはぎろりと睨みつける。

「何が可笑《おか》しい」

「あっ、いえ、その」

しどろもどろになりながらもトシヤは言葉を探し、しばらく唸《うな》った後に素直な感想を口にしてしまった。

「……兄貴ってまるで過保護な親父さんですね」

「う、うるせえ！　心配なんだから仕方ねえだろ！」

ゼンキチは一気に顔を真っ赤にすると、目を逸《そ》らして煙草を噛《か》み始めた。その様子が余計に可笑しくて、トシヤはいつの間にか緊張が解けていくのを感じていた。

「こんなヤバい世界だろ。あいつが成長するのは嬉《うれ》しいけどよ、不安でもあるんだ」

煙草を灰皿に押し付けながらゼンキチはぽつぽつと語り始める。

「トシヤ、お前、本当はシャバでのパイプ持ってんだろ」

唐突にそう問われ、トシヤは身を強張らせた。ゼンキチは軽く声を出して笑った。

「分かるんだよ、こういうのの匂いはな」

そう言って鼻をとんとんと叩くゼンキチにトシヤはどんな表情をすればいいのか分からずに困り果てた顔をした。

「だからもし、もしもだ。――ヤスゴがヤクザを辞めるってなったら、その時はお前、何かしらの便宜を図ってやっちゃくれねえか」

何を言われたのかトシヤは一瞬分からなかった。そして、その言葉の意味を理解した後にも、信じられないという目でゼンキチを見てしまった。しかしゼンキチはそんなトシヤに頭を下げるのであった。

「頼む」

この事務所のトップの若頭に頭を下げられ、トシヤは混乱しながらも、彼の頭を見つめた。この人は本気だ。本気でヤスゴのことを案じているのだ。

「……分かりました」

トシヤは静かに首肯し、ゼンキチは頭を上げた。そんなゼンキチの目をしっかりと見て、まっすぐにトシヤは答えた。

「約束します」

その言葉を聞いて、ゼンキチは見るからに安心したという顔をすると、不意に意地の悪い表情になってトシヤにニッと笑いかけた。

「それはそうとトシヤ。……俺たちを裏切ったら承知しねえぞ」

その言葉に込められた圧を感じ、トシヤは冷や汗をかきながらもそれに答えた。

「分かってますよ。今は組一筋です」

「ならいいんだ」

ゼンキチは機嫌よさそうな顔で背もたれに体を預けた。トシヤもまた、一気に緊張が解けて、大きくため息を吐《つ》いた。二人の間にどこか和やかな空気が流れる。

しかしその時、突然若い衆がドアを開けて飛び込んできたのだった。

「大変です、兄貴！」

「なんだ、騒々しい」

眉間《みけん》にしわを寄せてゼンキチは問いかける。若い衆は息を切らしながら、外を指さした。

「ヤクをさばいてる元締めだっていう奴が事務所に来て……！」


組員たちに連れられてやってきたのは、眼鏡《めがね》をかけたビジネスマン風の男だった。しかし、拳《けん》銃《じゅう》を突きつけられて、囲まれているというのに、その男は顔色一つ変える様子はない。

「どうも、コンニチハ。ホウライ商事のナカタと申します」

ナカタは大きくお辞儀をすると、ゼンキチに名刺を手渡してきた。ゼンキチはそれを受け取ることはせずに、ナカタを険しい目で見下ろした。

「御託はいい。テメエらがうちのシマにヤクを持ち込んだってのは本当なのか。冗談だったらただじゃ済まさねえぞ」

「ほほほ、冗談なわけないでしょう。こちらは本気も本気、大真面目です」

どこかおどけたようなナカタの口調に、周囲の組員たちの雰囲気はさらに剣呑なものになる。ナカタはそんな彼らを両手で押しとどめて笑った。

「まあまあ、そう熱くならないでくださいよ。私はあなた方とビジネスの話をしにきたのです」

「ビジネスだぁ？」

「はい。その前にまずはお詫《わ》びを。私どもの傘下の下っ端がそちらのシマでご迷惑をかけまして、大変申し訳ありませんでした」

ナカタは深々と頭を下げる。素直に謝られたゼンキチたちは意表をつかれ、何も返すことができなかった。そのまま場は一気にナカタのペースへと引きずられてしまう。

「ですがあれは下っ端どもが勝手にやったこと。既に関係者の処断も済んでおります」

懐から写真を取り出し、ナカタはゼンキチにそれを手渡す。そこには報告にあったヤクを持っていた男たちが――正確にはその死体が全員分写っていた。ここまで確たる誠意の証拠を見せられては何も言えない。ナカタは頭を上げると、ぱんと手を叩《たた》いた。

「さて、ここからがビジネスの話なのですが、私どものホウライ商事とあなた方モトウオ組。手を組みませんか？」

「……手を組むだと？」

「端的に申し上げればそうですね、私どもはヤクを提供する。あなた方はヤクのルートを提供する。あなた方にはご迷惑もおかけしましたし、特別に客への売値の半分で販売させていただきます。少々、提携先の宗教活動を認めてくださるのが条件ですが……どうです？　悪い話ではないでしょう？」

一方的に条件をまくしたてられ圧倒されていたゼンキチだったが、そこでナカタが言葉を切ったのをいいことに、自分のペースに持ち込もうと熟考し始めた。ナカタもそれを邪魔することはなく、数分後、ゼンキチは口を開いた。

「俺の一存じゃ決められねえ。本部に指示を仰がせてもらう」

結局ゼンキチにはそう答えることしかできなかった。忌々しいが、コイツの言っていることは魅力的だ。ここで断ってしまえば、あとで上から責任を追及されるかもしれない。

ゼンキチの答えに満足した様子のナカタはにっこりと笑うと、優雅に一礼してそのまま立ち去ろうとした。

「ええ、そうなさってください。それでは私はこれで失礼します」

「待ちな」

ゼンキチが合図をすると、組員たちはナカタの周りを取り囲んだ。

「ただで帰すわけねえだろ。テメエは人質だ。俺たちはテメエらを信用したわけじゃねえからな」

「ほほほ、それはいい考えです。いいでしょう、私は喜んで人質になりましょう」


三日後、上からの返事を携えたゼンキチと、ナカタの上司だという人物の会合が行われることになり、トシヤとヤスゴは先んじて露払いに出かけていた。すなわち、周辺に爆弾のような不審物がないか調べる仕事だ。

「しかし妙な奴らだよな。てめーらが勝手やったからって、あそこまで下手に出てくるなんて」

ぶつぶつと呟《つぶや》きながら、ヤスゴは路傍に落ちていた段ボールをひっくり返す。不審なものはどこにもないようだ。

「お前も怪しいと思うよな、トシヤ？」

「……そうですね」

同意を求められ、トシヤは小さく答える。ヤスゴは段ボールを投げ捨てると、トシヤの肩を叩いて歩き出した。

「さ、戻ろうぜ。そろそろ相手が来ちまう」

しかしトシヤはヤスゴの後を追おうとはしなかった。

「トシヤ？」

不審に思ったヤスゴは立ち止まり、トシヤを振り返る。トシヤはヤスゴから数歩離れた場所で目を伏せた。

「すまない、ヤスゴさん。俺は行けません」

突然のトシヤの言葉にヤスゴはきょとんとした顔をして問い返した。

「何言ってんだ、トシヤ。もう会合始まっちまうぞ」

しかしトシヤは何も答えない。ただ目を伏せて、それから踵《きびす》を返してどこかへと立ち去ろうとした。

「おい、トシヤ！」

ヤスゴはその背中を呼び止める。トシヤは小さな声で再び謝った。

「すまない」

早足で去っていくトシヤの背中を——ヤスゴは何故《なぜ》か追いかけることができなかった。

ホウライ商事の連中を呼び出したホテルの一室で、ゼンキチはソファに座って考え込んでいた。

奴らの提案に対するモトウオ組の答えは是だ。それほど奴らの提案は魅力的だった。

だが、この交渉の場でうまく立ち回らなければ、奴らに舐《な》められて条件を覆されてしまうかもしれない。この一件がうまくまとまるかは、ゼンキチの力量にかかっていた。

部屋のドアがノックされ、見張りに立っていた若い衆がドアを開ける。入ってきたのはヤスゴ一人だった。

「兄貴、今戻りました」

「おうヤスゴか。……トシヤはどうした」

「あー、トイレみたいっす。腹でも下したのかな、はは」

どこかぎこちない様子でそう笑うヤスゴに、ゼンキチは違和感を覚える。

「なんだ緊張してんのか、ヤスゴ」

「あ、いえ、そういうわけじゃないんですが……」

言葉では否定していても、やはりヤスゴの様子はおかしかった。しきりにドアの方を見ては、小さくため息を吐いている。ゼンキチにはその横顔は泣きそうな子供のようにすら見えた。

ゼンキチはううむと考え込むと、そわそわと視線を泳がせ、それからヤスゴの方を見ないで彼に話しかけた。

「ヤスゴ」

「は、はいっ！」

「なんだ、その……今夜は親子丼にするか」

「えっ、誰か組に入るんですか？」

素《す》っ頓狂《とんきょう》な声を上げるヤスゴに、ゼンキチは苦虫《にがむし》を噛み潰《つぶ》したような顔で続ける。

「ちげーよ、まあ、なんだ。お前がしけた顔してるからだよ！」

言ってしまってから照れくさくなり、だけど言ってしまったことをなかったことにするわけにもいかず、ゼンキチはぼそぼそと言った。

「お前好きだろ、親子丼」

その言葉の意味をヤスゴはゆっくりと咀嚼《そしゃく》し、それから深くゼンキチに頭を下げた。

「ありがとうございます、兄貴。大丈夫です。もう大丈夫」

「……そうか」

ゼンキチはヤスゴの方を見ようともせずにそう答える。すると少し離れた場所に立たされていたナカタは心底可笑しそうに笑い出した。

「ほほほ、仲がよろしいのですね」

「黙ってろ、ホウライの！」

ゼンキチが声を荒らげると、ナカタは「これは失礼」と芝居がかった仕草で謝罪してきた。その様子に苛立《いらだ》ちながらゼンキチは約束の相手を待ち――時間きっかりに部屋のドアは叩かれた。

「どうも、ホウライ商事から来た者です」

現れた痩《や》せぎすの男性はそう名乗ると深く頭を下げた。手には銀色のアタッシュケースを持っている。しかしゼンキチが挨拶《あいさつ》に応じる前に男は頭を上げると、早口でまくしたててきた。

「早速ですが、取引の話を――」

その言葉を遮るようにして、扉の外から騒がしい音が聞こえてきたのはその時だ。

「なんだ？」

ゼンキチはソファから立ち上がり、組員たちがゼンキチの周りを固める。その十数秒後、部屋のドアは音を立てて開かれた。

「動くな！　警察だ！」

なだれ込んできたのは、数名の警察官らしき男たちと一人の少女だった。

――何故子供がこんなところに？

その疑問を口にするよりも早く、目の前のホウライ商事の男は行動を起こした。アタッシュケースの上部についていたボタンを、素早く押し込んだのだ。

「兄貴！」

咄嗟《とっさ》にヤスゴはゼンキチに覆い被さる。その直後、何かが爆発する音が響き、辺り一面が白色に染められた。

「なんだ、粉か⁉」

まさか件《くだん》のヤクをばらまいたのか。視界が晴れてくると、アタッシュケースの近くにいた人間は全て床に倒れているのが見えてきた。だがそれだけではない。倒れていた人間の体が見る見るうちに肥大化し、全身に鱗《うろこ》が生えた化け物へと姿を変えていったのだ。

「何だこれは、何がどうなって……」

「げほっ、兄貴、ご無事ですか」

自分に覆いかぶさっていたヤスゴが咳《せ》き込みながら尋ねてくる。化け物たちはこちらを見つけると、ゆっくりとゼンキチたちとの距離を詰めてきた。

その時、化け物に飛びかかっていった一つの小さな影があった。見間違いでなければ、突入してきたあの少女が姿を変えて化け物へと襲い掛かったのだ。

「ガアアア！」

すさまじい声を上げて化け物たちはもみ合い始めた。その隙にゼンキチはヤスゴを助け起こした。

「逃げるぞヤスゴ！」

「は、はい、兄貴……！」


ホテルの非常階段を駆け下り、ヤスゴとゼンキチはコートも羽織らずに灰の街へと転がり出る。ホテルの周辺は警察によって固められていた。制服警官の隙をついて、二人は夜の街を駆けていく。どうするか。このまま組の事務所に戻りたいがきっとあちらにも捜査の手は及んでいるだろう。ならば適当なところに身を隠して、本部に連絡して拾ってもらうのを待つべきだろう。

ゼンキチはヤスゴを促して、たまたま近くにあった工事現場へと駆け込んだ。工事現場にはプレハブ小屋があり、その鍵《かぎ》をこじ開けて二人は中に身を隠す。

「しばらくはここでやり過ごし——げほっ、ごほっ」

「大丈夫か、ヤスゴ」

「へ、平気です。少しむせただけで」

口ではそう言っていたが、ヤスゴの顔は青ざめていた。まさかさっきのヤクを吸ったのか。だったらなおさら、ヤクが抜けるまでここにいるべきだろうな。

本部に連絡をし、十分、二十分。二人の間には沈黙が落ちる。外では遠くにサイレンの音が聞こえ、窓からは音もなく降りしきる灰と、かすかなネオンの光が見えた。俯《うつむ》いていたゼンキチは、顔を上げないままヤスゴに問いかけた。

「おい、ヤスゴ。本当はトシヤはどこに行ったんだ」

その問いにヤスゴは答えられなかった。ゼンキチは爪先を睨《にら》みつけながら言った。

「……トシヤが裏切り者だったんだな」

その言葉にヤスゴは一気に青ざめ、ゼンキチに食ってかかった。

「ち、違います！　あいつはそういうことをする人間じゃありません！」

「だがな、ヤスゴ。実際に……」

諭そうと顔を上げたゼンキチは、ヤスゴが今にも泣きそうな顔をしていることに気がついた。ゼンキチは再び顔を伏せた。

「いや、なんでもない。お前がそう言うんならそうなんだろうな」

信じられない気持ちは分かる。だがゼンキチはトシヤの裏切りに納得してもいた。

――ヤクザ者にしては甘すぎると思ったんだ。腕は立つが喧嘩《けんか》慣れしていないし、暴力的なことを目の前にすると顔をしかめる。あれで裏社会を生き抜いてきたっていうんなら逆に驚きだ。

ゼンキチは片手で顔を覆うと、大きくため息を吐《つ》いた。俺も焼きが回ったな。こうなる前にとっとと処断しておけばよかったんだ。たとえ――ヤスゴが懐いている相手だったとしても。

ゼンキチは奥歯をぎりっと噛《か》み締《し》める。正面に座っていたヤスゴが息を荒らげ、胸を掻《か》き毟《むし》りながら倒れたのはその時だった。

「ヤスゴ？　おい、ヤスゴ！」

慌てて駆け寄り、ゼンキチはヤスゴを助け起こす。ヤスゴは息も絶え絶えになりながら、ゼンキチを見上げた。

「兄貴、何か、俺おかしいんです、体が」

パキパキと何かが固まる音がする。見下ろすとヤスゴの手は見る見るうちに硬い鱗に覆われていった。こちらを見上げてくる顔も、徐々に鱗が浮かび上がり、口からは牙《きば》が覗《のぞ》き始める。

「うう、ううう」

ヤスゴは低く唸《うな》り、うずくまった。ヤスゴの体は盛り上がり、服が破けていく。

「兄貴、アニキ……」

何かを耐えるような表情でぎりぎりと歯を食いしばりながら、ヤスゴはゼンキチを見る。

「お願いします、俺を殺してください……」

何を言われたのか分からず、ゼンキチは頭が真っ白になる。殺す？　俺が、こいつを？　ヤスゴは四本足で地面にへばりつきながら、必死に乞《こ》うた。

「腹が減って、仕方がないんです。このままじゃ、兄貴を殺しちまう」

ヤスゴはゼンキチから後ずさると、部屋の隅で体を縮こまらせた。そうしているうちにもヤスゴの体の変化は止まらず、もはやヤスゴの顔面に人間だったころの面影はどこにもなかった。

「殺してください、お願いです、俺を、殺してください」

——殺してくれ、殺してくれ。

部屋の隅でそう言ってすすり泣くヤスゴに、ゼンキチは一気に頭に血がのぼる思いがした。

「ば、馬鹿野郎！」

ゼンキチの怒声が、狭いプレハブ小屋に響き渡る。ヤスゴは伏せていた顔を上げた。

「できるわきゃねえだろ！　俺が、お前を殺すなんて！」

そうだ、できるわけがない。こいつは俺の家族なんだ。俺の可愛《かわい》い弟分で、息子なんだ。

「一緒に逃げるぞ！　今はそんな姿になっちまったが、きっと元に戻る方法もあるはずだ！　ほら立て！」

ゼンキチはヤスゴの腕を掴《つか》むと、無理矢理に立たせようとした。ヤスゴは怪物になってしまった目から涙をぼろぼろと流しながらそれに従おうとし——その時、激しい音を立てて、勢いよくプレハブ小屋のドアは開かれた。

ドアの向こうにいたのは、武装した警官たち。警官たちはヤスゴとゼンキチに銃口を向けると、迷わず引き金を——

「アニキ！」

ヤスゴは咄嗟にゼンキチを押し倒し、覆いかぶさる。直後、十数発の銃声がプレハブ小屋に鳴り響いた。

立入禁止の黄色のテープが張られた現場の程近く、警察車両の陰に隠れるようにして、トシヤは縁石に腰を下ろしていた。その顔は伏せられ表情を窺《うかが》うことはできず、もう随分とそのまま動こうとしないトシヤのコートには、すっかり灰が積もってしまっている。そんなトシヤの目の前に、傘をさして現れた人物がいた。

「ナメキトシヤ捜査官。潜入任務ご苦労様でした」

視線を上げると、ばさりと灰が落ちる。そこにいたのはトシヤの上官にあたる女性、トガクだった。

「任務は成功です。おめでとうございます」

何の感慨もなくトガクは淡々とトシヤに伝える。トシヤはその目を見ていられず、トガクから顔を逸《そ》らした。

「ホウライ商事の後ろには教団がついていたようです」

「……犠牲者が出たと聞きました」

「はい。突入時に特務捜査官一名、捜査官補佐一名が『ヒミコ』を散布され、『発症者』となりました」

『発症者』となった。つまりそれは、殺処分の対象になったことを意味する。たとえそれが特務捜査官であってもそれに変わりはない。きっとその場に居合わせた特務捜査官の相棒のネコが引導を渡したのだろう。トシヤは再び目を伏せた。トガクは少しだけ首を傾《かし》げると、淡々とトシヤに言い放った。

「誰よりも前線に立ち、いくらでも替えの利くこの街の駒。それが特務捜査官です。無駄な感傷は捨てるように」

「……分かっています」

そう、特務捜査官の生存率は低い。自分だって六年も続いているのは長い方なのだ。こんなことでいちいち立ち止まってはいられない。でも――

トシヤは組んでいた両手にぎゅっと力を込めた後、立ち去ろうとしていたトガクを呼び止めた。

「トガクさん」

「なんでしょう」

「……ヤクザの連中はどうなりましたか」

トガクは冷静な顔のまま即答した。

「全員が『発症』していたため、残らず射殺されました」

「……そうですか」

そう答えるのが精一杯だった。顔を伏せてそれ以上何も言おうとしないトシヤを放置して、トガクはさっさとその場を立ち去ってしまう。残されたのは、しんしんと降り積もる灰と、足元を睨みつけたまま動こうとしないトシヤだけだ。

警察車両の赤いランプがトシヤの横顔をちらちらと照らす。目の前を捜査員が行き来している。

そんな中から軽やかな足音が近づいてきた。

「トシヤ！」

足音の主――ミィはトシヤの膝《ひざ》に嬉《うれ》しそうに抱きつき、それから彼の顔を覗きこんで不思議そうな顔をする。

「どうしたのトシヤ？　おなかいたい？」

数秒の間があった後、トシヤは顔を上げて無理矢理に笑った。

「いや、なんでもない。久しぶりだな、ミィ」

「うん、久しぶり！　ミィ、張り込み頑張ったよ！　えらい？」

「ああ、偉いぞ」

トシヤはフードをかぶっていないミィの頭を優しく撫《な》でた。ふわふわの髪の感触が手に伝わってくる。潜入捜査の間、ミィはいつでもバックアップに回れるようにトシヤの周囲にずっと張り込んでいたのだ。慣れない環境だっただろうに、問題一つ起こさず任務を全うしたのは素直に褒めるべきだろう。

嬉しそうに撫でられるままになっているミィであったが、突然響いた腹の音に俯いておなかを撫でた。

「……おなかすいた」

その様子にトシヤは少しだけ声を出して笑ってしまった。

日常だ。俺は戻ってきたんだ。あちらは偽物で、こちらが本物だったんだ。トシヤは立ち上がるとコートを振って、灰を落とした。

「何か食って帰ろうか」

「うん！」

目を輝かせてミィは答える。トシヤとミィは自然と手を繋《つな》いでいた。

「ごはん何にしようねー」

「そうだな――」

トシヤは立ち止まり、灰の降る空を軽く見上げながら、白い息を吐きだした。

「親子丼以外なら、何でもいいぞ」

第七話　人魚肉の焼肉ぱーちー

──その場所は、暗くて寒くてとにかく恐ろしかった。

子供たちが入れられた部屋の中に、時折、大人たちがやってきては、誰かを連れていったり連れてきたりする。出ていった子供は大抵帰ってこない。外で何をされているのかも分からない。

窓も時計もない小さな部屋に押し込められた僕たちは、いつその時が来るのかも分からないまま、震えて待つしかなかった。

そんな日々が終わるのも突然のことだった。遠くで騒がしい音が響いたかと思えば、大勢の武器を持った大人たちが部屋になだれ込んできたのだ。僕たちはやっとこの恐ろしい時間が終わったのだと悟った。

だけど僕はまだ動けずにいた。周りの子供たちが我先にと外に出ていくのを、部屋の隅で縮こまったまま震えて見ていることしかできなかった。

怖い、怖い、怖い。

僕は一度外に出て帰ってきた子供だった。だから外に何があるか知っていたのだ。

白衣の大人たち、鎖のついた首輪、とても痛い注射、化け物へと姿を変えていく仲間たち。

外に出ればもう一度あれが待っている。そう思うと僕はどうしても立ち上がることができず、震える膝を改めてぎゅっと抱きしめて俯《うつむ》いた。

かつかつと硬質な足音が僕に近づいてきたのはその時だった。足音の主は僕の目の前で立ち止まると、どうやら僕の前に膝をついてしゃがみこんだようだった。僕は俯いているのも恐ろしくなって、そっと顔を上げて足音の主を確かめた。そして、息を呑《の》んだ。

「もう大丈夫ですよ。私はあなたたちを助けに来たのです」

そこにいたのは、見たこともないほど美しい女性だった。真っ黒な髪は短く、目は暗くてよく見えなかったがどうやら紫がかっているようだった。肌は白く、鼻はすっと通り、口は小さい。顔の造作だけを見ると冷たい印象を受ける女性だったが、そんな彼女は今、僕に向かって優しく微笑《ほほえ》みかけているのだった。僕は何かを答えなければと思って、必死に言葉を探した。

「おっ……」

「お？」

彼女は軽く首を傾《かし》げる。早く答えなければ、そうしなければこの人はどこかに行ってしまう。その前に伝えなければいけないことは、えっと。僕は必死に考えて——衝動のままに叫んだ。

「——お姉ちゃん、どこ住み？　彼氏いる⁉」

「は？」

彼女は間抜けな顔をして固まったようだった。僕はその隙を逃さず、パンツスーツ姿の彼女に飛びついた。

「僕、テンジョウアマト！　ねえ、お姉ちゃんフリーなら僕と付き合おうよ！」

「は、離れなさい！　放しなさい！」

「やだ！　お姉ちゃんが僕と付き合ってくれるまで放さない！」

僕はもう恐ろしかったことなんて忘れてしまって、必死に彼女にしがみつき続けた。彼女はそんな僕をぶら下げて中腰になりながら、ちょうど近くを通りかかった男性に呼びかけた。

「ロウ捜査官！　こいつをなんとかしてください！」

呼び止められたがっしりとした体格の男性は立ち止まり、数秒動きを止めてから彼女に尋ねてきた。

「……何やってるんですか、トガク管理官」

「何でもいいからこれをなんとかしなさい！」

ほとんど悲鳴に近い声で彼女は男性に言う。男性は胡乱《うろん》な目をしながらもそれに頷《うなず》き、僕に近寄ってくると僕の脇の下に手を入れて彼女から引き離してしまった。

「ほら、坊主。あんまりお姉さんに迷惑かけるなよー」

そのままぶら下げられ、僕は運ばれていく。僕は渾身《こんしん》の力を込めて暴れながら叫んだ。

「やだーーーお姉ちゃんーーー！」


『灰の街』中心部に程近い焼肉店。

その店内では一組の客が真剣な面持ちで肉を焼いていた。

「は？　警備任務？」

よく熱された網の上に肉を置いていたトシヤは、目の前の人物からの思わぬ言葉に素で聞き返してしまっていた。トシヤの目の前に座っているのはパンツスーツの女性、トガクだ。彼女はトシヤたち特務捜査官の上司に当たる存在である。

「はい、警備任務です。今回あなた方に守ってもらいたいのはこれです」

トガクが差し出した大判の封筒をトシヤは若干嫌そうな顔をしながら受け取る。トシヤの隣ではミィが満面の笑みで肉と白米を頬張っている。

「一週間後、とある高級ホテルでオークションが行われます。そこに出品されるのがその品です」

トシヤは封筒の中身を見ようとして――、一旦《いったん》封筒を脇に置いて、トングを手に取った。話は大事だが、目の前で肉が焼けているのだ。無視はできない。

「ですが、その品を狙う不逞《ふてい》の輩《やから》がいるらしく、あなた方にはその方々からその品を守っていただきたいのです」

トングで肉を挟み、ひっくり返す。表面にたまっていた赤い肉汁がこぼれ、網の隙間へと落ちていく。ひっくり返した裏側は絶妙な焼き加減になっていた。トシヤは神経質に肉を全て裏返した後、トングを置いてトガクに問いかけた。

「なんで俺たちがそんなことを……」

トシヤたち特務捜査官の任務は「ヒミコ」関連の事件の処理だ。そんな「ヒミコ」とは何の関係もなさそうな事件を担当するのは不可解だった。

「上の決定です。文句は言わせません」

「ですが……」

「断らせませんよ。対価はもう受け取ったじゃないですか」

――対価？　一体何のことだ？

トシヤは怪訝《けげん》な眼差しをトガクに向けながらも、手は無意識に肉をトングで掴《つか》んで、ミィの皿の中へと入れていた。

「食べたじゃないですか」

「え？」

「だから、その対価です。この焼肉は」

その言葉に、トシヤは一瞬固まり、それから傍らのミィを見た。ミィはトシヤの焼いた肉を美味《おい》しそうに頬張り、もぐもぐと噛《か》み締《し》めているところだった。

おかしいとは思ったのだ。普段は特務捜査官とは最低限にしか関わろうとしない彼女がよりにもよってご飯に誘ってくるだなんて。トシヤはトングを置いて口元に手をやり――それから恐る恐る尋ねた。

「ところでこれって収賄じゃ……」

「上の指示です。上が悪いのです」

飄々《ひょうひょう》とトガクは答える。そしてそのまま立ち上がると、無表情のままトシヤに圧をかけてきた。

「それでは私はこれで失礼します。確かに、お願いしましたよ」

すたすたと立ち去ろうとするトガクをトシヤは慌てて呼び止めた。

「ま、待ってください」

「何か？」

トガクは立ち止まり振り向いてくる。ぱちぱちと炭が爆《は》ぜる音を聞きながら、トシヤは顔をしかめながら尋ねた。

「特務課の人間を何人か借りてもいいですか」

「構いませんよ、どうぞご自由に」

そう答えると、今度こそトガクは振り返ろうともせずに立ち去っていった。トシヤはしばらく立ち尽くし、何かを考えているようだったが、やがて何かを思いついたのかトガクの去っていった方を睨《にら》みつけたままでミィに言った。

「ミィ」

「んー？」

「好きなだけ食べていいぞ。今日は上のおごりだそうだ」

「ほんと⁉」

足をぶらつかせて次の肉を待っていたミィは、その言葉に目を輝かせると、大声で店員を呼んだ。

「店員さーん！」

「……あっ、はい！　ご注文ですか？」

厨房《ちゅうぼう》の方から駆け寄ってきた店員に、ミィはメニューを開いて注文を始める。

「えっとねえ、特上カルビ三つとねえ、ハラミとねえ……」

対するトシヤは携帯端末を取り出して、とある番号をコールしていた。こういう面倒事に対処できて、ある程度気心の知れた相手となれば相手は限られてくる。コール音が響くこと五回。寝ぼけ眼で電話に出た相手に、トシヤは呼びかけた。

「もしもし、アマトか？」


「先輩！　焼肉おごってくれるって本当ですか⁉」

トシヤの呼び出しに目を輝かせてやってきたのはトシヤの後輩にあたるテンジョウアマトだった。

トシヤを見つけて駆け寄ってきたアマトは見るからに上機嫌で、彼に尻尾《しっぽ》がついていたならきっとぶんぶんと振られていただろう。

「ああ、好きなだけ食べるといいぞ」

「マジっすか！　ゴチになりま――げっ！　ネコ⁉」

いそいそとトシヤの向かいに座ろうとしたアマトは、トシヤの陰にミィが座っていることに気付くと軽く跳び退《すさ》った。ミィとの出会いの話を以前したはずだが、まだネコへの苦手意識は拭《ぬぐ》えていないようだ。ミィはそんなアマトを見ると、白米を頬張りながら首を傾《かし》げ、トシヤは新しい肉を網の上に置きながら、警戒態勢に入ってしまったアマトを宥《なだ》めた。

「取って喰《く》われるわけでもないんだ。そろそろ慣れろ」

「ええー、でも怖いものは怖いんすよ……ネコと同席するとか……」

「そうか。じゃあこの肉は要らないんだな」

「い、要ります要ります！　食べますって！」

焼肉をちらつかせると、アマトは慌てて席についた。扱いやすくて助かるなあ、とか思いながら、トシヤはアマトへと肉を勧める。

「ほら、そこの肉、もう焼けてるぞ」

「ありがとうございます！　いただきます！」

勢いよく手を合わせると、アマトはタレの皿を出してきて、網から取った肉にタレをたっぷりつけて頬張った。心底嬉《うれ》しそうに肉を食べるアマトに、普段どんな食生活をしているんだと不安になりながらも、トシヤはここに至る経緯を軽くアマトに説明した。

「ええっ！　さっきまでトガクさんここにいたんすか⁉」

三枚目の肉を飲み下した後、アマトは素《す》っ頓狂《とんきょう》な声を上げた。かと思えば、拗《す》ねたような声色でトシヤに怒り出したのだった。

「なんで呼んでくれないんですか！　もー！」

「呼んだだろ、今」

「遅いんですよー！」

ぷんぷんと怒るアマトを宥《なだ》めるように、トシヤは新しく焼けた肉をアマトの方に寄せてやる。アマトはそれを受け取ると、心底美味しそうにそれを噛み締めた。

「お前、なんでトガクさんのこと好きなんだ？　お前の性格的にはあの人むしろ怖がる部類の人だろう」

「今、暗に俺のことビビりって言いました？」

「事実だろう」

「事実ですけどー」

ぶつぶつと言いながらも肉を食べる手は休めない。若さを感じるその食べっぷりによってあっという間に網の上の肉は無くなった。

「トシヤ、次これー！」

ミィが目の前に置いてあった皿を掲げる。皿の上には量は少ないが、きれいに並べられた肉が鎮座していた。

「特上カルビー！」

トシヤは軽く頷くと、ミィの持つ皿から特上カルビを網の上に並べていった。よく熱された網に触れるたびに、じゅっと美味しそうな音がカルビから響いてくる。あぶられた肉からは脂がぽたぽたと垂れ、網の下の炭をさらに燃え上がらせた。

「いやー、実は俺、ガキの頃に誘拐されてた時期があるんすけど」

「は？」

突然つっこまれてきた重くて不穏な話題に、トシヤは間抜けな声を出して、肉から顔を上げる。

「そこから俺を助けてくれた人がトガクさんに激似なんすよ。その人の名前もトガクっていうらしいんすけど。ていうか俺、その人に会うために特務課に入ったんすけど、そこで俺らの上司のトガクさんと出会ったときはもはや運命を感じましたよね」

沈黙の中で、ぱちぱちと炭が爆ぜる音が響く。

「不思議なこともあるもんすよねえ」

メニューを覗《のぞ》きこんでいた顔を上げて、アマトはしみじみとそう言う。

「アマト、お前それ……いやなんでもない」

トシヤは真実を指摘してやるべきかやらないべきか迷い——説明が面倒だったので止《や》めた。その代わりに誤魔化すようにアマトによく焼けた特上カルビを差し出した。アマトはそれを受け取り口に運んだ。

「だから俺はトガクさんに、えっと、その、これ……」

喋《しゃべ》りながら咀嚼《そしゃく》していたアマトは、徐々に声を小さくすると、無言でもぐもぐと口を動かし、名残惜しそうにごくりと肉を飲みこんだ。

「……美味《うま》い………」

呆然《ぼうぜん》とアマトは言う。トシヤも自分用に取っておいた特上カルビを皿に置き、タレを少しだけつけて口に運んだ。口の中に入れた途端、じゅわっと熱々の脂が溶け出す。噛めば噛むほど肉の味わいが染み出てきて、それでいて固すぎず柔らかすぎない。流石《さすが》は培養合成肉でも培養牛でもない『生きていた』牛の肉といったところか。

トシヤがミィにも特上カルビを取ってやっていると、ようやく余韻から戻ってきたらしいアマトが騒ぎ出した。

「なんですかこれ熱いお肉が舌の上でとろっと……なにこれ肉⁉」

「お前の語彙《ごい》は本当に貧困だな」

「えへへ、それほどでも」

箸《はし》を拳《こぶし》で握りしめながらアマトは照れ笑いをする。褒めてないし、ついでに箸の持ち方が汚い。でもそれを指摘するのも面倒だったので、トシヤはそのまま話を進めることにした。

もう逃げ出せないほどに十分にアマトも肉を食べただろう。これでこいつも共犯者だ。

「実はかくかくしかじかでな」

封筒を出しながらトガクから依頼された任務の内容を説明してやると、アマトは最初もぐもぐと口を動かしながら聞いていたが、やがて事情を察したのか、さっと顔を青ざめさせた。

「えっ、てことはこの焼肉――」

「食べたな？　これでお前も作戦部隊の一員だ」

「ええーっ⁉」


パーティ当日。トシヤたち三人は、この日のために借りた高級車でパーティ会場に向かっていた。トシヤはぴったりとしたデザインの黒スーツ、アマトはストライプスーツに中に着たベスト、ミィは角や鱗《うろこ》が見えないようにフリルをふんだんに使った、青緑色のふわふわなパーティドレス姿だ。

後部座席に座ったアマトは落ち着きなくそわそわと窓の外の景色を眺めていたが、ふと運転するトシヤを覗きこむようにして尋ねてきた。

「ところで先輩。今回守るブツってどんなのなんすか？」

運転する速度が一瞬落ち、その後に呆《あき》れた声がアマトに返ってくる。

「お前……資料は前もって渡しただろう」

「えへへ、実はあの後派手に汚して読めなくなっちゃいまして……」

「だったら早く言え。代わりを渡すから。……ミィ」

「はーい！」

アマトの隣に座っていたミィは、傍らに置かれていた鞄《かばん》を漁《あさ》り、アマトに資料の封筒を手渡した。

「どーぞ！」

「あ、ありがとうございます……」

アマトはなるべくミィから離れた場所に座りながらおそるおそるそれを受け取り、中身を取り出した。

「今回出品されるのは『人魚の肉』だ。とある富豪が代々受け継いできた冷凍施設に残されていたもので、たったの百グラムで数億するらしい」

アマトは資料についていた肉の写真を見て、それからトシヤに対して素っ頓狂な声を上げた。

「人魚――ってあの人魚っすか？」

「どの人魚かは知らないが多分その人魚だな」

アマトは昔読んだ絵本のことを思い出していた。王子に恋をした人魚が巡り巡って海の泡に消える船来の物語だ。

「なんでも最終戦争以前から冷凍保存されていたものなんだそうだ。それを金に窮した当代の富豪が見つけて、オークションに出品した、とそういうわけだ」

ハンドルを動かしながらトシヤは言う。アマトは資料から目を上げた。

「眉唾物《まゆつばもの》っすよねえ」

「まあな。だが人魚の肉と言えば、食べれば不老不死の力を手にすることができるっていう伝説もある。それで価値がつりあがってるんだろう」

窓の外では灰がちらちらと降りしきっている。フロントガラスのワイパーはゆっくりとそれを拭い去っていった。

「食の復古主義《ルネサンス》が起こってからこっち、そういう食材の値段は跳ね上がる一方だからな。仮にただの肉だったとしても大発見だ。うまくいけばそこから大昔の食肉用の生物を復元できるかもしれない」

「研究的な価値もあるってことっすね」

「多分俺たちにお鉢が回ってきたのはそっち関連なんだろうな」

人魚の肉をオークションで落札して研究材料にしたい。しかしそれを狙っているのは非合法な組織も同じこと。俺たちの任務はきっとそいつらを排除することだろう。――もしかしたら、パーティの光に寄ってきた害虫を駆除するためかもしれないが。

トシヤは一瞬心底面倒そうな顔をした後、すぐに表情を引き締めた。だめだ。俺がやる気を失っては、アマトはもっとやる気を失ってしまう。こいつはそういうところがある奴だから。

「今回俺たちは警備員としてじゃなく、招待客を装って警備をすることになってる。ボロは出すなよ」

バックミラー越しにアマトを見ると、アマトは書類を置いて目を輝かせていた。出発する時はあれだけ気を付けて着せたというのに、もう既にスーツは着崩れている。

「なんか昔の映画みたいっすね！　スパイアクション！」

「……お前は本当に能天気だな」

「いやーそれほどでも」

褒めてないしネクタイが曲がっている。もうここは放置して、あとで直してやろうと心に決め、トシヤは車を走らせる。そして十数分後、たどり着いたのは二十階建ての高級ホテルだった。

駐車場に車を駐《と》め、アマトのスーツとミィのドレスを直してやってから、自分のネクタイを締め直す。さあここからが勝負だ。潜入は初めてではないがうまくいくかどうか。

「……気を引き締めろよ」

「はいッス！」


受付を済ませて中に入ると、会場は既に人で溢《あふ》れていた。右を見ても左を見ても、見るからに高そうな服を着た人々が立っていて、アマトは少しだけ自分の格好がみすぼらしくはないかと恥ずかしくなって俯《うつむ》いた。

「わぁ！」

対して隣に立つミィは、きらびやかなパーティの様子に目を輝かせているようだった。

——いや、違う。その視線をよくよく追ってみると、ミィが見ているのはテーブルの上に並べられた色鮮やかな料理の数々のようだった。

「トシヤ、トシヤ！」

ミィははしゃいだ様子で料理を指さしてトシヤを呼ぶ。トシヤはちらりとミィを見た。

「駄目だぞ。今日は仕事で来てるんだ」

「えっ」

「今日は、料理は、なしだ」

「……はぁい」

渋々といった顔でミィは引き下がる。その直後、パーティの主催者からの挨拶《あいさつ》があり、客たちは一人また一人と料理に手をつけていった。

そういえばこのパーティの主催者は大手食品会社の社長だったか。つまりここに集まっているのは、恐らく自分たちではそうそう手の届かない高級食材や珍味ばかりということになる。見るからに美味《おい》しそうに料理を口に運んでいく周囲の客たちを見て、食にあまりこだわりのないアマトですら、生唾《なまつば》をごくりと飲みこまざるを得なかった。

ましてや食道楽と名高い隣のネコには、それは想像を絶する苦痛のようで。

「トシヤぁ……」

うるうると涙を目いっぱいにためながら、ミィはトシヤを見上げる。その様子は見るからに憐《あわ》れで、ネコが怖くて仕方がないアマトですら、同情しかけてしまうほどのありさまだった。それでも一人で駆け出してしまわないのはよく躾《しつ》けられた証なんだろうか。

「……仕方ないな」

トシヤは大きくため息を一つ吐《つ》くと、アマトの肩をぽんと叩《たた》いた。

「アマト、しばらくミィを頼む。ミィ、警戒は怠るなよ」

「えっ、ええっ⁉」

「はーい！」

そのまま料理を取りに行ってしまうトシヤを、アマトは絶望的な眼差しで見送った。よりにもよってネコと二人きりで置き去りにされるだなんて。先輩の鬼！　悪魔！

内心悪態を吐きながらアマトはおそるおそる隣のミィを見やる。視線を向けられていることに気付いたミィは、こちらを見上げてきょとんと首を傾《かし》げてきた。アマトはビビりながら無理矢理引きつった笑みを作ってそれに返すしかなかった。

「ええと、なんていうか、その」

「んー？」

ミィはますます不思議そうな顔をして、アマトを見た。アマトは背中に冷や汗をびっしりかきながら、視線を泳がせた。ミィはじぃっとアマトを見つめた後、ふと何かに気付いた顔をした。

「アマトもごはん食べたいの？」

「え」

「大丈夫だよ！　ミィのやつ、分けてあげる！」

満面の笑みでそう言われ、アマトは答えに窮した。どうしよう。どう答えるべきだろうか。相手はネコだ。断って機嫌でも悪くされたら怖い。めちゃくちゃ怖い。ていうかなんでネコとふたりきりにさせたんですか先輩早く帰ってきてくださいよ！

十数秒の沈黙の後、一向に答えを返さないアマトにミィはもう一度問いかけた。

「アマト？」

「えっ⁉　えっと、あ……あざっす！　ゴチになります！」

アマトはミィに対して勢いよく頭を下げた。ミィはそれに驚いていたし、周囲の人々も微笑《ほほえ》ましそうにくすくすとその様子を笑っている。アマトは羞恥《しゅうち》で顔を上げられないまま、固まっていた。

「何をやっているのですか、テンジョウアマト捜査補佐官」

冷え冷えとした声がすぐそばから響き、アマトは勢いよく顔を上げる。そこにいたのはアマトの上司に当たる女性、トガクだった。

「ト、トガクさん⁉」

「……ああ、ナメキトシヤ捜査官が言っていた特務課の人員とはあなたですか。確かにあなたならばどんな状況にも対応できそうですね。あなたは優秀ですから」

「ゆっ、ゆゆゆゆ優秀⁉」

思わぬところで会った想い人に唐突に褒められ、アマトの思考は一気にパンクしそうになる。顔は真っ赤に染まり、心臓は暴れまわって今にも破裂しそうだ。

「何を動揺しているのですか。現場で上司に会ったぐらいで大袈裟《おおげさ》な」

アマトのそんな変化にトガクは気付かないまま、目を細める。当然といえば当然だが、今日のトガクは紫色をしたパーティドレス姿だった。しかもぴったりと肌に張り付いて体のラインが見えるタイプの。普段では絶対にお目にかかれないそんな姿にアマトはもはや何の言葉も返すことが出来なくなっていた。

「まあいいでしょう。こちらは任務をこなしてくれればそれでいいのです。くれぐれも、よろしくお願いしますよ」

あくまで冷静にそう念押しをすると、トガクはアマトの前から去っていった。アマトがその後ろ姿をうっとりと見つめていると、入れ違いでトシヤが戻ってきた。

「何やってるんだ、アマト。すごい顔だぞ」

「お、遅いですよ先輩ぃ……」

泣きそうな顔でアマトはトシヤに縋《すが》り付く。両手に皿を持ったトシヤはそれをひょいと避けた。

「俺がどれだけ緊張したと思ってるんですか！」

「悪かったよ。ほら、お前の分」

「こんなものじゃ誤魔化されないんですからね！」

とはいいつつもアマトは差し出された皿をしっかりと受け取り、怒りながらも料理を口に運んだ。

そして数分後には機嫌をすっかり直してもぐもぐと料理を食べるアマトを尻目《しりめ》に、トシヤは周囲に視線を走らせる。

歓談する人々。オークションの準備で人が行き来している壇上《だんじょう》。部屋の隅には楽器ケースを持った楽団。

今のところ怪しい人物は見当たらない。だが、この中にきっと人魚の肉を狙う奴らがいる。

ミィに差し出された肉を一口だけ食べながらトシヤは油断なく待ち、そしてオークションは始まった。


壇上に司会の男が上がり、屈強な警備員たちに守られて次々と品が運ばれてくる。名品、珍品、最終戦争以前の遺物。そのどれもが庶民にはとても手が出せない値段なのだろうという独特のオーラを放っていた。オークションに参加する客に意思表明用の札を配り終え、いよいよオークションは始まった。

一品目、陶器の置物。片手を上げた猫を模したどこか間抜けなそれに、トシヤはまるで価値を見いだせず半目になってしまった。しかし競りが始まった途端、値段は見る見るうちに釣りあがり、トシヤの半年の収入を軽く超えてしまった。トシヤはドン引きした。

二品目、最終戦争前のゲーム機。正直ゴミ寸前のガラクタにしか見えない。しかし競りは白熱し、トシヤの年収を遥《はる》かに超えてしまった。トシヤは遠い目をした。

三品目、油絵だ。よかった、これなら自分にも価値が分かる。ほっと胸を撫《な》で下ろしていると、後ろに立っていたアマトがトシヤの服を軽く引っ張って囁《ささや》いてきた。

「先輩、すんません、俺トイレ行ってきます」

「……ハァ？」

思わずドスのきいた声で返してしまい、アマトはびくりと肩を震わせる。今何と言ったこいつは。よりにもよってこのタイミングでトイレだと？

「それぐらい我慢しろ。もうすぐ例の品が出るんだぞ」

「で、できないっす……もう、ヤバくって……」

冷たく突っぱねるもアマトは引き下がらない。というか顔色も悪い。さては慣れない高い酒で酔ったなこいつ。トシヤは目の間をぎゅっと揉《も》んでから、思いきり顔をしかめて答えた。

「………分かった。さっさと行ってさっさと戻ってこい。出品に間に合わなかったら承知しないぞ」

「あざっす！　いってきます！」

転がるようにして駆けていくアマトをトシヤは険しい顔で見送る。トシヤの隣に立って辺りを警戒していたミィは首を傾げた。

「トシヤ？　アマト、どこにいったの？」

「……ミィ。これからあいつのことは反面教師にしなさい」

「はんめんきょーし?」

はてなマークを飛ばすミィを無視して、トシヤは出品者の方を注視する。一品、また一品と品物は落札されていき、残りは少なくなっていく。やがて最後に残されたのは、クーラーボックスに入った例の「人魚の肉」だった。

「さあ、最後は不老不死の妙薬にもなるという人魚の肉です! 開始は五〇〇万から!」

「七〇〇万!」

「一〇〇〇万!」

「八〇〇〇万!」

とんでもない勢いで値段は上がっていく。流石《さすが》は本日の目玉商品といったところか。それにしてもアマトの奴は遅い。遅すぎる。どこかで迷っているのか?

競りの値段は五億辺りから上がる速度が落ちていた。五億一〇〇〇万、五億一五〇〇万。細かく区切られて値段は上がっていく。しかし。

「――十億」

一人の男性によって提示された金額に、辺りは静まり返った。

「十億。他にはもうございませんか?」

司会の男性が皆に確認する。異議を唱えるものはいなかった。

「おめでとうございます! 人魚の肉、十億でフウマ様が落札でございます!」

拍手が巻き起こり、警備員たちの手によって人魚の肉が運ばれていく。尋常ではない金額だが、きっとそれに見合うだけの目的のある男性なのだろう。後々になって上から文句を言われても面倒だから顔は覚えておこう。そう思いながら男性の付き人らしき人物に「人魚の肉」が手渡されるのを見張る。その時——会場中の照明が一斉に落ちた。

「な、なんだ⁉」

「きゃあ！」

「失礼、ご婦人」

「何なんだ警備は何をしている！」

困惑のざわめきと怒りの声が辺りに響く。

——しまった。暗闇に乗じて「人魚の肉」を盗むつもりか！

トシヤは慌てて「人魚の肉」を落札した男性のもとに走り寄った。ちょうどその直後、会場の照明はついた。

「やられた……！」

目の前にあったのはからっぽのクーラーボックスだけ。隙をついた犯人によって「人魚の肉」は持ち去られてしまったのだ。

「警備員！　今すぐこの会場を封鎖しろ！　犯人を逃がすな！」

「えっ？　あ、あんた誰——」

「警察だ」

すぐ近くの警備員にだけ警察手帳を見せ、小声で囁く。警備員はそれだけで納得したらしく、トシヤの指示に従って会場の封鎖に走り出した。手早く出入口を締め切ると、警備員たちは手荷物検査を始めた。念のためトシヤも手荷物を確認してもらいながら、辺りを見渡す。

「——お前ら動くな！」

突然響いた大声と、宙に撃たれた一発の銃弾。撃ったのはさっきまで楽器ケースを持っていた楽団の男たちだった。楽団の男たちはいつの間にか出入口を固めていた警備員全員の近くに張り付き、彼らに銃口を向けている。

「この場は俺たちトーキョー解放同盟軍が乗っ取った！」


――トーキョー解放同盟軍⁉

たしか数年前までこの街で活発に活動していたテロリストだ。『管理システム』に関する事件を起こして消えたと聞いていたが、それがどうしてこんなところに？　まさか人魚の肉を盗んだのはこいつらなのか？

身構えるミィを手で制しながらトシヤは考える。相手は六人。ミィと自分ならば恐らく奴らを制圧はできるだろう。だがここには大勢の人質がいる。犠牲を出さずに事をおさめるのは難しい。

「お、お前ら何者だ！　人魚の肉をどうするつもりだ！」

「人魚の肉？　そんなものは知らんな。俺たちはお前ら腐りきった富裕層どもを人質に、政府と交渉をするだけだ」

人魚の肉を落札した男性の叫びに、同盟軍のリーダーらしき男は答える。こいつらが盗人《ぬすっと》じゃないのか。だったらこれは逆に好都合だ。

あのままなら肉を盗んだ犯人を逃がすところだったが、今は立てこもり犯に囲まれて、犯人もここから逃げられないはずだ。つまり、この武装集団さえなんとかしてしまえばいい。

トシヤは同盟軍の連中の指示に従って、他の客と同じく一ヶ所に集められながらも、さりげなく耳につけたイヤーカフスに触れて囁いた。

「……聞こえるか、アマト」

「ふぁいっ⁉　な、なんでしょう先輩」

骨伝導で響いてきたのは、恐らくまだトイレにいるであろうアマトの声だ。事態を察せず動揺するアマトに対して、トシヤは頭が痛くなる思いがしながらも、声を抑えて喋《しゃべ》りつづけた。

「騒ぐな。……今こっちは妙な連中に制圧されている。ミィと俺でなんとかしてもいいが数が多すぎる上に客が人質に取られてる」

「えええ⁉　なんでそんなことに⁉」

「だから騒ぐな。お前の方でなんとか隙を作ってくれ。そうしたら俺たちでなんとかする」

「す、隙ってどうやって……」

「いくらでもやり方はあるだろう。自分で考えろ」

「ええー……」

イヤーカフスを弾いて通信を終了し、武装集団に促されて床にしゃがみこむ。隣にちょこんと座ったミィに、軽く「まだ待て」のハンドサインをして、トシヤは犯行グループを睨《にら》みつけた。


「ええー……」

一方的に通信を切られたアマトは、トイレに座ったまま情けない声を上げた。そして腕を組んでうーんと唸《うな》り声を上げた後、便座から立ち上がりズボンを上げた。

「うーんと多分この辺に……あった！」

個室から出たアマトはトイレの床を探り、僅《わず》かな凹みを見つけ出した。服の下から取り出した金具を挟みこみ、てこの原理で床の扉を開ける。そこにあったのは非常連絡ボタン点検用のＩＣカードのパネルだった。

アマトは背中に仕込んでおいた端末を取り出すと端末から延びたカードをパネルに置き、床に座り込んで地面に投影したキーボードを叩《たた》きだす。

「まったく、先輩ったらちょっと指示が雑すぎやしませんかね」

口ではぶつぶつと文句を言いながら、キーボードを叩く指は止まらない。非常連絡ボタンから警備室へ、警備室から配電システムへ。細い糸を手繰《たぐ》るように、アマトの見る端末の画面は切り替わっていく。

「やりますけどー、できますけどー」

唇を尖《とが》らせながら、アマトはコマンドの実行キーを軽く叩いた。


「何だ、何が起きている！」

「きゃああ！」

「てめえら騒ぐんじゃねえ！」

パーティ会場では、再び非常灯を除く照明が全て落ちていた。何が起きたのか分からず混乱する犯行グループと客の声が響く。

「行くぞ、ミィ」

「うん」

トシヤは傍らのミィに囁くと、近くに立っていた同盟軍の男に掴《つか》み掛かった。非常灯の明かりしかないが、相手が銃を持っていることさえ分かれば十分に客と奴らの見分けはつく。トシヤは男の首に腕を回すと、素早く締め上げてしゃがみこむようにして意識を落とした。

「ぐわっ！」

「ぎゃああ！」

離れた場所からは男たちの悲鳴が聞こえてくる。遠くの敵を任せたミィが暴れているのだろう。トシヤは姿勢を落として素早く移動すると、二人目の男に掴み掛かり、同様に意識を落とした。

三人目の男はトシヤが仲間たちを気絶させているのに気付いたらしい。こちらに向かって銃口を向けてきた。

撃たれたらまずい。自分が避けても後ろの客に当たるかもしれない。トシヤは引き金が引かれる寸前に銃身を下から掴み、銃口を上に逸《そ》らした。一発だけ発砲音が響くが、銃弾は恐らく天井に向いたはずだ。

トシヤはそのまま掴んだ腕を軸にして、男を背負い投げした。派手な音を立てて、男の体は床にたたきつけられる。その直後、会場の明かりは復旧した。

ミィの方を見ると、ミィもまたきっちりと犯行グループ三人を伸《の》していた。何が起きたのか分からず呆然《ぼうぜん》とする客たちに向けて、トシヤは声を張り上げる。

「警察です！　すぐに応援もやってきますので、皆さんご安心を！」

困惑していた客たちは一様に、ほっと胸を撫で下ろす。しかしその中に一人だけ、慌てて会場の外に出ていった男がいた。

——肉泥棒はあいつか！

「警備員！　こいつらの拘束は任せた！」

犯人たちを警備員に引き渡しながらそう言い捨てると、トシヤとミィは盗人を追って会場の外へと駆け出した。


一仕事終えた後、アマトはパーティ会場へ続く廊下を、とぼとぼと歩いていた。アマトはトイレの位置が分からず迷いに迷って、パーティ会場のホールから遠く離れたトイレにまで来てしまっていたのだ。

「やだなあ、怖いなあ」

戻ったら絶対に怒られる。めちゃくちゃ怒られる。当然だ。任務の一番大事なところで、離脱してしまったのだから。

あの人本気で怒るとすげー怖いんだよなあ。ハッキングのお手柄で見逃してくれないかなあ。

そんなことを考えながらホールの扉に手をかけると、中から耳をつんざくような悲鳴が聞こえてきた。

「えっ？　状況はトシヤ先輩が終わらせたって、えっ？」

混乱しながらもアマトは、ほんの少しだけホールの扉を開いて、中を覗《のぞ》きこむ。そこには、拘束されていたはずの男が銃を持ち、少女を人質に取っている姿があった。

ええーっ⁉　形勢逆転されてるじゃないですか！　先輩しっかりしてくださいよ！

「お前ら動くなよ。動けばこいつが死ぬことになるぞ」

そう言いながら男はアマトとは反対側の出口に後ずさっていく。

どうしよう。このままじゃあの女の子が連れ去られてしまう。でも相手は銃を持ってるんだぞ。

俺が出ていってもどうしようもできないだろうし、えっと、どうしよう……！

アマトは焦りながらもホールの中に入ることはできず、がたがたと震え続ける。しかしその時、犯人の男を呼び止める一人の女性がいた。

「待ちなさい」

――ト、トガクさん！

アマトは目を見開く。そこではアマトの想い人であるトガクが犯人の前に堂々と進み出ていたのだ。

「私が身代わりになりましょう。私は行政局高官の秘書です。交渉材料には適任かと思われます」

「……いいだろう。手を上げてゆっくりとこちらに来い。抵抗したら容赦しねえぞ」

トガクは淡々とした足取りで犯人に近付いていく。犯人は少女を突き飛ばして解放すると、トガクの手を掴んで拘束した。

「このままお前を人質に逃げさせてもらうぜ。悪く思うなよ」

男はにやにやと笑いながらトガクを引きずって外に出ていこうとする。アマトは必死に思考を巡らせていた。

ど、どうしようどうしよう！　このままじゃトガクさんが連れ去られちまう！　助けなきゃ！　でも相手は銃を持ってるんだぞ!?　めっちゃ怖い！　今だって立ってるのもつらいぐらい震えてるし、中に入るだなんて無理だ！　でもこのままじゃ連れ去られちまう！　でも怖い！　うーんうーん……。

アマトはがくがく震えながらも必死に考え――やがてパンと両手で自分の頬を叩いた。

しっかりしろ、アマト。男を見せろ、アマト！

「ま、待て！」

勢いよく扉を開けて、ホールの中へと飛び込む。今にも外に出ようとしていた犯人の男と目が合った。

「そ、その人を傷つけたら許さないぞ！」

「なんだテメェ、正義の味方ってか？　ははっ、バッカバカしい」

男はアマトを鼻で笑う。しかしアマトは震える膝《ひざ》を叱咤《しった》して、一歩ずつ前に進み始めた。

「許さないぞ、本当に許さないんだからな！」

「来るんじゃねえ、こいつがどうなっても――おい、聞いてんのか、来るんじゃねえっつってんだろ！」

「う、うるさい！　その人を解放しろ！」

そうやって叫ぶと、アマトは犯人の男に向かって走り出した。それを見た犯人は咄嗟《とっさ》にトガクに向けていた銃口をアマトに向け、その頭に向かって引き金を引いた。

一発の発砲音が鳴り響く。しかし至近距離からのその銃弾を、アマトは体を反らして避けた。それればかりか、自分に向けられていたその拳銃《けんじゅう》を下から蹴《け》り上げて弾き飛ばし、呆気《あっけ》にとられている犯人の顔面に拳《こぶし》を叩きこんだのだ。

がしゃんと音を立てて床に落ちる拳銃。顔面を殴られて気絶する男。辺りは、しんと静まり返った。

アマトは上がった息をしばらくの間、ぜえぜえと整えた後、糸が切れた人形のように床に崩れ落ちた。

「こ、怖かったー！」

今度こそ抵抗できないようにしっかりと犯人の男を拘束した後、トガクはへたり込んでいるアマトに歩み寄っていった。アマトはトガクが近づいてきているのを見ると、飛び上がるようにして立ち上がった。

「流石《さすが》です、テンジョウアマト。座学、実技ともに成績優秀なだけはありますね。……あとはその性格さえどうにかなれば立派な特務捜査官になれるのですが」

「えっ、えっ、ええっ⁉」

思わぬタイミングでの賛辞にアマトは混乱する。どうしよう、褒められちゃった、何か返事をしなきゃ、何を言おう、何を言おう。そんなアマトの様子を不審に思ったのか、トガクは俯《うつむ》くアマトの顔を覗きこんできた。

「どうかしたのですか、テンジョウ捜査補佐官」

至近距離から名前を呼ばれ、アマトの混乱は頂点に達する。

すごい、見れば見るほどきれいな人だ、そうじゃない、折角トガクさんと会話できてるんだぞ、しかも褒められてるんだ！　何か言わなきゃ、何か言わなきゃ！　えーと！

「こっ！」

「……こ？」

「今度お食事でもいかがですか⁉」

言葉に出してしまってから、アマトは自分の言葉の素《す》っ頓狂《とんきょう》さに気がついた。あまりの大声に周囲の人々の注目もすっかり集まっている。アマトは赤面し、トガクはそんなアマトを冷え冷えとした目で見た。

「テンジョウ捜査補佐官」

「ふぁいっ！」

「……それは今言うべきことでしたか？」

「違います、すみません‼」

アマトは勢いよく頭を下げる。頭上でふふっと笑う声が聞こえた。

「まあ、その執念だけは認めてあげてもいいですよ」

トガクさん、今笑って……⁉

しかしアマトが顔を上げた時には、トガクはいつも通りの鉄面皮に戻っていた。

見つめ合う二人の雰囲気を壊すように、会場の外から爆発音が響いたのはその時だった。


慌ててトガクとアマトがホテルの外へと行くと、そこには爆発炎上する一台の車と、少し離れた場所でそれを呆然と見つめるトシヤの姿があった。

「何があったんですか、ナメキ捜査官？」

「え？　えーと……」

トシヤは言葉を濁す。トシヤの足元には拘束され転がされた盗人と、それをつついて遊ぶミィがいた。トガクの視線に気づいたミィは嬉々《きき》として語り出す。

「あのね、トシヤと追いかけたらね、エレベーターで逃げられてね、追いついたときには犯人は車に乗ってて、それで追いかけていったら勝手に事故ってちゅどーんって！」

ミィの説明で全てを察したトガクとアマトはトシヤ同様、炎上する車を見つめることしかできなかった。

嗚呼《ああ》、十億の肉が焼けていく——

辺りに漂っているのはガソリンの匂いと、仄《ほの》かに香る肉が焼ける匂い。ミィは大きく深呼吸して笑顔になった。

「焼肉だね！」

「ミィ、黙ってなさい」

第八話　注文の多い牛丼屋

工場の製造ラインはごうんごうんと唸《うな》りを上げていた。ベルトコンベアで無慈悲に運ばれていくのは大量の生ごみと、かすかに蠢《うごめ》く生物たちだ。

製造者としては、タンパク質が主になっていれば何でもいいのだ。ベルトコンベアに乗せられた『素材』たちは最終的に圧縮され、食肉の形に成形される。そして、ここで作られた食肉は市民へと提供される。実に、エコだ。

そんなタンパク質の『素材』に交じって、一人の少女がすやすやと寝息を立てていた。

軋《きし》む音とともに彼女の頭上にアームが伸び、『素材』ごと少女を持ち上げる。その時になって彼女はむぐむぐと唸りながら目を覚ました。

何度かまばたきをして、彼女は意識を覚醒《かくせい》させる。機械からぶら下がったアームは、しっかりと彼女をつかんでおり、身動きをしても拘束から抜け出せそうにない。

アームは順番に工場の奥へと進んでいく。前方からは何かが挟み込まれる音と、『素材』の悲鳴が繰り返し聞こえてくる。少女はアームに吊《つ》るされたまま、ようやく現状を理解した。

このままではまずい。自分ごと商品の一部に加工されてしまう。

「うー……！」

体をよじっていくら逃げ出そうとしても、体勢が悪いせいでアームに手も届かない。この場には頼りにしている相棒の姿もない。

「うー、うぅー……！」

不安から目にはみるみるうちに涙がたまる。そして、数回しゃくりあげた後、彼女は手足をばたばたと動かした。

「うわぁあああん！　トシヤぁあああ！」

少女の姿をした兵器——ミィの悲鳴が、無人食肉加工場に響き渡った。

*

時間はさかのぼってその日の早朝。

枕元の目覚まし時計がピピピピと鳴り、布団の中にくるまっていたミィは唸りながら体を起こした。

時計は六時半を指している。いつも通りの起床時間だ。ミィはくわっと大きくあくびをしながら、洗面所へと歩いていく。

ぱちゃぱちゃと音を立てて顔を洗い、それをタオルでぬぐう。すっきりした気分になったミィは、ハッと今日の予定を思い出した。

「ごほうび！」

昨日までのトシヤとミィは多忙を極めていた。事件、演習、事件、事件、演習。今日は、そんな休む間もなく働き続けてきたトシヤとミィに与えられた久々の休日だった。

『よく頑張ったな。明日は一緒にレストランに行こう』

昨夜言われた言葉を何度も反芻《はんすう》し、ミィは頬を緩ませる。

「ごっほうびー、ごっほうびー！」

鼻歌気分で跳ねるように台所に向かい、そこで初めてミィは異変に気がついた。

「あれ？」

普段は自分より先に起きて、台所に立っているはずのトシヤの姿がそこにはなかったのだ。

ミィは仕方なく、キッチンのそばにある椅子に腰掛けてトシヤを待つことにした。

珍しい。寝坊だろうか。

椅子に座って足をぶらぶらさせること数分。それでもトシヤが起きてこないので、ミィはうんと考え、いいことを思いついた。

「今日は、ミィが朝ごはんつくる！」

お寝坊なトシヤのためにごはんを作ってあげよう。それで、ミィと一緒に食べるのだ。なにしろごほうびの日なのだ。そんな特別なことがあってもいいだろう。

「ふっふっふーん」

やる気満々でミィは冷蔵庫を開けた。しかし——そこでもミィは首を傾《かし》げることになった。

「なんにもない……」

冷蔵庫の中は文字通りからっぽだったのだ。

そういえば、とミィは思い出す。

『期限が近いものが多いな……明日は外食だし、夕飯で全部使っておくか』

トシヤは本当にすべての食材を使ってしまったのだろう。唯一残されていたのは、ボトルに詰められたミネラルウォーターだけだった。

これでは朝ごはんを作ることはできそうにない。ミィはしょんぼりしながら椅子に戻った。しかし、待てど暮らせどトシヤは起きてこない。

じっと待つこと十数分。ミィは椅子からぴょんっと飛び降りると、トシヤの寝室のドアをおそるおそる開いた。

「トシヤ？」

明かりのついていない部屋の奥で、トシヤは布団にくるまったままのようだった。ミィが背伸びをして壁にあった明かりのボタンを押しても、トシヤは起き上がろうとしない。

困惑した表情でミィがベッドに近づくと、トシヤはようやく身じろぎした。

「……ミィ？」

横たわったまま首を動かして、トシヤはミィを視界に入れる。その目元はどことなくうつろで、息も苦しそうだ。

「トシヤ、どうしたの⁉」

ミィは慌ててトシヤに駆け寄る。もしかして自分が知らない間に怪我《けが》をしてしまったのだろうか。だったら、お医者さんに行かなければ。

トシヤは腕を支えにして億劫《おつくう》そうに上体を起こした。

「いや、大丈夫だ」

ベッドに腰掛けたまま、トシヤは俯《うつむ》いて額に手を当てる。

「ただの風邪《かぜ》だろう。栄養タブレットと風邪薬を飲めば治る」

「かぜ？」

「人間がかかる病気だよ。安静にしてればすぐに治るから」

「びょうき⁉」

「病気は病気でもちょっとしたものだよ。病院に行くほどのものでもないさ」

泣きそうな気分になりながら、ミィはそんなトシヤの顔を覗《のぞ》き込んだ。

「トシヤぁ……」

「大丈夫だ。安心しろ」

トシヤの大きな手がミィの頭を撫《な》でる。ミィはその温かさに目を細め、だけどそれでごまかされることはなく、潤んだまなざしでトシヤの顔を見上げた。トシヤは苦笑いした。

「それよりミィ、朝ごはんは食べたか？」

話をそらされ、しょんぼりした気持ちはそのままにミィは目を伏せる。

「冷蔵庫、なんにもなかった……」

「あー……しまった、そうだったな……」

昨夜の記憶に思い至ったのか、トシヤはちょっと顔を歪《ゆが》める。そして数秒考え込んだ後、ミィに向き直った。

「ミィ。お前、買い物はできるか？」

「かいもの？」

「商品と交換にお金を渡すことだ。いつも見てるな？」

ちょっとだけ考えた後、ミィは首を縦に振る。トシヤは「そうか」とだけ言うと、ふらつく足取りでベッド近くに吊られたコートへと歩み寄った。

「ほらこれ」

コートのポケットから取り出されたのは、ミィも見たことがあるものだった。

「おさいふ？」

手渡された財布を反射的に受け取る。財布は見た目よりもずっしりと重い。

「お前はこれで外で好きなものを食べてきなさい」

トシヤを見上げ、ミィは困惑の表情になる。そんなミィの混乱をよそに、トシヤはぼそりと独りごちていた。

「本当はこういうのは駄目なんだが……休日なんだから、少しぐらい見逃してくれるだろうさ」

言われた意味をゆっくりと咀嚼《そしやく》し、財布とトシヤを交互に見てから、ミィは首を傾げた。

「トシヤは？」

「俺は栄養タブレットを食べるから大丈夫だ」

栄養タブレットというものはミィも知っている。必要な栄養を取るためだけの錠剤だ。当然、食べても楽しいものではない。

「でも……」

ミィは財布をぎゅっと握りしめながら俯く。

今日はせっかくのごほうびの日なのに。トシヤと一緒にレストランでごはんを食べる日なのに。

「ほら、行ってきなさい」

有無を言わせない口調で穏やかに笑うトシヤに、ミィは何も言い返すことができなかった。


防灰コートをしっかりと着込み、ミィは最寄り駅の前をぽてぽてと歩いていった。

朝の街は、ぎらつく夜に比べれば活気がない。明け方まで開かれていた飲食店はもう片付けに入っており、駅前を行き交うのは今から出勤するサラリーマンがほとんどだ。

ミィはきょろきょろと辺りを見回して、肩を落とした。この辺りには朝に開いている飲食店は少ない。きゅうと鳴く腹を押さえながら、ミィは縁石へと腰掛けた。

トシヤから渡された財布を取り出し、ミィは俯く。足元にはいつも通りに灰が降り積もり、やがて消えていった。

しょんぼりした気分でしばらくそうしていると、ふとミィの頭上に影が差した。

「お嬢ちゃん、おつかいか何かかな?」

知らない男の人の声だ。ミィは顔を上げる元気もなく、地面を見つめながら呟《つぶや》いた。

「……トシヤが一人でごはん食べてきなさいって」

落ち込みきったミィの声を聞いて、男はちょっと黙り込んだようだった。

数秒後、男はミィの前にしゃがみ込んでミィと目を合わせてきた。

「何かあったのかな?」

こちらの目を覗き込んできたのは、四角い眼鏡《めがね》をかけた胡散臭《うさんくさ》い印象を受ける男だった。年齢は若そうだが、服装は正直に言うと小汚い。ミィは唇を尖《とが》らせながらぼそぼそと答える。

「トシヤ、風邪になっちゃった」

彼は数秒かけてその言葉の意味を読み取り、ミィに笑いかけた。

「なるほど。お父さんが風邪で倒れちゃって、お嬢ちゃんは外食ってことか。偉いなあ」

がしがしと頭を撫でられ、少し迷惑そうな顔をしながらミィは男を見る。彼はにこにこ笑いながら尋ねてきた。

「何食べるのか決まってるのか?」

そう問われて初めて、ミィはぐちゃぐちゃした思考の端っこを解きほぐされた気分になった。

「食べたいものわかんない」

お腹が空いていないわけではない。でも、何故《なぜ》か食欲はわかなかったし、何を食べていいのかも分からなかった。

「ふーん……」

まるで何かを企んでいるかのように長く言った後、彼はミィの手に自分の手を重ねてにこっと笑った。

「じゃあ今から俺と飯を食いに行かないか？」

男の提案に、ミィは顔を上げて首を傾げた。

「一緒に？」

「おう、一緒にだ」

「一緒に……！」

自分の内側から湧き出てくる温かさのまま、ミィはぴょんっと立ち上がった。

「行く！」

その勢いに男はぱちぱちと目をしばたたかせた後、にやりと笑った。

「俺はテンキ。ジャーナリストだ。お嬢ちゃんは？」

「ミィはね、ミィだよ！」

ひゅばっと両手を上げてミィは主張する。テンキはそんなミィを連れて、駅の裏側に続く道を歩いていった。

駅の裏には人気《ひとけ》のない小さな公園が広がっていた。

『最終戦争』以前では公園と言えば市民の憩いの場であったと記録されているが、現在の公園はもっぱら浮浪者のたまり場となっている。

わざわざ灰が降る屋外で遊びたがる人間もいないのだから当然といえば当然だ。

街の秩序からあぶれてしまった人々が、公園の隅の廃材で作った家から目をのぞかせて不思議そうにこちらを見つめている。

そんな彼らをよそに、テンキとミィはいつ作られたのかも分からない公園の銅像の陰に隠れていた。

「ごはん食べないの？」

「まあ待て。飯を食うにも準備ってやつがあるだろう」

彼は持っていた大きなカバンを下ろすと、その中から旧時代的な大きなカメラを取り出した。

「オードブル、ってやつさ。ふっ……」

テンキはかっこつけて鼻を鳴らす。ミィはそんな彼の顔を見上げてきょとんとしている。テンキは気まずそうに大きく咳払《せきばら》いをした。

「そ、それより！　今はあの店が重要だ」

テンキが指さした先には公園の隣にある妙に大きな建物があった。その店先には、紫色に光る看板にシンプルに『牛丼』の文字が。

「牛丼屋さん？」

ミィの言葉には答えずに彼はカメラを牛丼屋に向けて睨《にら》みつけた。カメラがピントを合わせる音がじじっと響く。

そのまま経過すること約二十分。いい加減飽きてきたミィが地面にぺたっと座って足を動かしていると、テンキは牛丼屋を注視しながらようやく口を開いた。

「やっぱり情報通りだ」

「じょーほー？」

「数が合わないんだよ。入っていく奴と、出ていく奴の人数がな」

すぐに意味が呑《の》み込めず、ミィはこてんと首を傾げる。

「中では絶対ろくでもないことが起きてるな。何なのかは分からないが、ゴシップなのは間違いない」

静かに興奮した様子でカメラから目を離し、テンキは口元を歪める。

「このネタをマスコミに持ち込めば、ギリギリ日銭を稼ぐだけの生活にもおさらばさ」

ミィは逆側にこてっと首を傾げる。テンキはカメラをカバンにしまい込むと、事情を理解していない様子のミィと視線を合わせた。

「いいかミィ。今から俺はお前のパパだ」

「パパ？」

「そうだ、パパだ」

ミィはさらに逆側に首を傾けた。

「テンキ、ミィのパパじゃないよ？」

心底不思議そうなその声に、テンキはうっと口ごもった後、ひきつった作り笑顔を浮かべた。

「ジャーナリストが堂々と入れてもらえる場所でもないだろ。嘘も方便だよ。ほらっ、手繋《つな》ぐぞ！」

無理やりに手を繋がれ、ミィは牛丼屋へと引きずられていく。静かな公園から出てすぐのところに建つ目的地は、音こそないものの電飾が騒がしく瞬いていた。

「牛丼屋さん静かだねえ」

「……店員がいないのかもな。自動化されたファストフード店ってところか」

二人が店の前に立つと、沈黙していたタッチパネルが起動し光り始めた。そこに表示された文字列に、テンキは怪訝《けげん》そうに眉《まゆ》を顰《ひそ》める。

『定職についていない方は特別割引！』

その文面の周囲には黄色と赤の枠がちかちかと点滅し、その存在をアピールしてくる。枠の外には『はい』『いいえ』のボタンと、『これは社会福祉活動の一環です』という文字列が表示されていた。

「きなくさいな」

「くさい？」

「わざわざ社会福祉活動って書いてあるところが嘘くさい。もしかして定職についていない奴らを捕まえて強制労働でもさせてるんじゃないか」

「てーしょく……。ミィ、牛丼定食がいい！」

足元でぴょこんっと手を上げたミィをちらりとも見ず、テンキは一人苦笑いする。

「……フリーのジャーナリストなんて不安定な職業、定職とは言い難いかもしれないか」

「テンキ、定食じゃないの？」

繋いだままの手をくいくいと引かれ、テンキはミィを見下ろす。ミィは満面の笑みを彼に向けた。

「ミィの定食分けてあげるね！」

テンキは目をしばたたかせた後、やりにくそうに頭をかいた。

「そんな顔するなよ……罪悪感が出ちまうじゃないか」

「ざいあくかん？」

純真な眼差しのミィにうぐぐと唸《うな》り、テンキは大きく咳払いをしてからタッチパネルに向き直った。

「と、とにかく、定職についてないってことにして入るぞ！」

タッチパネルを力強く押し、請求された金額を支払う。すると、タッチパネルの横に二つある扉のうちの左側が音もなく開いた。

ごくりと唾《つば》を飲み込むと、テンキはその中へと足を踏み入れる。ミィもとことことその後を追いかけた。

店内に入ると、目の前には簡素な看板と洗濯かごが置かれていた。

『衣服無料洗濯サービス』

「……浮浪者向けのサービス、か？」

ぽつりと呟《つぶや》くが、自分たちのほかには誰もいないようで、壁にわずかに反響した音がするばかりだ。

「やってみるか」

覚悟を決め、テンキは自分の服を脱ぎ始めた。

まず防灰コートを脱ぎ、その下に着込んでいた上質とは言えない服を次々に洗濯かごに放り込む。そして下着姿になったテンキは、じーっと看板を見上げていたミィを持ち上げて自分の前に立たせた。

「ミィも脱ぐぞ」

「えっ」

ミィは困惑の眼差しをテンキに向ける。

「牛丼屋さんなのに？」

「それは俺も不思議なんだけどな……」

もごもごと言いながらテンキはミィからコートをはぎ取り、下に着ていたパーカーのすそに手をかけた。

「ほら、ばんざーい！」

「ばんざーい！」

すぽんっとミィから服がすっぽ抜ける。ミィはその勢いでふらふらとたたらを踏むと、ぽてっと床にしりもちをついてしまった。

その一部始終を見ていたテンキは、思わず声を上げて笑ってしまった。

「ははっ、ドジだなあお前」

ミィはむっと唇を尖らせて立ち上がる。テンキはそんなミィの足元に転がったものに手を伸ばした。

「財布落としたぞ」

トシヤから託された大事な財布だ。恭しくそれを受け取り、ミィは大きく頭を下げた。

「ありがとうございます！」

ミィはぺこっと頭を下げる。テンキはそれを微笑《ほほえ》ましそうな目で見た後、ふとミィの足元にもう一つ落とし物を見つけた。

「ん、携帯端末か」

薄型のそれは、かなり多機能のもののようだ。こんなに小さな子供が持っているのは不自然なぐらいに。

怪訝に思いながらテンキはそれを裏返し、目を見開いた。

「このマーク、政府の……」

灰の街に住んでいる者ならば一度は見たことがある政府のマーク。体の底が冷えていくような感覚を覚えながら、テンキは端末を持つ指を震わせた。

なんでこのガキがこんなものを持っている。まさか、政府の関係者なのか？　こんな子供が？

「……テンキ？」

足元から響いた声にテンキは大げさなほど肩を跳ね上げる。高鳴る心臓を押さえながらそちらに視線を向けると、不思議そうな顔でテンキを見上げるミィの姿があった。

テンキは大きく深呼吸すると、ミィの持っている財布を手に取った。

「ミィ、カバン持ってないから不便だろ。これは俺が代わりに持っておいてやるよ」

きょとんとした後、ミィは大きく頷《うなず》いた。

「うん！　ありがとう、テンキ！」

彼は口の端をひくつかせながら財布と端末を自分のカバンに入れ、看板の横にあったドアを引き開けた。

ドアの向こうにあったのは、先ほどの部屋と同じような空間だった。

『無料シャワーサービス』

看板の横には、簡素なシャワールームが併設されている。

「今度はシャワーか……」

「体きれいにするの？」

「社会福祉活動の一環か、食事の前のエチケットか……いや、もっと嫌な意味がありそうだな」

ぶつぶつ言いながらテンキはミィの体を押して一緒にシャワールームに入ろうとした。

しかしその直前にミィはあることに思い至り、さっと顔を青くした。

しまった。さすがに丸洗いされたら、ネコの証明である額の角《つの》が見つかってしまうかもしれない。

慌ててミィは額を押さえながらシャワールームへと一人で飛び込んだ。

「ミィ一人で入る！」

ばたんと音を立ててドアが閉まる。テンキは頬をかきながら苦笑いした。

「あー、悪い悪い。ちっちゃくても女の子だもんな」

数分後、生ぬるいお湯で全身を洗い終わった二人は、用意されていたバスローブ姿のまま、さらに奥へと進んだ。

ドアを開けた先にあったのは、今までと同じような看板と、ごうんごうんと音を立てて回るシリコンを備えた装置だった。

『無料マッサージサービス』

自動で洗車を行う装置に似たそれを前に、テンキは半ばやけくそな気分になりながら体を突っ込んだ。

ぐねぐねのシリコンが体のいたるところをほぐしていく。気持ちいい。気持ちいいが、これではすぐに酔ってしまいそうだ。

慌てて体を引き、テンキはマッサージ装置から脱出した。

それを見ていたミィもまた、テンキの後に続いて装置へと飛び込んだ。しかし小さいミィの体は可哀想《かわいそう》なほど装置にもみくちゃにされてしまい、テンキは慌ててミィの手をつかんで外へと引き戻した。

「大丈夫か？」

「うう－……」

ミィは唸りながら目を回してしまっていた。テンキはミィがしっかり元に戻るのを待ってから、次のドアを引き開けた。するとそこにあったのは、今までとは違う立て看板だった。

『ご苦労様でした。すぐに料理が出てきます。椅子に腰かけてお待ちください』

部屋の中にはパーテーションで一人ずつ区切られたカウンター席が並んでいた。

「おい、ついに飯が食べられるらしいぞ」

色々なサービスを受けて疲れてきていたミィは、その一言で一気に意識をはっきりとさせた。

「ごはん！」

目を輝かせてミィは部屋の中に飛び込んだ。しかし、その中のパーテーションをきょろきょろと見回し、テンキに振り向いた。

「一緒じゃないの……？」

「みたいだな。一人一人個室に入れられるらしい。じゃあ、入ってみるか」

ミィは個室とテンキの顔を交互に見比べた後、しぶしぶ個室に入って腰かけた。テンキはその瞬間、ミィの椅子から響いたかすかな音を聞き逃さなかった。

テンキはカバンの中から、自分の予備の衣服を個室の椅子に乗せる。その重量を感知したのか、ミィの椅子と同様にカチッと何かの作動音が響く。

直後、個室の扉は閉まり、ミィは個室の中に一人取り残される。一人きりになったミィはふと、ここに来るまでに感じていた想いを思い出してしまった。

「トシヤも一緒に来たかった……」

ぽつりと呟く。こんな不思議な牛丼屋さんなのだ。きっとトシヤと一緒に来て、一緒に牛丼を食べられたら、とてもすてきだったのに。

しょんぼりした気分で待っていると、ミィの目の前の小窓がうぃーんと開き、ミィの目の前にほかほかの牛丼が現れる。

つやつやの白米の上に脂ののった肉と玉ねぎらしきものが乗っている。簡素なものではあるが、見た目はとても美味《おい》しそうだ。――見た目だけは。

「変なにおいする……」

牛丼に手を付けず、ミィはどんぶりに鼻を近づかせてすんすんと匂いをかぐ。ほのかに覚えのある匂いが鼻孔をくすぐった。

「……発症者のにおい？」

形だけは牛丼だったが、どうやらただの牛丼ではないらしい。ミィが警戒してどんぶりを見つめていると、不意に足元の床が抜けた。

「ふぇ？」

間抜けな声を上げた瞬間、開いた穴の中へとミィを乗せて椅子は猛スピードで滑り込んでいった。悲鳴も出せないままミィは椅子に運ばれていき、滑り台のような筒の中に押し込められて、勢いよく吹き付けてくる風に押し出される形でぽーんっと飛んでどこかに着地した。

ミィがたどり着いたのは、生ごみのにおいが立ち込める真っ暗な空間。周囲にはぐちゃぐちゃになった食べ残しの他に、かすかに人らしきうめき声が聞こえてくる。

ミィは何度か瞬《まばた》きした後に、くしゃっと顔を歪《ゆが》めた。

トシヤの風邪。ごほうびがなし。一緒にごはんが食べられない。牛丼屋さんでも一人にされてしまった。その上どうやら牛丼も食べさせてもらえないらしい。

状況は呑《の》み込めないままだったが、これまでのあんまりな仕打ちに打ちのめされて、ミィは大声で泣き始めた。

「うぇえええええん！」

＊

ミィが穴に消えた直後、テンキは慌てて今まで通って来た店のドアを駆け戻っていった。

よかった。厄介事になるだろうと、全てのドアを少しずつ開けておいて大正解だった。

ほとんど下着のまま店の外に飛び出し、テンキは辺りを見回す。公園の方からホームレスが覗《のぞ》いている以外に人はいない。

どうする。このままではこの牛丼屋の奴らに捕まってしまうかもしれない。ここは逃げるべきだ。

一旦《いったん》、態勢を立て直して改めてもっと慎重に探りを――

「うぇえええええん！」

遠くに響いた泣き声に、テンキは顔を上げる。ほぼ同時に店の裏からトラックが飛び出し、泣き声の主を乗せて走り去っていく。

捕まったガキが乗せられている？　どこかに連れていかれるのか？

足で追いつける相手ではない。だが、ナンバーは見えた。あれを手がかりに調査を続けていこう。

そうと決まればこんな場所からはさっさと――

テンキは立ち止まり、トラックが去っていった先を見る。

でもそれならあのガキはどうなる。奴らに捕まって口封じに遭うかもしれない。

いや、それでいい。あんなガキのことなんてどうでもいいだろう。あんなついさっき出会ったばかりのガキのことなんて。

手元を見下ろす。ミィから取り上げた端末がある。裏側には政府の刻印。

自分では今からあいつを助けることはできない。だけど、この端末から通報したらどうだ。きっと政府機関が動く。あいつは助かるかもしれない。だが、同時に自分が政府に捕捉《ほそく》されることになる。それは困る。だが――

テンキは大きく顔を歪めた後、荷物を投げ捨て、端末を起動した。

「ああっ、クソッ……！」

＊

食肉加工場。

ミィを吊《つ》り下げたアームは無慈悲に進み、順調にミィの体をプレス機へと運んでいった。

「うわぁあああん！」

バタバタと暴れまわってもアームはミィを放してくれそうにない。やがて泣き声は啜《すす》り泣きに変わり、ミィは自分に降りかかる運命を受け入れかけた。

ミィはこのままぺちゃんこになっちゃうんだ。もうトシヤのところに戻れないんだ。もうごはんも食べられないいんだ。

最後に、もう一度だけ、トシヤとごはん食べたかったなあ。

鼻水をぐずぐずとすすりながらミィは工場の奥へと進む。

しかし、凶悪なプレス機が目の前に迫ったその時、見覚えのある人影がミィを捕まえたアームを蹴《け》り飛ばした。アームは勢いよく吹っ飛び、解放されたミィもぽーんっと宙を舞う。

何度か地面をバウンドし、ミィはがばっと体を起こした。

「イナちゃん？」

たった今ミィの命を救った17番は、ミィを一瞥《いちべつ》してふんっと鼻を鳴らす。薬で半分化け物になった17番に、ミィは顔をぐちゃぐちゃにしたまま飛びついた。

「イナちゃんーー！」

「く、くっつかないでくださいい離れてくださいい！」

涙と鼻水が体と腕につき、17番はミィを振り払おうとする。しかしそんなことをしている二人を遮るように、工場の奥から低い咆哮《ほうこう》が響いてきた。

ミィと17番は同時にそちらを見る。プレス機の向こう側から現れたのは、体のあちこちが変形した奇妙な化け物だった。

「発症者？」

「……そのようですね」

17番はぼろきれのようになった自分のコートから『ヒミコ』を取り出し、ぼんやりしているミィを見た。

「何をしているんですか、31番」

こてんと首を傾《かし》げるミィに『ヒミコ』を投げ渡し、17番は自分も残りの錠剤を噛《か》み砕《くだ》く。

「状況を鎮圧しますよ」

17番たちに同行してやってきたテンキは、その一部始終をぽかんと口を開けて見上げていた。

ほんの数秒で体が膨れ上がった生物兵器たちは、出口へと向かう発症者へと飛び掛かる。

「うん！」


事態は収束し、ロウと17番が乗ってきた以外の警察車両も続々と工場へと集まってくる。そんな中、テンキはロウと向かい合っていた。

「捜査協力感謝する。だが……悪いがあんたは知りすぎた。今回の事件は忘れてもらうことになる」

まるで三文芝居のようなセリフに、テンキは思わず噴き出してしまう。くくっと肩を揺らす彼をロウは不審そうに見る。

「なんだ？」

「いや、なんでもない、はは」

なんとか笑いを呑《の》み込み、テンキはごほんと一回咳《せき》をした。

「いいさ。まあそんなところだと思ったよ」

想像以上に素直な答えに、ロウは軽く目を見開く。

「あんなクソみたいな店がなくなるなら、今回はそれでいいさ」

ごまかすようにテンキは軽く肩をすくめる。ロウは何度か瞠目《どうもく》した。

「正義感があるんだな」

「そうでもないさ」

テンキは視線を遠くに向ける。その先ではミィと17番が並んで腰かけていた。

「あのガキを囮《おとり》として牛丼屋に入れたらどうなるか試したかっただけだからな」

ミィは17番に何かを貰《もら》ってもぐもぐと食べているようだ。その無邪気な表情に、テンキは目を細める。

「俺も奴らと同じ、外道ってやつさ」

安堵《あんど》と自嘲《じちょう》で口の端が持ち上がる。ロウはそんな彼に何か声をかけようとした。しかし、警察車両の間を縫うように現れた白い車両に開きかけた唇を閉じた。

車両からは白い防護服の職員が何人も降りてくる。その服につけられたマークを見て、テンキはぽつりと呟《つぶや》いた。

「管理局……『管理システム』か……」

防護服の職員はロウと一言二言会話すると、テンキの左右を固めてきた。

「ご同行願います」

「……はいはい、分かってるよ」

テンキは素直にそれに従いかけたが、ふと立ち止まってロウに振り向いた。

「あんたらを記事にできないのが残念だよ」

人差し指をぴんと立てて、覗き込むようにしてロウを睨《にら》みつける。口元は挑戦的に歪んでいた。

「何度だって真実にたどり着いてみせるさ。あんたらの秘密はカネになりそうだしな」

じゃあな、と手を上げたままテンキは立ち去っていく。彼を乗せた車両のドアがばたんと閉まり、エンジン音を立てて遠ざかっていくのを見て、ロウは小さく笑った。

「若いねえ」

＊

その日の夕方。帰宅したミィを待っていたのは、朝よりもかなり顔色がよくなったトシヤだった。

しかしまだ全快ではないらしく、トシヤは相変わらずベッドの住人となっている。

ミィはそんなトシヤの部屋のドアから、半分だけ体を覗かせてそわそわと目を泳がせていた。

「……ミィ？」

目を覚ましたトシヤが、ドアに隠れているミィを見つけて声をかける。ミィはたっぷり十秒は迷った後、しょんぼりしながらトシヤの枕元に歩み寄った。

「ごめんなさい……」

俯《うつむ》いたままミィはトシヤに謝罪する。トシヤは面食らって何度か瞬《まばた》きをした後、穏やかにミィに尋ねた。

「どうかしたのか？」

ミィはトシヤから預かった財布を両手でぎゅっと握り締め、落ち込み切った声色で答えた。

「おかいもの、うまくできなかった……」

そんなミィを見て、トシヤは仕方なさそうに眉尻《まゆじり》を下げた。

「ちゃんとご飯は食べたか？」

ミィは俯《うつむ》いたまま、こくりとうなずく。

「そうか」

再びうとうとと眠気に負けていきながら、トシヤは安堵の息を吐く。

「お前が腹を空かせてないなら、よかった」

その言葉の直後、トシヤはすうすうと静かな寝息を立て始める。ミィはそれでも俯いたままだった。

「よくないもん……」

しょんぼりとした気分が悲しい気分に置き換わり、ミィはぐっとそれを呑み込もうとする。

「一緒がいいんだもん……」

静かな部屋でぽつりと呟かれた言葉は、もうすっかり意識を手放してしまったトシヤには、届かなかった。

最終話　いただきますを君と一緒に

雪がちらつき、視界を惑わせる。寒さは不思議と感じない。世界は静かで、何もかもを消してしまったかのようだ。

なのに、血の臭いが濃かった。

辺りには肉塊が散乱していたし、立っている者のほうが少ない。

そんなことはいつものことだ。自分はネコとして作られたし、邪魔者の排除でこういう光景を作り出すのは日常茶飯事だ。

ただ一つだけ違うのは——転がる残骸《ざんがい》たちの顔を、私がよく知っていることだけ。

優秀だった子。足が速かった子。背が高かった子。ちょっと小さくて未熟だった子。敵も味方もみんなただの肉になってしまって、あとはもう、私ともう一人しか残っていない。

「うらぎりもの」

同胞の死体の向こう側で、少女が私を睨みつけている。その顔は憎悪に歪《ゆが》んでいて、私は場違いにも面白くなってしまうところだった。

ネコのくせに。

まるで人間みたいじゃないか。

少女は私に何かを叫び、そのまま去っていった。入れ替わりになるようにこちらの増援がやってくる。

彼らに負傷状態を確認された私は、淡々と返事をして踵《きびす》を返す。もう全て終わったのだ。これで、私たちはおしまいだ。

――カツンと、つま先に何かが当たった。

見下ろす。赤い髪留めだ。見覚えがある。拾い上げる。

『プレゼントだよ。着飾るのは苦手だが、着飾らせるのは得意なんだ』

耳の奥に声が響く。

『ほら笑ってごらん。笑顔は最大の処世術だよ』

自分の顔に手をやる。ぺたぺたと触る。表情は動いていない。笑顔なんて、あるはずもない。

耳の奥で彼女の声が響いている。顔を忘れてしまいそうになる。彼女は笑っていたはずだ。最後まで。最後まで。

俯く。いつの間にか辺りが暗くなる。代わりにシューシューと、か細い音が響いてくる。人工羊水に入れられた新しい同胞たちの呼吸音。彼女たちはまだ、生まれてくる。作られ続ける。

私が、信じたものを選択してしまったから。

このまま生きていくはずだった同胞たちが私を見ている。

私は選択した。彼らを切り捨て、新たな同胞が作られる道を。

私は、責任を取らなければならない。奪った命の責任を。生まれてくる命への責任を。

顔を上げる。髪留めをつける。

生き残った。ならば生き延びなければ。

両手の指で唇の端を押し上げる。笑みの形を無理やり作る。

笑え。生きろ。

そうして私は、『ごーちゃん』になる。

＊

もこもこの寝巻きを着た少女が目を開くと、よく見知った自室の天井があった。ピンク色を基調としたその部屋には、ゆったりとした音楽がかかっている。

「……寝てた」

天井を見ながらぽつりと呟いた彼女は、５番殿と呼ばれるネコだった。生物兵器であるネコとして作られた彼女は、様々な経緯のもと、特務課の幹部としても君臨している。

「生物兵器が夢を見るなんてね、まったく」

自嘲的に鼻を鳴らし、５番殿は腰掛けていた作業椅子の上でうーんと伸びをした。

「さーて、お仕事お仕事っと！」

いつでも食べられるように備え付けてある棒つきキャンディーを取り出して口にくわえる。ぴこぴこと棒の先を遊ばせながらも、５番殿は目の前に積まれた書類を次々に処理していった。目を通した書類はどんどん「処理済」の箱へと投げ入れられていく。その顔はだんだんぎゅっとしかめられ、不快感をにじみ出していった。

「うーん、やっぱり滅茶苦茶キナくさいなあ」

最後の書類を「処理済」の箱に投げ入れ、唇を尖《とが》らせながら飴《あめ》をガリッと噛み砕く。

「どこもかしこも真っ黒で、どこから銃弾が飛んでくるのかも分からないよ」

残った飴の棒をがじがじと噛んでいると、部屋のドアから生真面目なノック音が響いた。

「失礼します」

入ってきたのは、彼女の部下であるトガクだった。5番殿はにまーっと笑うと、ぐでんと溶けるように作業椅子から降りて、トガクの胸に向かってダイブした。

「あーんトガクちゃーん」

ヒールを履いたトガクと5番殿の身長差で、ちょうどトガクの胸がぼすっと彼女の顔に当たる。

「もうお手上げー。トガクちゃんー、私を癒してー」

そのままぐりぐりと顔を柔らかい胸に押し付ける。トガクはその言葉には答えず、淡々と事実を告げた。

「5番殿、そろそろ女子会の時間でございます」

「えっ、やばっ。もうそんな時間⁉」

5番殿はトガクからバッと離れると、ふかふかのカーペットの上を裸足で走っていき、クローゼットを引き開けた。クローゼットの中にあるのは、クラシックな趣味の可愛《かわい》らしい服ばかりだ。その中から5番殿は紺色と白のワンピースを取り出すと、寝巻きを乱暴に脱いでぽいぽいっと放る。ピンク色の寝巻きはトガクの顔や体に引っ掛かった。

「こちらはもう洗濯しても？」

すぽんっとワンピースを着た5番殿に、トガクは尋ねる。

「うん、よろしくトガクちゃん！　いってきまーす！」

5番殿は靴下と靴を履くと、ばたばたと騒がしく私室を出ていった。

彼女の私室は特務課の研究所にある。時折すれ違う研究員にひらりと挨拶《あいさつ》をしながら、研究所の廊下を軽い足取りで駆けていき、5番殿は女子会の部屋へとたどり着いた。

網膜認証の後、扉は開く。そこで待っていたのは一人の少女だった。

「お待たせ、トーちゃん！　ここで会うのは久しぶりだねえ」

からからと笑いながら5番殿は彼女に近付いていく。トーちゃんと呼ばれた少女は、5番殿に恭しく頭を下げた。

＊

「チームを組め、ですか」

5番殿から告げられた言葉に、トシヤは困惑の声を上げた。同室にはミィと17番、それから17番の相棒のロウが集められている。

「そ。なんだか最近、ネコを狙う連中が跋扈《ばっこ》してるみたいでね。一組だけでいるといざというとき対処しきれないから、しばらくチームで行動してもらうことになったんだよ」

「なるほど……。じゃあ俺たちはトシヤたちとのチームなんですね？」

「いんや、違うよ」

ロウの問いかけに、5番殿は首を振って否定する。

「君たちの他にもう一組、チームに入ってもらう。……入ってきていいよ、二人とも！」

5番殿が呼びかけると、入口の向こうに待機していたらしい人影が二人入ってきた。一人は二十代半ばの若い男、もう一人はミィと同じ歳ぐらいの幼い少女だ。

「自分はシンゴっていいます。よろしくお願いします！」

シンゴは溌剌《はつらつ》とした声で挨拶をすると、トシヤたちに対して深く頭を下げた。その名前に聞き覚えがあったトシヤは少し考えて思い至った。

「ああ。あのアマトが言っていた主席卒業の」

「えっ、ご存じだったんですか。へへ、ちょっと恥ずかしいですね」

照れ臭そうに頭をかくシンゴの足元には、彼の足に隠れるようにして少女がこちらを覗《のぞ》いている。

「ほら、33番。お前も挨拶するんだよ」

そう促され、少女はおどおどと挨拶をした。

「あの、私、33番です。どうぞよろしくお願いします……」

臆病《おくびょう》な性格なのだろうか。震えながらのその言葉に、17番はため息まじりに、ミィは嬉《うれ》しそうに挨拶を返した。

「……よろしくお願いします、33番」

「よろしくね、ミミちゃん！」

33番をいきなり愛称で呼び出したミィに、トシヤは苦言を呈する。

「こら、ミィ。いきなりミミちゃんはないだろう」

「だって33番だからミミちゃんだもん！　ミミちゃんもそれでいいよね？」

「はい……ありがとうございます」

そう言うと33番は、ほんの少しだけ微笑《ほほえ》んだ。どうやらその呼び名がお気に召したらしい。

「さあさあ、顔合わせも済んだところで、まずは親睦《しんぼく》会にでも行ってきたらどうかな？」

5番殿はトシヤの背中を低い位置からばしばしと叩《たた》きながら、そう促す。トシヤは困惑して5番殿を見下ろした。

「え？　しかし……」

「ほら、お金はあげるから！　行っておいで行っておいで！」

ぐいぐいと背中を押されて部屋から追い出される。トシヤは「なんだか親戚《しんせき》のおばちゃんみたいだなあ」などと失礼なことを考えていた。


トシヤたちが5番殿に勧められてやってきたのは、洋食や和食が雑多に提供されているチェーン店だった。ミィは笑顔で跳ねるようにして歩いていたし、その手を引くトシヤも心なしか上機嫌だ。

「六名様ご案内ー」

やる気のない店員に連れられて、トシヤたちはボックス席に座る。出されたおしぼりを配り終わり、メニューを決めようとなった時に、ふと気づいてロウは問いかけた。

「そういえば33番は人間の食べ物を食べたことはあるのか？」

「い、いいえ、私はまだ作られて日が浅いですし……前のマスターもそういう方針ではなかったので……」

ぼそぼそと答える33番の言葉に、トシヤは違和感を覚えて尋ね返した。

「──前の？」

「あっ、俺たちつい数日前に相棒になったばっかりなんです。な、33番」

「はい……」

シンゴの言葉に、33番は小さく同意した。

「そうなのか。じゃあ新米捜査官だな！　緊張することもあるだろうがまあ気張らずいこう！」

「いたっ、痛いですって」

ロウは陽気に笑うと、シンゴの肩をばしばしと叩いた。シンゴはそれから逃れようと体を引く。

「それでどうなんだ？　実際のところ、ネコとはうまくいってるのか？」

「え？　うーん……ちょっと分からないです。なかなか打ち解けた！　って感じにはならなくて」

シンゴはちらりと33番を見る。33番は隣にいた17番の陰に隠れた。ロウはにんまりと笑い、自分の顎《あご》を触った。

「いやートシヤの時を思い出すなあ。トシヤも昔は――」

「止《や》めてくださいよ、ロウさん。恥ずかしいじゃないですか」

苦笑いしながらトシヤはメニューを広げる。二冊あったうちの一つをミィは受け取り、33番の前に広げた。

「ミミちゃんのメニュー、ミィが教えてあげるね！」

「えっ、えっ？」

「あのねえ、これは甘くておいしくてねえ、これはしょっぱくておいしくてねえ」

33番の混乱も気にせず、ミィはメニューを順番に指さしていく。トシヤとロウは微笑ましい気分になって笑った。

「まるでお姉さん気分だな」

「ですね」

それにしてもミィはいつになく上機嫌だ。何かあったのだろうか。

二人の様子を観察していると、視線に気づいたミィはトシヤを見てえへへと笑った。

「どうかしたのか？」

「えへへ。ミィ、トシヤとごはんだねー」

「ん？」

「一緒にごはんだねー」

「そうだが……それがどうしたんだ？」

困惑を声にすると、ミィは小さな手で口を押さえてにひひっと笑っているようだった。

意味が分からない。だが、笑っているならまあいいか。

疑問を思考の端に追いやり、自分もメニューへと目を落とす。隣に座っているシンゴはそれを覗き込み、声を上げた。

「うわあ、インスタントパックじゃない料理なんてひっさびさに見ましたよ。あ、から揚げとか久しぶりに食べてみたいなあ」

「から揚げなんか油で揚げるだけだろう。シンゴはあまり料理をしないんだな」

するとシンゴはばつの悪い顔をして、頬を掻《か》いた。

「俺、親がいないんで、料理とかはからきしなんです。小さい頃、この街の『管理システム』の連行官に連れていかれちまって……それっきりで」

「……そうか、それは悪いことを聞いたな」

シンゴは「いえ……」と首を横に振った。『管理システム』とは、この街を平和に保つために運用されているシステムだ。とはいっても、一般人はその実情を知ることはなく、トシヤもまた、『管理システム』がどういうものなのかは把握していなかった。

ただ一つ、『管理システム』から派遣されてくる連行官によって、この街にとって「不適切」になった人物がどこかに連れ去られているという事実を除いては。

「兄さんと二人きりで育ったんですけど、特務捜査官だったその兄さんも殉職してしまって……。

でも以前兄さんの相棒だった33番とコンビを組めて、俺嬉しいんです。こいつとなら上手《うま》くやっていけるんじゃないかって思って」

シンゴの告白に場はしんみりとした空気に包まれる。その空気をなんとかしようとトシヤがシンゴに声をかけようとしたその時、三人の通信機が一斉に音を立てた。

「……呼び出しのようだな」

ロウの言葉にトシヤたちはうなずき、立ち上がる。うきうきとメニューを見ていたミィは、困惑の表情を捜査官たちに向けた。

「一緒にごはんは……？」

「今はなしだ。行くぞ」

トシヤはミィを無理やり立ち上がらせ、店の出口に向かっていった。ほとんど引きずられるようにしているミィの顔は、泣いてしまいそうなぐらいにくしゃっと歪《ゆが》んでいた。


現場はグシン町の雑居ビルだった。とはいっても怪しげな会社が入っているわけでもない。そこは、ごく普通の善良な一般企業が入っているビルだった。

現場の職員に話を聞きに行っていたロウに、トシヤは歩み寄る。

「状況はどんな感じですか」

「最悪だ。真昼間のオフィスで発症者が出たらしい。目撃者、犠牲者ともに多数だ」

封鎖されたビルの中をトシヤは見やる。ビルの入口には、慌てて逃げた際に置き去りにされたと思《おぼ》しき書類や鞄《かばん》などが散乱していた。

「昼間に会社でヒミコを飲んだってことですかね」

「いや、今回のこれは多分……。なんでもない、忘れてくれ」

ロウは何かを言いかけて言葉を濁した。疑問を込めた目でロウを見るトシヤとシンゴに対して、ロウは一気に真剣な顔をすると有無を言わせぬ口調で言った。

「今は奥の部屋に対象を押し込めて膠着状態《こうちゃくじょうたい》だ。突入して終わらせるぞ」

「はい」

「はい！」

トシヤたちは簡単に作戦を決め、ビルの中へと入っていく。ネコつきではない捜査員が対象を押し込めているのは六階の社長室だ。

階段を上り、社長室の前にたどり着く。いざという時に備えてシンゴたちを入口付近に立たせ、トシヤは社長室のドアに手をかけた。

傍らのロウと17番、そして身構えているミィにアイコンタクトを取った後、トシヤは一気にドアを押し開けた。

17番とミィが部屋の中へと無音で走り込んでいく。その直後、激しい怪物の悲鳴が響き渡り、トシヤたちもまた銃を構えて部屋の中へと入っていった。

対象の発症者は、部屋の隅に追い詰められていた。だが様子がおかしい。顔を両腕で庇《かば》って、怯《おび》えているように見える。その証拠に発症者の目からは大粒の涙が流れ出ていた。

「ヤメ……ヤメテクレ……オレガナニヲシタッテ……イウンダ……」

ぼろぼろと泣きながら嘆願する発症者に、トシヤは思わず銃を下ろしかける。しかし、隣に立つロウは、発症者がそれ以上何か言う前に口を開いた。

「……17番」

17番は振り向いた。ロウは冷たく言い放った。

「殺せ」

「はい、マスター」

平淡な声で返事をした後、17番はその発症者の首に食らいつき、あっさりと絶命させた。発症者の体は床に崩れ落ちる。身構えたまま動かなかったミィは、不審そうな目でトシヤを見た。

白の防護服に身を包んだ集団が室内に入ってきたのはその時だった。

「ご苦労様でした、特務課の皆さん。ここは今から我々が仕切ります。皆さんはどうぞお帰りください」

防護服の集団の中で、一人だけスーツを着た男がトシヤたちの前に進み出てきてそう言った。男の目元には金属フレームの眼鏡《めがね》がかけられており、その話し方も相まって、とても神経質そうな印象を受けた。

トシヤは彼がスーツの胸につけているバッジに見覚えがあった。

「管理局……？」

「ああ、あなた方ははじめましてですね。管理局連行官のシジマと申します。以後よろしく」

わざとらしく慇懃《いんぎん》無礼な言い方で挨拶《あいさつ》をされる。トシヤたちは少し迷ってからそれに答えた。

「えっと、シンゴです。こっちは33番」

「トシヤです。こっちは相棒のミィ」

「ミィだよ！」

勢いよく手を上げてミィは挨拶をしたが、シジマはそれを無視した。

「ロウ捜査官、あなたには毎度ご迷惑をおかけしております」

「いや、これが仕事だからな。それより――」

ロウはトシヤたちをちらりと見て、声を潜めた。

「こいつらは知らないんだ。今この話は無しにしよう」

「なるほど。それは迂闊《うかつ》でした」

シジマとロウはひそひそと言い合い、トシヤたちはそんな二人に不審な目を向けた。一体管理局がここに何の用なんだ。ロウさんは知っているのか？

しかしその疑問にロウは答えず、シジマはトシヤたちに向かってシッシッと手を振った。

「さあ、早く出ていってください。作業の邪魔です」

まるで子供を追い払うような仕草をされ、トシヤは口の端を引きつらせる。しかしそんなトシヤの肩をロウは叩いた。

「行こう、みんな。シジマの言うとおりだ」

そのまま背中を押されるようにしてトシヤとシンゴは部屋から追い出されてしまう。釈然としない思いのまま、一階まで下りてきたところで、シンゴはぼそっと呟《つぶや》いた。

「か、感じ悪ぅ……」


翌日、トシヤとシンゴは互いのネコたちと一緒にレストランへと向かっていた。

「ロウさんが来られないのは残念でしたね……」

「別件で調査が入ってしまったからな……むしろ俺たちがこうしてレストランに行くのも申し訳な

い気はするが」

苦々しい顔になりながら、トシヤは三人を先導していく。トシヤと手を繋《つな》いでいたミィは彼の顔を見上げてきた。

「……トシヤ、ミィとごはん食べるの嫌？」

「そんなことないぞ。今日はたくさん食べていいからな」

「わーい！　やったー！」

一気に上機嫌になったミィは、目的地であるレストランにトシヤを引っ張り込もうとする。トシヤは苦笑いしながらそれに従おうとしたのだが――自分の懐から鳴った着信音に、ミィの手を離して通信端末を取り出した。

端末に表示された差出人は特務課だった。眉《まゆ》を寄せるトシヤに、ミィはおそるおそる尋ねた。

「……またお仕事？」

「ああ。……いや、なんだ？」

メッセージを開き、トシヤは困惑の顔になっていく。そして、最後までそれを読み終わると、三人に向き直った。

「どうやら俺だけが呼び出されているみたいだ」

「えっ」

「すまない、シンゴ。後は頼んだ」

「でも、トシヤっ」

「ミィは腹が減ってるだろ。シンゴたちと一緒に食べてなさい」

そう言い残すと、トシヤは足早にミィたちのもとから去っていった。ミィはその後ろ姿を呆然《ぼうぜん》と見送り、ぎゅっと手を握り締めた後、弱々しく呟いた。

「トシヤ……」

ミィは意気消沈して肩を落とす。そのありさまに33番は何を言ったらいいのか分からない様子であわあわと視線を向け、シンゴはぐっと黙り込んだ後にミィの目の前にしゃがみ込んだ。

「なあ、ミィちゃん」

名前を呼ばれて、ミィは顔を上げる。シンゴは真剣な眼差しをミィに向けた。

「ちょっと、相談があるんだが」


トシヤが呼び出されたのは、ランダン通りにあるレストランだった。大衆食堂という趣ではなく、比較的高所得者向けの店のようだ。

滑るようにして店の入口が開くと、几帳面《きちょうめん》すぎるほど清潔感のある内装が目の前に広がった。

店に客はほとんどいない。唯一、席に腰かけていた人影を視界に入れ、それが自分を呼び出した人物であることを確認した。

その席に近付くと、トシヤが用件を尋ねるより前に、彼を呼び出した張本人——管理局のシジマが席をすすめてきた。

「どうぞ。折角のレストランで食べずに帰るのももったいないというものでしょう」

どう返せばいいのか分からず、トシヤは黙り込み、しかしそれ以上彼が何も喋《しゃべ》る気がないのを察して、素直にシジマの向かいの席に腰かけた。

ややあって、しわ一つない白色の服を着たウェイターが、トシヤの前に料理を運んでくる。肉料理と、みずみずしい葉もの野菜のサラダだ。

普段生きている中では滅多に見ないその輝きに、トシヤは一瞬ここに来た理由を忘れて唾《つば》を飲み込んだ。

いただきます、と手を合わせた後、フォークを取り、大きく切られたレタスに突き刺す。ざくっと小気味よい音を立てて、フォークの先端が野菜の中に沈み込んだ。

重要な話があるとかで呼ばれたらしいが、料理を出された以上は食べないほうが失礼というものだろう。そうだ。そういうことにしよう。

レタスを持ち上げ、口の中に押し込む。歯と歯の間に挟み込まれたレタスは、しゃくしゃくと軽やかな音を立ててトシヤを魅了した。

これほど新鮮で美味《おい》しい野菜を食べたのは久しぶり……いや、初めてかもしれない。

その美味しさに魅了されたトシヤは、一口、もう一口とサラダを口に運び、もぐもぐと口を動かしてはそれを飲み込んでいった。

サラダが半分ほどなくなったところで、トシヤはふとシジマの皿を見て、違和感に気が付いた。

彼の目の前には、トシヤの前にはある肉料理の皿がなかったのだ。

奇妙に思ってそれを見つめていると、上品に野菜を食べていたシジマが眼鏡越しにじろりとトシヤを睨《にら》みつけた。

「……なんですか？」

「あー、いや。……野菜ばかり食べてるんだなあと思――いまして」

タメ口をきいてしまいそうになり、慌てて敬語に戻す。相手は何歳なのか分かりかねるが、ほとんど初対面のようなものなのだ。ついでに言えば管理局と言えば相当のお偉いさんだ。敬語を使っておいた方が無難だろう。

トシヤの問いかけに、シジマは口からはみ出ていたレタスをもぐもぐと口の中に収めてから、仏頂面で答えた。

「ベジタリアンなんです、私」

「そうなんですか。それはなんというか、大変ですね」

日照時間がゼロに等しいこの街では、野菜を育てるには工場や研究施設の人工太陽が必要だ。それゆえに野菜の価格は高騰し、一般に流通しているのは生野菜ではなく、缶詰の野菜が主流なのであった。

トシヤの言葉に、シジマはフォークでトシヤの皿を指さした。

「そう言うアナタもサラダばかりを食べてるじゃないですか」

「ああこれはええと……生野菜なんて滅多に食べられませんから、つい夢中に」

言い訳のようにトシヤが答えると、今度はシジマがきょとんと目を見開く番だった。

「この街でそんなことを言う人なんて珍しいですね」

「あはは、自覚はあります」

乾いた笑いが口から出る。シジマはサラダにフォークを突き刺しながら、重ねてトシヤに尋ねてきた。

「ドレッシングはかけない派なんですか？」

「いえ、かける時もあるんですが、生の野菜をそのまま食べるのも結構好きで。シジマさんはかけない派なんです？」

「はい。私も生野菜の味が好きなんです。昨今の若者は野菜のことを青臭いだとか言いますが、この匂いと歯ごたえがいいんじゃないですか。あいつら分かってない」

「分かります！　俺もよく同じようなことを言われて！」

トシヤが食いつくと、シジマは仏頂面から少し驚いたような顔になって、それからにやりと笑った。

「アナタ、意外と話が分かりますね」

「そちらこそ」

トシヤもまたにやりと笑顔を返し、サラダの中のミニトマトにフォークを立てた。

「ところでトシヤさん」

ミニトマトを咀嚼《そしゃく》していると、シジマは突然不機嫌そうな顔になって言った。

「敬語、やめてください。アナタに敬語を使われるとなんだか腹が立ちます」

「はっ……!?」

唐突すぎる罵倒《ばとう》にトシヤは一瞬頭が真っ白になり、それからちょっと不機嫌そうにタメ口で答えた。

「だったらそっちもやめろ。そっちだって敬語じゃないか」

「私のこれは癖ですから」

飄々《ひょうひょう》とシジマは答える。これは何を言ってものれんに腕押しだな。そう悟ったトシヤは乗り出しかけた体を背もたれに戻して、再びサラダに手をつけ始めた。


十分後、サラダを腹に収め終わったシジマはフォークをことんと机に置いた。

「ふう」

シジマは満足そうに腹をさすり、急に真剣な眼差しをトシヤに向けてきた。

「では本題に入りましょうか」

几帳面で神経質なだけに見えたが、マイペースでもある奴だな、とトシヤは彼への認識を改める。

シジマはそんなトシヤを、表情筋をほとんど動かさずに見た。

「アナタ、特務捜査官になって六年目だそうですね」

「ああそうだ」

「でしたらそろそろ知っておくべきでしょう」

随分ともったいぶるな。

だがそれを口にするとさらに本題が遠のきそうだと判断し、トシヤは口をつぐむ。

シジマは机の上で両手の指を組んだ。

「アナタは『管理システム』を運用する管理局が、不定期に街の住民を連行しているのはご存じですか」

「ああ」

「連行の理由は？」

「あまり詳しくは。ただこの街にとって不要な人間が連行されているということだけ」

「……そうですか」

シジマは一瞬目を伏せ、眉をわずかに震わせた後、トシヤに視線を戻した。

「この街の住民は誰もがカミガカリ病に罹患《りかん》しているのはご存じですね」

「ああ。その抑制剤が街に降る灰なんだろう？」

「はい。……ですがその灰も万能ではないとしたら？」

シジマはトシヤの目をじっと見る。

灰が万能ではない？　だとすれば何が起こる？

嫌な予感がトシヤの背筋にさっと触れる。

「先日、あなたのネコが巻き込まれた事件はご存じですか」

「ミィが食肉加工場で加工されそうになった一件、か？」

最初聞いたときは笑ってしまいそうになった事件だったが、冷静に考えれば命に係わるかなり重大な案件だ。

だがそれとこれに何の関係が？

「アナタには知らされていないでしょうが、あの時、食肉加工場には発症者が発生しました」

「発症者が？」

食肉加工場にヒミコを持ち込んだ輩《やから》でもいたのだろうか。しかしその予想を、シジマはあっさりと否定した。

「対象はヒミコを摂取していませんでした」

「摂取していない？」

「人体と生ごみの再利用によって、体内の『カミガカリ病』病原体が人工肉に濃縮されていた、という経緯です」

一息遅れて、トシヤはシジマの言葉を呑《の》み込む。なるほど、説明されれば納得がいく事件の原因だ。だが、その事例が成立するのなら……。

「灰は万能ではない。何らかの要因で人体に蓄積される病原体が、灰の持つ効能を超える場合もあるし、そもそも街の中でも灰が行き渡らない空間というものも存在する」

嫌な予感が増していく。頭の片隅では気づいてしまった真実が存在を主張していく。それをはっきりと自覚させるかのように、シジマはトシヤに尋ねた。

「もうお気づきでしょう?」

まさか。そんな。だとすれば。

息が苦しい。心臓が跳ね回るのを感じる。トシヤは顔を伏せ、拳《こぶし》を握りしめた。

「じゃあ昨日、あのオフィスで俺たちが殺したのは……」

「民間人です。ただ運悪く発症してしまっただけの」

ぎりと奥歯を噛《か》み締める。握りこんだ拳が震えている。トシヤは絞り出すようにしてシジマに尋ねた。

「ロウさんはそれを知ってるのか」

「はい。あの方は25年目のベテランですから」

知っていてあの態度なのか。知っていてあの判断なのか!　トシヤは行き場のない感情を堪《こら》えながら、震えるしかなかった。

「正義感がお強いんですね。……ですが」

シジマは表情をさらに消して、トシヤを見た。

「一度発症した人間は二度と元には戻りません。罪がないからといって放置すれば、さらに罪のない人々が巻き添えになることになります。……あなたはそれでいいんですか?」

分かっている。シジマが話したことが事実ならば、ロウさんの判断は正しい。自分たち特務捜査官の任務は、発症者から街の住民を守ることなのだから。

トシヤは自分を落ち着けるために大きく数度深呼吸をすると、シジマに対して深々と頭を下げた。

「話してくれて感謝する。ありがとう」

シジマはしばしの沈黙の後、呆然とした様子で答えた。

「感謝されるとは思いませんでした」

トシヤは顔を上げる。どういう意味かと目で問いかけると、シジマは言葉を繋《つな》げた。

「てっきり八つ当たりでもされるのかと思ったので」

とことん失礼な奴だなこいつ。一言文句でも言ってやろうとしたその時、シジマは不意に穏やかに笑ったのだった。

「見た目によらず、実直な人間ですね、アナタ」

トシヤは一瞬呆気《あっけ》にとられた後、何を言われたのか時間差で呑みこみ、不機嫌そうに顔をしかめた。

「見た目が怖くて悪かったたな」

「怖いとは言ってないじゃないですか」

飄々とシジマは答える。その様子がなんだか可笑《おか》しくて、トシヤは小さく噴き出してしまった。

シジマもまたそんなトシヤを見て、小さく声を出して笑っているようだ。

——二人の持つ携帯端末が同時に震えたのはその時だった。二人はそれぞれで通話に出る。通話相手に簡潔に用件を伝えられてから、二人はたがいに目を見合わせた。

「……どうやら同じ現場のようですね」

現場は夜のクラブハウスだった。混乱が起きないように警察車両は現場の遠くに駐《と》められ、包囲もさりげない形でしかされていない。トシヤ、ミィ、シジマの三人がそこにたどり着くと、シンゴとロウは既に現着していた。

「おお来たか、三人とも」

ロウの言葉にシンゴは振り向くと、シジマに気付いてこちらを指さしてきた。

「あっ、お前この前の……！」

指をさされた側のシジマはどこ吹く風といった表情だ。シンゴはすっかりシジマにたいして反感を抱いてしまったのか、シジマをじとっと睨みつけた。

「管理局が何の用ですかねえ。ここは特務課の現場なんですけど」

「止《や》めろ、シンゴ。この人も仕事で来てるんだ」

「でもトシヤさん……」

「止めろ。大人げない」

重ねて言ってやると、シンゴは渋々といった様子でシジマから離れていった。そんなトシヤにロウは歩み寄ると、小声で囁《ささや》いた。

「その分だと――聞いたんだな？」

何を言われているのかはすぐに分かった。管理局の仕事。処理されている民間人。ロウの足元から17番はじっとトシヤを見つめている。トシヤは頷《うなず》いた。

「はい」

「お前はどう思った」

「……ひどい話だと思いました。ですがそれが最善の手だとも理解しています」

「そうか」

ロウは苦々しく目を伏せた後、ふっと笑いトシヤの肩に手を置いた。

「まあなんだ、無理はするなよ」

「ありがとうございます」

トシヤは無理矢理に笑ってみせた。この人もきっと自分と同じような葛藤《かっとう》を抱きながら今まで任務をこなしてきたのだろう。必要だからと無慈悲に切り捨てられる人でもないはずだから。

「話は終わりましたか？」

シジマが、トシヤとロウの間に割って入ってきたのはその時だった。シジマは二人に「もういいですね」と確認をしてから、本題に入った。

「ではまずは段取りの打ち合わせを。ああ、シンゴさんは少しあちらに行っていてください。邪魔です」

「は？　なんで俺だけ！」

「言うとおりにしろ。まだお前には早い話なんだ」

シッシッと手を振るシジマに、シンゴは食らいつく。トシヤはそんなシンゴを宥《なだ》め、彼を自分たちから遠ざけた。

「33番といいましたね。彼には核心は濁して任務の概要を伝えてください」

シジマは居心地悪そうに立っていた33番にそうやって指示する。33番はおどおどと目を泳がせた後、こくりと頷いた。

「我々、管理局は街中の灰の濃度を測定することによって、自然発症者を探しています。灰の濃度が薄まっている場所が、自然発症者のいる場所なのです」

シジマの簡潔な説明についていけず、トシヤはもっと詳しい説明を目でシジマに促した。シジマは一つため息を吐《つ》くと、補足を始めた。

「灰は自然発症者を検知すると、自動的に自然発症者に過剰投与されるのです。それで治まればこともなし、治まらなければ我々連行官がそこに赴くことになります。……ですが今回はクラブハウス。人が密集して一人一人を検査するわけにもいきません。そこでアナタ方の出番です」

トシヤは少し考えてから尋ねた。

「……ネコの鼻か？」

「その通り。ネコは鼻がいい。その鼻で灰が過剰投与され、灰の濃度が薄まっている場所の見当をつけることができる。大体の見当をつけた後は、さりげなく対象たちを誘導して、捕縛してしまえばいい」

「捕縛した後はどうするんだ？　全員処分するのか」

「まさか。血液検査をして無関係だった人間は釈放しますよ」

シジマはやれやれと息を吐いた。

「普段はその場で血液検査をしているのです。そうすれば自然発症しそうになっているかどうかはすぐに分かりますから。……説明はこれぐらいです。何か他に質問は？」

「ああ、ない」

「大丈夫だ」

「それでは手分けして対象の発見をお願いします。33番、今の内容を上手《うま》くぼかして彼に伝えるんですよ」

「は、はい……」

33番は離れた場所に立っているシンゴと目の前のシジマを見比べながら、おどおどと答えた。

*

全ての始まりは十年前、俺が十四歳の時だった。

俺が生まれたのは平凡な中流家庭だ。特別大金持ちではないが、その代わりに特別に貧しくもない。父に母、そして兄が一人。四人暮らしの本当に普通の家だった。それが崩壊する出来事が起こったのはとある冬の寒い日のことだ。

その頃、父と母は謎の体調不良に悩まされていた。家にいても外にいても、「空気が薄い気がする」らしいのだ。それに加えて、二人の肌には鱗《うろこ》にも似た発疹《ほっしん》が浮かび上がっていた。

もしかして同じ病気にかかっているのでは。そう思った父母は、次の日に大きな病院に行くことになっていた。

その前日の夜。一家団欒《だんらん》中に突然インターホンがけたたましく鳴り響き——家にやってきたのは管理局の連行官だった。

「あなた方には連行命令が出ています。ご同行を」

連行官はそれだけを言って、父母に大人しく連行されることを促した。父母は不審に思いつつもそれに従い——そしてそのまま帰ってこなかった。

俺たちは二人きりで生活することになった。幸い、街からは補助金が出たので、貧しくてもなんとか生きていけた。

そして二歳年上の兄は警察官になり、俺も追うようにして警察に入った。

しかし俺が警察に入って二年目、兄さんはとある課に転属になった。詳細は弟である俺にも教えてはくれなかったが、どうやら特務課と呼ばれる場所らしかった。

――ほんの数ヶ月後、兄さんが死んだという知らせが俺のもとに届いた。死因は知らされなかった。ただ任務中の死とだけ。交渉の末に帰ってきた兄さんの死体は――人の形を留めていなかった。

全身は鱗に覆われ、顔にはもう優しかった兄の面影はない。手足は異様に伸び、その喉《のど》は食いちぎられていた。

俺はその鱗に見覚えがあった。これは病気だ。父母が感染したというあの病気だ。俺は家族の死の真相を知るために特務課に入り――この一連の出来事の根が同じなのだと知った。

だから俺は――

*

トシヤたちとの話が終わり、33番は追放されていたシンゴへと歩み寄る。シンゴは険しい目つきでクラブの入口を見つめていた。

「……マスター」

33番は消え入りそうな声を彼にかける。シンゴは33番を見下ろすと、冷たい口調で言った。

「分かってるな、33番」

その言葉に33番は、体を震わせながらも確かにうなずいた。

＊

裏口からクラブハウスに潜入したトシヤたちは、暗がりに紛れるようにして対象を探していた。目立たないように黒のコートを着せたネコたちは、客たちの足元を歩き回っては、ふんふんと匂いを嗅《か》いでいる。

トシヤたち捜査官はその後ろを不審に思われない距離でついてまわり——やがてミィは立ち止まって、トシヤのもとへと戻ってきた。

「いた。灰が薄くて、手に鱗がある人」

端的に伝えられた情報に、トシヤは示された方向を見る。そこにいたのは、ここからでは鱗が生えているかどうかは判別できなかったが、確かに体調が悪そうな仕草をしている男性だった。

「他のネコたちの見解は？」

通信で伝えると、シジマはそうやって確認をしてきた。17番と33番に視線を送ると、二人はこくりと頷いた。

「間違いありませんね。その方です。確保をお願いします」

トシヤたちは目を見合わせるとその男性に歩み寄り、警察手帳を見せた。

「警察です。ご同行を願います」

男性は突然の言葉に目を見開き——何かやましいところがあったのだろう、そのまま腕を振りきって走り出した。

「逃げた……！」

男は人混みをかきわけて走っていってしまう。ミィの見たものが正しければ、発症は始まっているはずだ。ここで逃げられたら、民間人に被害が出るかもしれない。トシヤは鋭く叫んだ。

「走れ、ミィ！」

「追え17番！」

「あっえっと、33番も行くんだ！」

ネコたちは命令に従い、弾きだされたかのような勢いで走り出した。


対象は二十代前半の男。あれほど体調が悪そうに見えたというのに、男はクラブハウスを出た途端、人間離れした脚力で走り始めた。

恐らくは既に、足にも発症による変化が訪れている。17番はそう察すると、自分よりも足の速いミィに目配せをした。ミィは大きく頷くと、先回りをするべく別の道に走り込んでいった。

時刻は二十一時過ぎ。クラブハウス付近は緩やかに包囲されているとはいえ、検問が行われているわけではない。ここで逃がしてしまえば、民間人に大きな被害が出てしまう。17番はぐっと足に力を込め、スピードを上げた。その後ろを控えめについてくるのは33番だ。

「一ブロック先を右折」

ミィからの簡潔な指示が通信機から響く。

「33番、バックアップをお願いします」

そうやって指示すると、17番は一気に対象との距離を詰めた。飛びかかろうとした17番に気付き、対象は右側に避ける。スピードが落ちたところを狙って、33番は飛び上がり、対象の目の前に着地した。

対象は咄嗟《とっさ》に右手の細い道へと走り込んだ。しかしそれこそが17番たちの狙いだ。

「そーれっ！」

人通りのない道で待ち構えていた化け物姿のミィが対象に抱き着く。その衝撃で対象の骨はいくらか折れただろうがむしろ好都合だ。17番はコートの下から縄を取り出すと、素早く対象の手足を縛り上げた。


数分後、ネコたちが対象を捕縛した地点にトシヤとロウとシンゴは到着した。対象はしっかりと拘束され、あとは管理局へと引き渡すのを待つばかりだ。

だが、管理局の人間はなかなか現場に現れなかった。

「……遅いな。いつもなら迅速かつ時間厳守があいつらの信条なんだが」

「何かあったんですかね。この場は俺たちが見張っているからいいとして……」

「そうですね、今ここには俺たちだけだ」

タンッ――！

突然の銃声。すぐ近くから放たれたその音に、トシヤは一瞬混乱して身動きが取れなくなった。

「マスター！」

17番の悲鳴。何だ。何が起きた。

遅れて理解する。銃声。誰かが誰かを撃ったのだ。

視界の端でロウがゆっくりと倒れていく。ロウに向けられている銃口。そのグリップを握っているのは――

「シンゴ、お前何を……!?」

「全部アンタらのせいなんですよ」

右手に握った銃を今度はトシヤに向け、シンゴは憎しみに満ちた目でこちらを睨《にら》みつけてきた。

「アンタらの行動のせいでカミガカリ病の犠牲者は増えてるんだ」

自分たちのせい？　カミガカリ病の犠牲者？　どういうことだ。

困惑が頭をかすめるも、それより優先すべきことをすぐに把握し、トシヤは銃を収めた懐に手を差し込んだ。

「ミィ、シンゴを捕縛するぞ」

シンゴを睨みつけたまま、トシヤは言う。しかし、ミィはなかなか返事をしなかった。トシヤが身構えているというのに、ミィはただ立っているだけだ。

「……ミィ？」

銃を手に持ちながら、視線だけをミィに向ける。ミィはゆっくりと振り返り、トシヤと視線を合わせた。

その目は、トシヤが今まで見たことがないほど冷静な眼差しだった。

「ミ――」

口を開きかけた寸前、ミィの体は動いていた。非力な少女の形をした、どう猛な生物兵器。その拳《こぶし》が握られ、その足が地面を蹴《け》り、トシヤは何が起こったのか分からないまま、腹に打ち込まれたミィの一撃で吹き飛ばされた。

「31番!?」

ロウにすがりついていた17番が驚愕《きょうがく》の声を上げている。トシヤはなんとか意識を繋《つな》ぎ止め、そちらに目を向ける。次の瞬間には、怪物の姿になった33番が、17番を押さえ込んでいた。

「ぐっ……！」

うめき声を上げながら17番は33番の手の中で抵抗する。だがその力は徐々に強められ、短い悲鳴の後、17番はだらりと脱力した。

トシヤは自分の腕に力を籠《こ》め、なんとか体を起こす。目の前には、表情が読めない自分の相棒が迫っていた。

「自分の相棒の感情も察せられないなんて無様ですよねえ。こいつがあんたを嫌いになるきっかけなんていくらでもあったでしょうに」

遠くでシンゴがあざ笑う声が聞こえる。なぜ。どうして。

「なんでだ」

痛みと息苦しさで吐きそうになりながら、トシヤは叫ぶ。

「なんでだ、ミィ！」

ミィは、何も答えなかった。

*

特務課の通信機で呼び出され、共有されていく情報にアマトは呆然《ぼうぜん》と立ち尽くしていた。

「……トシヤ先輩が？」

ナメキトシヤは特務課を裏切った。

同僚であるロウを撃ち、逃亡。

31番と17番は行方不明。ナメキトシヤがどこかへ連れ去ったと思われる。


どこか他人事のように流れていく情報を聞き取り、何人かの人間と会話をした後、アマトは『灰の街』の空の下に追い出された。

トシヤ先輩が裏切った。

そんな馬鹿な。でも、現にロウさんは撃たれて意識不明の重体だ。ネコたちの消息も不明。居合わせたシンゴは全てトシヤの仕業だと供述している。

証拠はなかった。だけど、否定することもできない。そして、市民の命を預かる特務課においては、一つの暗黙の認識がある。

——疑わしきは罰せよ。

ヒミコを服用した疑いのある者は殺さなければならない。巻き込まれた市民も、発症者となる可能性があれば罰しなければならない。ましてや、特務課を裏切るような者は。

拳を握り締めながら、体を震わせる。

自分は捜査補佐官として、トシヤ先輩のサポートに回ることが多かった。だから、彼がこういう時どこを頼るかはすぐに分かってしまう。分かってしまうのだ。

アマトは俯《うつむ》いた顔を上げられないまま、目的地へと足を動かし始めた。

無人駅で地下鉄を降りたアマトはまっすぐにその場所へと向かっていた。ほとんど人気のない寂れた地区。その裏道を入ってさらに歩いた場所。さかさまに福と描かれた扉を前に、アマトはごくりと唾を飲み込む。

トシヤ先輩は十中八九ここにいる。この扉を開けてしまえばきっともう戻れない。

どうする。扉を開けるか。それとも、何も知らなかったふりをして、ここを立ち去るか。

逃げるのは簡単だ。だけど、自分が逃げたとしても、トシヤ先輩はすぐに見つかってしまうだろう。特務課は優秀な機関だ。内側から見てきたのだから間違いない。

どちらに転んでもトシヤ先輩が罰されるのなら、せめて自分で真相を尋ねてみるべきなんじゃないか。

トシヤ先輩たちに何が起こったのか。本当に彼が裏切ったのか。

アマトは大きく息を吸い込むと、扉へと手をかけた。

足音を立てないようにゆっくりと歩みを進める。薄暗い店内だ。だが、店の奥からは光が漏れている。やはり、誰か来客がいるようだ。

アマトは息を潜めてさらに一歩を踏み出そうとした。しかし、前方から飛んできた鋭い声にぴたりと足を止めた。

「誰だ」

トシヤ先輩の声だ。アマトは片手を体の後ろに置きながらゆっくりと物陰から体を出した。彼はアマトへと銃口を向けていた。

「や、やだなあ、先輩。俺ですよ俺」

「……アマト?」

にへらと笑った目と、トシヤの目が合う。彼はかなり焦燥しているようで、心なしか目元が落ちくぼんでいるような気もした。

アマトの姿を確認したトシヤは、油断して拳銃《けんじゅう》を下ろそうとしたが――すぐにこちらの手を見て険しい目になった。

「待て」

歩み寄ろうとしていたアマトはぴたりと足を止める。古びた空調の音がごうんごうんと鳴る中、トシヤはアマトの右手を顎《あご》で示した。

「こっちに来るなら、その背中に隠した銃を捨ててからにしてもらおうか」

アマトの笑顔の端がひくっと動き、すぐに真剣な表情へと変化した。

五歩ほど離れた場所で、トシヤとアマトは睨み合う。トシヤは相変わらず両手で銃を構え、アマトは右手に握った銃を動かすかどうか迷っていた。

トシヤもまた、苦々しい表情のまま逡巡《しゅんじゅん》しているようだった。

きっとこちらを撃ちたくないのだ。トシヤをじっと見つめていたアマトは、身構えたまま口を開いた。

「先輩、嘘ですよね。俺たちを裏切ったなんて……」

今にも泣き出してしまいそうな情けない表情でそう尋ねてしまう。トシヤはきょとんと瞠目《どうもく》し、どう答えたものか数秒悩んだ後、アマトに銃を向けたまま答えた。

「ああ、そんなものは嘘っぱちだ。俺は誓って、特務課に追われるような真似はしていない」

「で、でも、ロウさんを撃って、ネコを連れ去ったって……」

「俺がそんなことをすると思うか」

低い声で冷静にトシヤは問いかける。アマトはきょとんと目を数度ぱちぱちと瞬《まばた》かせると、ふっと脱力してしゃがみこんだ。

「そう……っすよね。そうっすよね！　ネコ馬鹿の先輩がそんなことするわけなかったっす！　あーびっくりしたぁー」

右手に握っていた拳銃をさっさとしまい、アマトは両手で顔を覆って笑い出した。トシヤは咄嗟に反応できなかったようで、銃を構えたままそんなアマトを見ることしかできなかった。アマトはそんなトシヤの視線に気づきながらも、あっけらかんとした表情でトシヤに尋ねてきた。

「それでこれからどうするんすか、先輩？　今は情報集めの最中っすかね？」

「……信じてくれるのか？　お前は俺たちを追ってきたんだろう？」

「そりゃ信じますよ。俺を誰だと思ってるんすか」

銃を下ろしながらトシヤが尋ねると、アマトはぴょんっと立ち上がり、偉そうに胸を張った。

「先輩の愛すべき後輩、テンジョウアマトっすよ？」

その様子に呆気《あっけ》にとられた後、トシヤはアマトのことを半目で見た。

「格好つけてるところ悪いが、これでお前もお尋ね者なんだからな」

「ええっ⁉」

大げさに驚くアマトに、トシヤは一度大きく嘆息する。

「……俺たちに脅されて仕方なく協力させられてたって体にしておけ。それか今すぐここを出て、何食わぬ顔で本部に戻るんだ。わざわざお前まで追われる側になることはない」

「アハハ、じゃあその時になったらそうしますね！」

「はぁ……薄情なんだか何なんだか」

銃をしまい込みながら、トシヤはもう一度大きくため息を吐《つ》いた。事態が収束したと判断したのか、情報屋が奥の部屋からひょっこりと顔を出す。

「げぇっ、増えたのかよ。勘弁してくれ」

「ちょっとの間お世話になるっす！」

「はいはい。早く出てってくれよ」

きっとトシヤは、さっき自分に言ったようなことを情報屋にも言ったのだろう。情報屋は完全に協力的というわけでもなかったが、二人がここにいることを許容していた。

店の奥にある居住スペースで、トシヤとアマトは椅子に腰かける。情報屋は奥にある給湯室へと入っていった。

「結局、何がどうなってこうなったんすか？　先輩が悪くないなら、誰がこんなことを？」

「ああ、それが――」

トシヤは苦々しい顔のまま、これまであったことをアマトに説明した。

シンゴがロウを撃ったこと。17番が捕まったこと。そして――ミィが裏切ったこと。

ぽかんとするアマトにすべて語り終えると、トシヤは据わった目でアマトを見た。

「この分じゃ俺はそうとうな裏切者ということになっているみたいだな」

「はい……。見つけ次第射殺しろって言われてます」

アマトの言葉にトシヤは目を見開き、目元を覆って顔を伏せる。

「一体、シンゴはどうしてこんな真似を……」

拳をぎゅっと握り込み、トシヤは困惑そのものの声色でこぼす。アマトはそんな彼を見て、ちょっとそわそわした後にそっと手を上げた。

「あのう、先輩」

トシヤが顔を上げる。アマトは眉尻《まゆじり》を下げた。

「俺、なんとなく理由分かっちゃった気がするんですが」

緊張を押し隠し、できるだけお気楽に見えるように笑いながら、アマトは言葉を続ける。

「この事件の捜査を仕切ってるの、猟犬派の人なんすよ。猟犬派ってのは分かるっすよね？」

まだ意味をしっかりと呑《の》み込めていないようだったが、トシヤは一つうなずいた。

「……ああ。ネコ寄りの思想がネコ派、人間寄りの思想が猟犬派……って認識で合ってるか？」

「はいっす。つまりネコの自由や権利を守りたい派閥と守りたくない派閥なんすけど……」

そこまで言って、アマトは言いづらそうに目を泳がせる。トシヤはようやく何を言われているのか呑み込んだようだった。

「全て内部犯だっていうのか？　ネコに自由を与えたくない猟犬派が動いている？」

まさか、そんなことが。

その推測を信じ切れていないトシヤは、呆然と呟《つぶや》く。アマトは追い打ちをするように補足した。

「先輩、猟犬派からは、かなーり反感買ってましたよ。まさかここまで強硬手段を取ってくるとは思いませんでしたけど」

まだ言葉を失っているトシヤに、アマトはおそるおそる続ける。

「一応、トガクさんたちネコ派も捜査には加わってるみたいなんすけど、５番殿は完全にシャットアウトっす。そのトガクさんも先輩を殺そうと捜してるみたいで」

「ネコ派と猟犬派の、派閥争い……？」

特務課は発症者から市民を守るための組織だ。その内側で争いをしていい組織ではないはずなのに。

　その疑問を呑み込み、トシヤは消え入りそうな声でもう一つの疑問を口にした。

「じゃあ、どうしてミィは……」

　俺を裏切ったのか。

　言外にそう言っているトシヤに、アマトはかける言葉をすぐには見つけられず、うんと悩んだ末に口を開いた。

「理由があったんじゃないすかね。先輩を嫌いになるような理由が」

　言ってしまってから、何のフォローにもなっていないことに気が付き、アマトは気まずそうに顔を背ける。

　給湯室から出てきた情報屋が、ほかほかの容器を差し出してきたのはその時だった。

「ほら二人とも」

「え？」

「腹減ってんだろうが。んな疲れ切った顔してよ。ほら、さっさと食え。食って出てけ」

　彼が手渡してきたのは、カップ麺《めん》だった。開きかけたふたには、けばけばしいフォントで『新発売』の文字が躍っている。

「早く食わねえと冷めて伸びちまうぞ」

　そう言い残すと、情報屋は端末へと向かっていった。僅《わず》かに見えた画面から推察するに、どうやら他の情報屋と連絡を取っているようだ。

「……いただきます」

　アマトが迷っているうちに、トシヤは手を合わせてカップ麺へと箸《はし》を突っ込んだ。アマトも慌ててそれに続いて箸を手に取る。

麺を持ち上げ、一気に吸い込む。チープでケミカルな味わいが、あまりの状況に麻痺《まひ》しそうになる舌を無理やりに刺激する。

なんだか食べたことのない歯ごたえがある気がして、アマトはちらっと蓋《ふた》を見る。『新発売』の文字の隣に、カブトムシが小さくプリントされていることに気づいて、アマトは少しむせそうになった。

味に刺激を受けているのはトシヤも同じのようで、無言でカップ麺を食べ進めてはいたが、その顔色は徐々に元通りになっていくように見えた。

やがて麺を食べ終わり、トシヤは心なしか力強くなった瞳《ひとみ》でアマトを見た。

「ミィたちの消息は不明なんだな？」

「はい。31番と17番が行方不明、ロウさんは意識不明で入院中です」

一瞬痛ましそうに顔を歪《ゆが》めた後、トシヤはアマトをじっと見た。

「内部犯だとするなら、すぐに露見するような場所にネコを連れて行かないはずだ。それなりにセキュリティが施されている場所のはず」

「セキュリティ、っすか」

灰の街は公的機関によって多くの場所が管理されている。そんな中で隠れ続けるのは至難の業《わざ》。ましてや隠されているのは人造兵器のネコなのだ。少女の姿でも場合によっては、人間を圧倒できる相手を、ちゃちな場所にとどめ置けるはずがない。

だとすれば、答えは一つ。

ネコたちが隠されているのは、猟犬派の息がかかった『公的施設』だ。

トシヤもそれに思い至ったのだろう。端末に向かったままの情報屋へと話しかけた。

「情報屋。俺たちが襲撃を受けた地点周辺で何か情報はないか？」

「いいや、怪しい車が目撃されてる以外はなんにも」

情報屋は壁と一体化した端末をいじりながら答える。アマトはカップ麺の容器を机に置きながら眉《まゆ》をひそめた。

「怪しい車？　そんな情報こっちには上がってなかったっすけど」

「……上で情報が握りつぶされたか。情報屋、車の詳細は分かるか」

「流石《さすが》にナンバーまでは分からねえ。画像でも残ってれば話は別なんだが」

他の情報屋との連絡が終わったのか、情報屋は端末を叩《たた》くのを止《や》め、うーんと伸びをする。

打つ手なし。二人はそう思っただろうが、アマトには一つ突破口があった。

「あー、すんません。ちょっといいっすか？」

そっと手を上げると、二人の注目がアマトに集まる。アマトは照れくさいのをごまかすようにへらと笑った。

「情報屋さん、ちょっと俺にその端末貸してもらっていいですか」

「ああいいが……何に使うんだ坊主」

その問いには答えないまま、アマトは端末の前に座り、顔をしかめた。

「うわ、ふっる。骨董《こっとう》品じゃないですかこれ」

「うるせえな、中身は最新式なんだよ」

投影型のキーボードが主流の昨今において、確かに情報屋の使う鍵盤《けんばん》式のキーボードは希少だろう。アマトは最初、おそるおそるキーボードを叩いていたが、やがて音楽でも奏でるような軽やかさで指を動かしていった。

画面には次々と別のウィンドウが開いていく。その内容を見て、情報屋は顔を青くした。

「おいおいおい、お前なんだそれ」

「何って警察庁交通課の交通違反摘発用の監視カメラっすよー。街中に張り巡らされてるんす」

最後に開いたウィンドウではＩＤとパスワードの入力が求められていた。しかしアマトは何のためらいもなくそれを入力し——見事、ログインは完了してしまった。トシヤは顔を引きつらせながらアマトに尋ねる。

「アマト……お前そのＩＤとパスどうしたんだ」

「あーなんか交通課の女の子が前にくれたんです。親切な子もいたもんすよねえ」

「親切な子って」

「女たらしめ……」

渋い顔をしてトシヤと情報屋は黙り込む。アマトは明るい顔でトシヤたちに振り向いた。

「それでネコたちが連れ去られた現場はどこなんでしたっけ、先輩？」

場所を伝えるとアマトは慣れた手つきで指定された場所と時間の映像を映し出した。流石にあちらも馬鹿ではないようで犯行現場は映っていなかったが、付近から走り去った車は少数だ。

目撃証言と照らし合わせてそのうちの一つのナンバーを突き止めたアマトは、これもまた「交通課の友達」に貰《もら》ったというＩＤで車のナンバーから所有者を検索した。長いような短いような検索の末、一件だけヒットした結果にアマトは口の端をひきつらせながらトシヤたちに振り向いた。

「『灰』の製造工場……っすかね」

モニターに映し出されたのは、街の郊外にある巨大なプラントだった。

よりにもよって『灰』の製造工場。セキュリティは間違いなく厳しく、行ったところで入れるかどうかすら怪しい。

だが、トシヤは据わった目で立ち上がった。

「俺は今からこの場所に行く。奴らの背信行為の動かぬ証拠を上げれば、いくら内部犯だとしても特務課は方針を変えざるをえなくなるだろうからな」

その手は無意識のうちに腹に添えられていた。怪我《けが》をしているのだろう。しかしトシヤは止まる気はないようだった。

「アマト。もうお前は特務課に戻れ。これ以上関わり合いになる必要はない」

それだけ言うと、トシヤはアマトに背を向け、机に置いてあった自分のコートを持ち上げた。

アマトは何かを言いたそうな顔で視線をうろつかせた後、トシヤへと手を伸ばした。

「あっ、先輩。髪にゴミついてるっすよ」

トシヤから見えない角度で、彼の髪の中に、アマトは『何かを忍ばせた』。


『ナメキトシヤ捜査官を発見した場合、殺さず味方するふりをしてこれを髪にしかけなさい』

トガクからこれを手渡された時の光景が脳裏をよぎる。

『できますね？』


任務完了だ。仲間のふりをして近づいたし、仲間のように振る舞った。彼に小型機器も忍ばせた。

あとは彼を見送るだけ。俺の任務はここでおしまいだ。

アマトは震えながらトシヤから距離を取る。トシヤは覚悟を決め、いっそ爽《さわ》やかな笑みでアマトを見た。

「ああ。ありがとうアマト。元気でな」

アマトは自分より長身な彼の顔を見上げ、こらえきれずに顔を歪めてしまった。

「すみません、先輩」

裏切ってしまった。トシヤ先輩は裏切っていないかもしれないのに。

陥れてしまった。トシヤ先輩は何も悪いことをしていないかもしれないのに。

全身が震える。これでよかったのだろうか。よくなかったとして、俺に何ができるんだ。

トシヤは自分に背を向けてこの場から出ていこうとしている。

行ってしまう。敵の拠点に、たった一人で。

アマトはひきつったように大きく息を吸い込んだ。

怖い。怖い。だけど、俺は。俺は――

アマトは様々な感情を呑み下すと、立ち去ろうとしていたトシヤの前に飛び出した。

「俺も行きます！」

そうだ。トガクさんはトシヤ先輩に味方するふりをしろって言っていたじゃないか。味方するのなら、ついていってもおかしくないはずだ。

だから、そう、これは。

「行かせてください」

せめて、最後まで見届けるだけだ。

アマトの覚悟に気づいていないのだろう。トシヤは呆《あき》れたような、救われたような顔で小さく笑った。

＊

瞼《まぶた》の向こう側に光を感じ、17番の意識は浮上した。

目を開く。仰向けだ。自分を照らしているのは、真上にあるまばゆい照明らしい。

数秒ぼーっとそれを見ていた17番だったが、ハッと正気に戻って起き上がろうとした。

「マスター……！　ぐっ⁉」

17番の体は台の上に固定されていた。拘束は手足だけではなく首にも及び、17番は今自分がどこにいるかも把握できずにいた。

それでもなんとか首を傾け、室内の様子を窺《うかが》おうとする。チューブやコードで繋《つな》がれた機械が置かれた清潔な部屋だ。その部屋の隅にうずくまる影に、17番は声を荒らげた。

「何をしているんです、31番！　早くこの拘束を解きなさい！」

ミィは顔を上げる。17番は肩を震わせる。

「大丈夫だよ、イナちゃん」

平淡な声でそう言うミィの目には、普段とは違う光が灯《とも》っているように見えた。

「今回は、殺さないから」

今回は殺さない？

どういう意味かを尋ね返そうとする直前、手術衣を着た人間が何人も部屋の中に入って来た。彼らが持っているのは、手術用の刃物たちだ。

光を反射するその銀色に、17番は理解せざるをえなかった。

自分は今から、解剖されるのだ。

がちゃがちゃと音を立てて器具が近づいてくる。マスク姿の人間たちがこちらを覗《のぞ》き込んでくる。

17番は必死で体をよじって逃げ出そうとする。しかし拘束は頑丈で、外れそうにない。

メスの切っ先が腹部に当たる。押し込まれる。出すまいと思っていた声が、食いしばった歯の間から漏れる。

「――――！」

「情報の通り、臓器はほとんど人間と変わらないようだな」

まるで、ただの人形にでもするかのように切り開かれた肌がめくられ、臓器が露出する。好奇の目でまじまじと見つめられ、臓器を繋ぐ血管をいくつも切られる。

「――ッ！」

「分からないぞ。どこかに病原体を分解する臓器があるのかもしれない」

「まったく、特務課の秘密主義には苦労させられる」

内臓を傷つけられ、逆流した血が喉《のど》の奥でごぼっと音を立てる。生理的な涙があふれる。

「――！　――！」

「おい、あんまり切りすぎるなよ。他にも試したい実験が二十はあるんだから」

「――――――ッ‼」

痛みと苦しさでちかちかと明滅する視界の中、17番は目を見開いて首をのけぞらせた。

＊

トシヤたちが足を踏み入れたのは数ある灰製造工場のうちの一つ。第十七プラントだった。

工場までの警備はアマトの身分証でなんとか入ってこられたが、ここからはそうはいかないだろう。

取っ手をひねり、ドアをそっと開く。激しく降る灰が吹き込まないようにドアは二重になっており、二人は全員が建物の中に入ってから、二つ目のドアを開けた。

扉の向こうは無機質な広い廊下に繋がっていた。入ってすぐの右手には、警備員室らしき窓がある。

「堂々といくぞ」

トシヤの囁《ささや》きに、アマトは重々しく頷《うなず》く。そして自然と曲がってしまっていた腰を伸ばすと、拳《けん》銃《じゅう》をしまい、何食わぬ顔で警備員室の横を通り過ぎようとした。しかし――

「あーちょっと君たち君たち」

立ち止まり振り向くと、警備員室の窓からは、制服を着た警備員がこちらを覗きこんでいた。

「駄目だよ、外部の人間が入る時は入館届を書いてもらわなきゃ」

トシヤは一瞬息を止めた後、アマトを警備員のほうへと押し出した。

アマトは慌ててトシヤを見るが、トシヤは何も言わない。だが、何をしろと言われているのかはなんとなく理解したようだった。

「すっ、すみません、知らなくて。……これに記入すればいいんですか?」

警備員は一人。ならばまだなんとかなる。

トシヤは警備員室のドアに手をかける。いちいち開錠する手間を惜しんでか、ドアにはロックがかかっていなかった。

不用心だな。だが、好都合だ。

トシヤは音もなく体を滑り込ませ、アマトに気を取られている警備員の腕を後ろでひねり上げた。

「動くな」

「ひっ……」

情けない悲鳴を小さく上げ、警備員は硬直する。トシヤは油断なく彼を睨《にら》みつけながら、彼の両手を後ろ手に手錠で拘束した。それを見守っていたアマトは小さく手を叩く。

「せ、先輩、強盗の素質バリバリっすね……」

「アマト、黙ってろ」

足首にも手錠をかけ終わったトシヤは、監視カメラの映像が映し出されているモニターへと歩み寄った。自分にはさっぱり分からないがアマトならあるいは——

「アマト、ここから内部の情報を抜けるか？」

「えっ？」

「できるだろう。やれ」

「うう、できますけど、できますけどー」

アマトは重い足取りでモニターの方へと歩み寄ると、その下部に設置されたキーボードへと手を伸ばした。タイピング音が響くこと数分、アマトは不意に手を止めてモニターを睨みつけた。

「……駄目っす。ここからじゃアクセス権限がない」

「どこからならできる」

「サーバー室なら恐らく」

「そうか」

この騒動の中心にいると思われる猟犬派。今回の実行犯はおそらくその中でも強硬な陣営だろう。生死問わずの指名手配になり、ミィからも見捨てられた自分が生き残れるとは思えないが——きっとアマトはこの情報を生かしてうまく立ち回ってくれるはずだ。それで特務課の内側にある膿《うみ》を出せるのなら、それでいい。

トシヤは壁にかけてあった警備員の上着を漁《あさ》り、内ポケットから一枚のカードを取り出した。

「これがマスターキーか。おい、ここの工場のサーバーと更衣室はどこだ」

「だ、誰が教えるか」

震えながらも抵抗する警備員に、トシヤは見せつけるように拳銃を手にすると、撃鉄をカチャッと鳴らす。警備員は青い顔になった。

「ひ、ひい……机の中に地図があります」

その言葉にトシヤは引き出しを開けると、迷いなくその中を漁り始めた。そんなトシヤを見てアマトはぼそりと呟《つぶや》く。

「先輩、やっぱり強盗の素質あるっすよ」

「アマト、うるさい」

更衣室から制服を拝借したトシヤたちは、それを着て工場内を堂々と歩いていった。時折、仕事中の作業員のいる部屋も通り過ぎたが、誰もトシヤたちを気に留める様子はなかった。

「アマト、頼んだ」

「任せてください」

サーバー室まで順調にたどり着いたトシヤはアマトに目配せをした。アマトはサーバーの内の一つに駆け寄ると、端末を接続し、中の情報を漁り始めた。その間、トシヤは服の中に隠した拳銃に手をかけながらサーバー室の外を警戒し続ける。

「出ました！」

数分も経たずにアマトは歓喜の声を上げる。アマトが睨みつける端末には、二つのファイルが開かれていた。そこに表示されていた名前に、トシヤは目を細める。

「これは――教団と、ホウライ商事……？」

「こいつらがバックについてるっぽいっすね」

「みたいだな。コピーを頼んだ」

「今してるっすよー」

アマトが指さした先では進捗《しんちょく》バーがゆっくりと増加しているところだった。順調にコピーは進んでいるようだ。トシヤはほっと胸を撫《な》で下ろし――その直後に鳴り響いた警報音に身を強張らせた。

ビーッ、ビーッ！

けたたましく鳴る警報音にトシヤは拳銃を油断なく構えながら、出口を睨み続けていた。

「見つかったか……！　アマト、行くぞ！」

「待ってください、あと十パーセント！」

やけにゆっくりと感じる進捗バーの増加を待ち、それが完了した瞬間、アマトは叫んだ。

「できました！」

端末を勢いよく引き抜き、アマトは駆け出す。トシヤもそんなアマトをかばうように銃を構えて出口へと急いだ。

廊下に出ても警報音は鳴りやまない。遠くで職員らしき足音がばたばたと響いている。

これは、誰にも見つからずに外に出るのは無理だ。

足音は近づいてくる。二人はサーバールームに逃げ戻る。トシヤは銃を手にして大きく息をした。

「俺がおとりになる」

ぎょっとした目でアマトはこちらを見る。

「アマト。そのデータを持って逃げろ。お前まで死ぬことはない」

強い眼差しでアマトの目を見て言い聞かせる。アマトは言葉を失い、口を何度か開け閉めしていた。

「分かったな。じゃあ……」

「嫌です！」

言葉を遮ってアマトは叫ぶ。彼は自分が何を言っているのか、何を考えているのかも分かっていないようで、表情をぐちゃぐちゃと変えながらトシヤを見ていた。

「ごめんなさい、ごめんなさい先輩、でも、嫌なんです」

こみあげかけた涙を腕でぬぐい、鼻水を大きくすする。そしてアマトは、決意の目でトシヤを見た。

「俺も戦います。乗りかかった舟ってやつです！」

足は震えている。だが、譲るつもりはないようだ。トシヤは数秒、そんなアマトを見た後、ふっと表情を和らがせた。

「仕方ない奴だな」

サーバー室の外で足音の群れが止まる。トシヤたちは入口の左右の壁へと体を張りつかせた。

「来るぞ」

アマトは無言でうなずいて答える。そのまま息を二回したとき、いきなりサーバー室のドアは開き、グレネードらしきものが投げ込まれた。

トシヤとアマトはそれを確認した瞬間、目をぎゅっと閉じた。

スタングレネードが起爆し、その場にいる全員の視界が奪われる。トシヤとアマトはそれに惑わされず、目を閉じたまま部屋の外へと飛び出した。

鋭い音を耳に浴びたせいでぐらつく頭をなんとか持ち直し、たたらを踏みそうになりながら施設の出口のほうへと駆け抜けていく。

しかし、まぶたごしでも閃光《せんこう》を受けた視界はなかなか元通りにはならず、トシヤは廊下の角で肩をぶつけて転倒してしまった。

「先輩！」

すぐ先を走っていたアマトが戻ってこようとしている。トシヤは体を起こしながら叫んだ。

「走れ馬鹿！」

直後、追手の体重がトシヤを後ろから押さえ込む。立ち止まってしまっていたアマトも同様に追手に包囲される。

トシヤは身をよじって背後の敵に抵抗しようとしたが、頭を勢いよく地面に押し付けられ、完全に動きを封じられた。

＊

清潔な手術室で、17番は天井を見上げていた。17番の中身を好き勝手いじくりまわした彼らは、元の通りに臓器を戻して、立ち去っていった。

今この部屋にいるのは、手術台に拘束された17番と、部屋の隅で膝《ひざ》を立てて座っているミィだけだ。

「31番」

ミィは顔を上げる。

「確認したいことがあります」

動かない首をなんとか傾けて、ミィを視界に入れる。

「マスターは、無事ですか」

強い口調で尋ねる。すると、ミィはちょっと考えてから小さく答えた。

「ロウは入院中」

言葉を選んだのだ。17番はそう察する。そして、その裏側に込められたであろう本当の意味を反《はん》芻《すう》する。

入院中。

つまりそれは、まだマスターが死んでないということだ。

――よかった。

場違いなほど穏やかな感情に包まれ、17番は一瞬自分の置かれている状況を忘れそうにすらなった。

しかし、けたたましく鳴り響いた音に17番は安堵《あんど》から引き戻された。

警報だ。

「もしかしたら、あなたの相棒が来たのかもしれませんね」

ミィがぴくりと指先を動かす。だがそれだけだった。17番は何かを言おうかと迷い、止《や》めた。今は沈黙が正しい選択だろう。この後起こるであろう事態を考えるのであれば。

しばらくして手術室のドアが開き、一つの人影が入って来た。

「31番」

警報の中やってきた33番はミィの前に立ってその頭を見下ろした。

「来てください。仕事です」

*

後ろ手で拘束されたトシヤとアマトは引き離されていた。

アマトがどこに連れていかれたのかは分からない。別の場所に連れていかれた時、トシヤは彼の行き先を案じたが、すぐに他人事ではないことを思い出して歯噛《はが》みした。

トシヤが引きずられていったのは、工場らしからぬ、がらんとした空間が広がる部屋だった。部屋というよりはホールに近いかもしれない。膝立ちにされたトシヤは、どことなく感じる既視感の正体を探ろうと辺りを見回した。

「こんな場所が何故《なぜ》……」

「ここは『灰の街』ができたころの施設を再利用したところだからな」

トシヤの疑問に答えたのは別の扉から入って来た人物だった。彼の姿を視界に入れ、トシヤは怒りで顔を歪《ゆが》める。

「シンゴ……！」

「最初ここが何のために作られたか分かるか？　——ネコどもの研究だよ」

トシヤの怒りにも動揺せず、シンゴはぺらぺらと言葉を続ける。

「俺たちは、あの忌々しい5番が止めさせた研究を、ここで再現しようとしてるだけさ」

「再現だと⁉」

「おっと、これ以上はお喋《しゃべ》りするわけにはいかないな。……いや、どうせお前が誰かに言うようなことにはならないから別に言っちまってもいいんだが」

そこまで言うと、何が可笑《おか》しいのかシンゴは肩を揺らしてくっと笑った。

トシヤはそんな彼からこっそり視線を逸《そ》らし、なんとか逃げ場がないか周囲を窺っていた。しかし、周囲には障害物は全くなく、もし背後の拘束から抜け出したとしても、数歩逃げた先でまた取り押さえられるだけだろう。

己の無力さを思い知って、トシヤは肩を落とす。その時、部屋の扉が音もなく開いた。

「来たな、31番」

入って来た背の低い少女と、トシヤの目が合う。

「……ミィ」

名前を呼ばれたミィは、感情が読み取れない目でトシヤを見つめていた。

「ほらよ」

扉の前で立ち止まっているミィの足元に、シンゴは拳銃《けんじゅう》を放り投げる。

「そいつでこの男を殺せ」

ミィの手がぴくりと震える。シンゴはまとわりつくような声色でさらに促す。

「できるだろう？　お前はもう俺たちの仲間なんだから」

ミィの目がシンゴを見る。銃を見る。最後にトシヤを見る。ミィは——ゆっくりと足元の銃に手を伸ばし、それを持ってトシヤへと歩み寄っていった。

「ミィ」

銃口をトシヤに向け、安全装置を外す。いくどとなくミィの前でトシヤがしてきた動作だ。きっと覚えてしまったのだろう。

何故かトシヤは穏やかな気分だった。銃口は触れるほど近くにある。ミィは冷たく見下ろしてくる。だけど不思議とそこに不信はなかった。

ミィはトシヤを見る。

トシヤもミィを見る。

目を合わせたまま、大きく呼吸をすること二回。

ミィは——突然体を振り返らせると、銃口をシンゴに向けて、発砲した。

カチンっと金属が触れ合う音。弾が出ない。最初から銃弾は入っていなかったのだ。

「ハッ、やっぱりスパイだったか」

シンゴがあざ笑う。ミィは驚きで固まってしまっている。

「まあいいさ。また一人ネコの検体が増えるだけだからな。33番、やっちまえ！」

ヒミコを噛《か》み砕《くだ》き、怪物へと姿を変える33番。慌ててそれを迎え撃とうと構えるミィ。だが、ミィの手にはヒミコがない。

小型のネコの口から轟《とどろ》く咆哮《ほうこう》。ミィはさらに小さい体躯《たいく》で、それに立ちふさがる。

トシヤは自分を恥じていた。そうだ。ミィが自分を裏切るはずがなかった。それを疑うなんて、俺はどうかしていた。

冷静な特務捜査官の思考と、感情的な相棒としての思考。きっとどちらを取っても正解だった。

だけど、それでもトシヤはミィを信じてやりたかった。

そんな感情に駆られながら、トシヤは自分を守るように立つミィの後ろ姿を見る。

「トシヤ、離れてて」

決断的な口調で堂々とミィは宣言する。

「ミィがトシヤのこと守る！」

言うが早いか、ミィは怪物の姿になった33番にとびかかった。しかし相手は発症者の姿になったネコだ。ミィはなすすべなく、33番の手の中に収まってしまった。

「うう――っ！」

短い手足をばたつかせて、ミィは抵抗する。トシヤの周囲の男たちは、巻き込まれるのを恐れてトシヤから距離を取っていた。

チャンスだ。

トシヤは迷いなく拘束された右腕で自分の左腕をつかむと、思い切り体重をかけた。

ボキッと音がして、肩の関節が外れる。トシヤは左腕を本来動かせない方向へと無理矢理曲げ、手錠での拘束を前へと持ってきた。

「ミィ！」

右腕を懐に差し入れ、ネコつきの特務捜査官なら誰でも携帯している瓶――ヒミコが入った容器を取り出す。トシヤはそれをミィへと思い切り投げつけた。

ミィはその意図をくんだのだろう。力いっぱいに33番の腕の中から逃れ、投げつけられた瓶を容器ごと口に入れた。

バギンッと容器を噛み砕き、一気に飲み下す。

数秒後、ミィの体は膨れ上がり、生物兵器の姿へと成り果てる。

ミィは足を思い切り踏ん張ると、すさまじい勢いで33番へと飛び掛かった。

33番はそれを迎え撃ち、ミィと33番は膠着状態《こうちやくじようたい》に陥る。トシヤはそれを見て、安堵の息を吐いた。

だが、そんなトシヤの後ろには、退避していた男たちが近づいていた。

「トシヤ！」

ミィの叫びと同時に、足元に銃が飛んでくる。ミィが離れた位置にいた男を殴り飛ばし、その銃を投げてきたのだ。

トシヤはそれをつかみ上げ、背後に迫っていた男たちへと向けた。

銃声。倒れる男。

突然の抵抗に驚いた彼らは、咄嗟《とつさ》に対応できないままトシヤが距離を取るのを呆然《ぼうぜん》と見ていた。

だがこの部屋には隠れるところもない。このままではいい的だ。

トシヤは思案し、ちらりとミィへと視線を向けた。ミィはその視線を受け取り、軽く頷《うなず》いた後、33番を武装した男たちのほうへと投げつけた。

「うらあああ！」

「っ……！」

男たちは悲鳴を上げて散っていく。33番は彼らを巨大な体躯で踏みつぶしていることを一切気にしないまま、ミィの攻撃を迎え撃っていった。

ミィと33番の実力は拮抗《きっこう》していた。何度も距離を取り、何度もぶつかりあっても、どちらかが優勢になるということはない。

やがて二人の姿は徐々に小さくなり、元の少女の姿へと変わっていった。時間切れだ。

ミィはトシヤの隣に着地し、警戒の眼差しでシンゴたちを睨《にら》みつける。33番もシンゴの近くに寄って、彼を守るように立っていた。

このままではまずい。相手はまだ武力を隠しているかもしれない。頼みの綱のヒミコももうない。せめて時間稼ぎをして、逃亡のチャンスを見極めなければ。

トシヤは猛スピードで思考を巡らせ、シンゴの隣に立つ彼女へと声をかけた。

「33番、なんでお前はそっちにいる」

トシヤの問いに、33番はいっそ可哀想《かわいそう》なほど肩を震わせた。

「そいつらはお前を大切にする気はないんだぞ」

「わ、私は……」

口ごもる33番。その様子を見て、シンゴは鼻で笑ってみせた。

「33番は上の命令で自分の相棒を殺したんだよ。発症者に成り果てた相棒をな」

トシヤは思わず目を見開いてしまった。

「残酷な話じゃないか。折角懐いた相棒を自分の手で殺すなんてな。そんなことが起きるぐらいなら、特務課なんてどうでもよくなるさ」

たしかにそういう事例があることは確かだ。

人間はネコよりもはるかに非力だ。長命な人造兵器であるがゆえに、そういう経験をしたことのあるネコがほとんどだろう。そして、それがネコたちに傷を残さないとは限らない。

33番はトシヤとミィを見て、小さく呟《つぶや》いた。

「私は、道具でいい」

その言葉に込められた感情を、トシヤは読み取ることができなかった。そんなトシヤたちを見て、シンゴは唇の端を持ち上げる。

「だそうだ。ネコと人間の関係なんてな、結局そういうものなんだよ！」

シンゴはトシヤたちを追い詰めて勝ち誇る。

トシヤはちらりとミィを見て、正面から堂々とそれに答えた。

「それでも俺は相棒を、ミィを大事にする。一緒に生きて、一緒に飯を食べて、一緒に戦う」

ミィがトシヤをちらりと窺《うかが》う。トシヤは大きく息を吸い込んだ。

「それが俺たちの在り方だ！　誰にも指図されるつもりはない！」

トシヤは拳銃を片手に強く断言した。半分だけ振り返ったミィの表情は、どこか誇らしそうに見えた。

「ハッ、お優しいことだな！」

武装した男たちを従え、シンゴはトシヤたちを笑い飛ばす。

「ネコなんてただの道具だ！　道具を道具として活用して何が悪い！」

33番はぴくりと口の端を震わせる。シンゴはそんな彼女の肩を、トシヤたちに向かってドンと突き飛ばした。

33番は指示通りにヒミコを口にする。その体は化け物へと変わっていき、恐ろしい怪物の目がトシヤたちを見る。

「やれ、33番！　その馬鹿どもを潰《つぶ》しちまえ！」

「――ふっふっふ、そううまくいくかなぁ?」


唐突に、通信機越しの音声がその場にいる全員の鼓膜を揺らした。

その直後、バツンと音を立てて照明は落ち、シンゴたちは混乱の渦に叩《たた》き落とされる。

「なんだ、何が起こっている!」

「何が起こってるのかって? そんなの決まってるじゃないか」

声はトシヤの髪の中から響いていた。彼の髪の中――アマトが仕込んだ小型機器からだ。

トシヤはそのことに気づいていなかったが、その声の持ち主だけはすぐに分かった。

聞き覚えのあるこの声は――

「天網恢恢疎《てんもうかいかいそ》にして漏らさず。君たちの悪事は、ぜーんぶこの私が聞いていたのだ!」

シンゴはようやく気付いた。この声は知っている。落ち着いた少女のようでありながら、妙に軽妙なこの声は――

「お前、まさか!」

「そのまさかだよ、人間くん」

音もなく実験場の扉が開き、武装した集団がなだれ込んでくる。照明がつき、集団の中心にいる場違いなほど可愛《かわい》らしいワンピースを着た少女が胸を張った。

「愛と正義の味方、5番《ごー》ちゃん参上! さー、君たち神妙にお縄につきなさーい!」

5番殿はまるでアニメの女主人公であるかのような軽快な声色で、シンゴたちに宣言する。

唖然《あぜん》とした一瞬の沈黙。それを破ったのは、5番殿が手にしていた通信機のノイズだった。

「はーい、トガクちゃんそっちはどう?」

「17番とテンジョウアマト捜査補佐官は保護しました。もう邪魔者はありません」

「うんうん。君は優秀で助かるよ」

場は完全に彼女に支配されていた。足も、手も、指先さえも彼女の手中だ。

そんな張りつめた緊張を破ったのは、シンゴの周囲にいた部隊のうちの一人だった。

「う、動くな! こいつらがどうなっても——」

タン、と軽い音がして、男の眉間《みけん》に穴が開いた。崩れ落ちる男を見て、周囲の部隊たちもようやく銃を構えはじめる。しかし、そんな彼らを5番殿の部隊は次々に射殺していった。

「そうそう、抵抗する子は殺しちゃっていいよー。最低限口のきけるやつが残ってればそれで」

ひらひらと手を振りながら、軽い調子で5番殿は言う。その顔は笑っていたが、その目は冷たく光っていた。シンゴは33番を振り返って叫んだ。

「さ、33番! 俺たちを守れ!」

ヒミコによって化け物の姿を取った33番は、小さく唸《うな》ると一飛びに5番殿の前までやってくる。

そして——そのまま5番殿に頭《こうべ》を垂れた。5番殿は優しく笑い、33番の鼻面に手を置いた。

「任務ご苦労様、ミミちゃん。いいや、もうトーちゃんって呼んでもいいかな?」

「5番殿——我がマスターのご随意に」

「固いなあ、君は」

けらけらと笑いながら5番殿は33番の頭をぽんぽんと叩く。その様子を呆然と見ていたシンゴは、

５番殿の部隊にあっという間に拘束されていた。

「裏切ったのか、33番……‼」

シンゴは体をよじりながら叫ぶ。33番はするすると少女の姿に戻ると、５番殿の手を取って、その手の甲にキスをした。

「おかえり、10番」

「ただいま戻りました、５番殿」

エピローグ1　下ごしらえはしっかりと

一週間後、平時はネコしか入ることが許されない女子会会場に、トシヤとアマトは招かれていた。そして、そこで告げられた内容にトシヤは腰を浮かせて大声を出してしまった。

「ええっ⁉　じゃあミィも17番も今回の作戦のことは知ってたんですか⁉」

「詳細は知らないさ。途中からアドリブだったからね。でも33番の正体は知っていたよ」

飄々《ひょうひょう》と答える5番殿に呆気《あっけ》にとられた後、トシヤはバッとミィを振り返る。

「んー？」

ミィはきょとんとしながら机の上に用意されたクッキーを頬張っていたが、ごくりとそれを飲み下すと、トシヤの視線に手を上げて答えた。

「だって何度も女子会で会ってるもん！」

ミィの隣に座っている17番がうんうんと頷く。トシヤは脱力して自分の椅子に腰を下ろして顔を覆った。

「知らぬは俺ばかりか……」

「先輩先輩、大丈夫です。俺も騙《だま》されたクチです」

アマトが椅子を寄せて慰めてくる。トシヤはそれを手で追い払った。

5番殿は微笑《ほほえ》ましくその様子を眺めた後、持っていたカップをソーサーに戻して、全員の顔を見回した。

「さて、みんな」

5番殿の真剣な眼差しに、その場の全員は姿勢を正す。

「疑問に思ってるところも多いだろうから、今回の顛末《てんまつ》を一から説明しよう」

5番殿はぴんと三本、指を立てて、それをぴこぴこと動かした。

「特務課には三つの派閥が存在する。ネコの権利を守る『ネコ派』、ネコの権利を守らず、人体実験を推し進めたい『猟犬派』、その間の『中立派』の三つだね。これは君たちも肌で感じているだろう？」

トシヤたちはこくりと頷く。その中でミィだけはきょとんと首を傾《かし》げていた。

「最近、猟犬派の連中が私を引きずりおろしにかかろうとしててね、その動きを察知した私は布石を打ち始めたというわけなんだよ」

5番殿はすっと17番とロウを指さした。

「17番とロウは元々中立派の子だった。それをネコ派に引き入れ、裏切りに備えたんだ」

トシヤは少し考えてそれが何を指しているのか思い至った。5番殿が言っているのは、17番とロウのデートの件だろう。5番殿は眉尻《まゆじり》を下げながら17番を見た。

「イナちゃん、君の気持ちを利用してごめんね」

「……別にいいです。薄々そうじゃないかとは思っていましたから」

「ありがと、君は優しいね」

17番はふぃ、と顔を逸《そ》らした。

「……マスターが死なないよう手を回してくださったのも5番殿なのでしょう？」

「ふふ、どうかな。これについては君に恩を売りつける気はないから、心配しないでいいよ」

17番はますます唇を尖《とが》らせた。5番殿は優しい顔でそれを見ると、話を続けた。

「それで、猟犬派の動きがいよいよヤバいと思った私は、キナくさいなーと思ったところに私からのスパイを配置したというわけなんだ」

5番殿は自分の椅子の後ろにまるで執事かメイドのように立つ33番——本当の名前は10番というそのネコを指さした。

「そのうちの一人が33番——つまり10番というわけだね」

10番はぺこりと頭を下げた。トシヤはつられて10番に頭を下げる。

「それにしても奴らがまさかロウを殺そうとして、しかも君に冤罪《えんざい》をかけるとは思わなかった。大っぴらに動くわけにもいかずに保護できなくてごめんよ」

手を合わせて首を傾げて5番殿は謝ってきた。そのあざとい仕草に微妙な気持ちになりながら、トシヤは「はぁ」と生返事をした。

「君が逃げ隠れしてくれていればそれでもよかったのだけれど、君って相棒のこととなるとそう冷静でもいられない性質《たち》だろう？」

5番殿は指をぴんと立てたまま、ぐるぐると回した。

「だからもののついでに拠点摘発の囮《おとり》に使わせてもらった。それだけのことさ。ロウには大怪我《おおけが》負わせちゃって悪いことしちゃったけど」

こともなげに言う5番殿にトシヤは再び微妙な顔になった。この人は——いや、このネコ様は、その言葉が意味するところを本当に分かっているのだろうか。分かっているのだとしたら、本当に非情なネコだこの方は。

「でもさー、見事にトカゲのしっぽ切りされちゃったねぇ」

たはーと5番殿は笑いながら、背もたれに体を預けて上を見る。その表情は一瞬だけ今にも舌打ちしそうな険しいものに変わり、すぐにいつも通りの笑顔になった。

「まあそれはともかく」

5番殿はトシヤたちをぐるりと見回す。

「君たちが無事でよかったよ、本当に」

トシヤはそれを見て、どうにも憎めない人だなこの方は、と考えていた。そして——

——利用されたのは事実だとしても、自分たちを想っての行動だということは信じてみたいと思ったのだった。

トシヤはそんな自分の甘さに大きくため息を吐《つ》く。この方の下にいる限り、きっとこういう目に遭い続けるのだろう。トシヤはちらりとミィを見る。ミィは相変わらず楽しそうにクッキーを頬張っている。

まあいいか。その度になんとかしていけばいい話だ。そんな楽観的な気持ちになってしまい、トシヤははぁとまた大きなため息を吐いた。

「トシヤトシヤ！　これおいしいよ！」

「え？　ああ、ありがとうな」

机の上のクッキーをミィに押し付けられ、トシヤは自然とそれを口に運ぶ。

確かに美味《おい》しい。高級なバターがしっかりときいていて、簡素なもののはずなのに濃厚な味わいだ。流石《さすが》は権力者の5番殿が用意したお菓子なだけはある。

「確かに美味《うま》いな」

「うん、おいしいねー！」

ミィは上機嫌で足をぶらつかせている。トシヤは不思議に思ってミィに尋ねてみた。

「どうしたんだ？　いつになく機嫌がいいが……」

トシヤの疑問を受けて、ミィは口元に両手を当ててふふふっと笑った。

「一緒に食べるの久しぶり！」

きょとんとトシヤは首を傾げる。ミィはぱっと両手を上げた。

「あのね、ミィ食べるの大好き！　でも、トシヤと一緒だと、もっとすっごくおいしい！」

ぱたぱたと腕を動かしながら主張するミィに、トシヤはようやく理解した。

そういえば最近、ミィと一緒にごはんを食べていなかった。忙しくてそんなことすらおろそかになっていた。

誰かと一緒に食べるごはんはとても美味しいと、自分でも知っているはずだったのに。

トシヤは自分に対して大きくため息を吐くと、ミィに優しく笑いかけた。

「ミィ。夕飯は何がいい？　なんでも作ってやる」

「なんでも!?　じゃあね、じゃあねー」

うーんと考え込んだ後、ミィは満面の笑みで答えた。

「ミィ、トシヤと一緒にお料理したーい！」

エピローグ2　収容所にて

『灰の街』の郊外、特務課の所有する建物群のさらに西端。そこに、限られた人間——そしてネコしか知らないその収容所はある。

収容所の取調室。ガラスの向こうに座るシンゴに5番殿は首を傾けて尋ねた。

「特務課の機密漏えい、ネコの誘拐、捜査官とネコを害する行為。これが君にかけられた容疑だ。……さて、ここまでで何か異論はあるかな、シンゴくん？」

シンゴは強い憎しみを込めた目で5番殿を見た。彼の両腕は後ろ手に拘束されており、その後ろには刑務官が二人控えている。言葉を発しようとしないシンゴに、5番殿はにやりと笑いかけた。

「ああそうだ。君の言い分があるなら聞こう。聞くだけだけど」

シンゴは歯ぎしりをすると、5番殿を強く睨《にら》みつけながら、絞り出すように言葉を発した。

「ふざけるなよ、5番。人間でもない癖に人間ヅラしやがって……」

5番殿は涼しい顔でそれを受け止める。

「お前がネコの権利だなんて馬鹿げたものを主張しなきゃ、もっとカミガカリ病の研究は進んだんだ！　そうすれば父さんも母さんも兄さんだって……！」

「なるほど。君の気持ちは痛いほど分かった」

5番殿はもっともらしい表情でうんうんと頷《うなず》いてみせた。その様子にシンゴは一瞬呆気にとられる。しかし、5番殿はすぐに表情を消すと、口は笑みの形を保ったまま、ガラス越しにシンゴの顔を睨みつけた。

「……だけどこっちも生きるのに必死でね。悪いけど君の意見を採用する暇はないんだ。……それにね」

彼女の爛々《らんらん》とした目が光る。

「いくら実験をしたって、カミガカリ病の研究は進みやしないよ。そうなるように三百年前に『作られた』んだから。今の技術じゃ無理無理無理！」

「なっ……」

けらけらと笑いながら、軽い調子で5番殿は宣告する。そうしてからひらひらと手を振ると、刑務官へと目配せをした。

「さ。話はもうおしまい。連れてっちゃっていいよー」

「待て、まだ話は――」

刑務官に両脇を抱えられ、シンゴは扉の向こう側へと消えていく。

「くそ！　このっ、ネコがぁああ！」

＊

収容所の外、灰と雪が交じって降る道へと、5番殿はフードもかぶらずに歩き出した。彼女はもう二度とシンゴと会うことはないだろう。この街に一度反逆した者を、生かしておく意味などないのだから。

「はー、外は冷えるなあ」

体全体をぶるっと震わせて、5番殿は大袈裟《おおげさ》に腕をさする。そうしてからふと立ち止まり、空から降る灰と雪を見上げた。

「思い出すねえ、三百年前のあの日もたしかこんな雪が降ってた」

雪の欠片《かけら》が5番殿の鼻先に落ちて、溶けていく。5番殿は目を細めた。

――生きるために最善を尽くせ。自分の信じたいものを見失うな。それがたとえ……自分に牙《きば》を剥《む》くものでも。

――それでも君は、可愛《かわい》いネコの女の子だよ。

「ああ、忘れやしないさ。大丈夫、私はまだお前の側にいるよ」

「……そうだろう、ヒミコ？」

あとがき

はじめまして。黄鱗《きうろこ》きいろです。

この度は『灰の街の食道楽』をお手に取っていただき、ありがとうございます。

あとがきとして三ページもいただいてしまったので、全力で後書かせていただきます。任せろ。

なんのために学校でエッセイの授業を受けていたと思ってるんだ。

『灰の街の食道楽』は薄暗いSF遠未来世界の物語なのですが、こういった世界観に私がはまったきっかけがあります。それは『ニンジャスレイヤー』です。「アイエエエ!?」の小説といったほうが通りがいいかもしれません。

『ニンジャスレイヤー』はトンデモ日本風サイバーパンク小説なのですが、そこに私は魅せられました。殺伐とした世界、瞬くネオン、理不尽に巻き込まれる人々、それでも確かにある人の情。文体を乗り越えさえすれば実はかなり硬派な世界だったりするのです。

その世界観から古典SFの元ネタに飛びまして、『ブレードランナー』→ディック→ギブスンと遡《さかのぼ》って、ちょっと違いますがアシモフも履修しました。

とはいっても有名な著作しか読んでいないので、SFファンの方々には叩《たた》かれるタイプの超にわかライトSF好きだと思っていただきたいです。現代SFには手を付けていません。すみません。

なので、もしオススメの薄暗い系SF作品をご存じの方はぜひ私に教えていただきたいです。ファンレターとかツイッターとかで。お待ちしております。

話は本編に飛ぶのですが、トシヤとミィの関係性について私は非常にこだわりがありまして、語っていいですか？　語ります。

二人はいわゆる年の差バディなのですが、私は年の差バディは20歳離れてからが本番だと思っています。というのも、年の差の醍醐味《だいごみ》というやつは価値観と視点の相違にあると思っているからです。年の差があれば考え方の違いもあるし、そもそも身長差で見ている世界も違う。そんな二人がぶつかりあい、理解しあい、共感はできなくても折り合いを見つけていくのがとても好きでして。これはバディだけではなく恋愛カップルでも私はよくやってしまいます。年の差は20歳からが本番。時代はおじロリだ。

トシヤとミィの関係性についてもう一個あるのですが、疑似親子について語っていいですか？　語ります。

あの二人の関係性は、バディであって疑似親子でもあります。疑似親子というやつは、本当の親子ではない＋本人たちは親子だと思っていない＋周囲から見たら親子、というものだと私は認識しています。もちろんこれに当てはまらない疑似親子も好きですけどね。家族ごっことか。

それで、私が定義する疑似親子についてなのですが、私はお互いに無意識のうちに親子のように振る舞っているのが好きでして、それで周囲から親子だと認識されたり揶揄《やゆ》されたりするのがまた最高だな、と思っております。だから親側は「おじさん」と呼ばれることに若干の抵抗がある年代がベストですね。トシヤ。君のことを言ってるんだよ。

でもトシヤとミィの関係は、親子ではなくあくまでバディであるという方向性で書いています。二人は親子のように振る舞うこともありますが、本質的には対等なバディなのです。

幸いなことにまだページが余っているので、私のペンネームの話をしますね。します。

私は『黄鱗きいろ』というのですが、これは『きうろこきいろ』と読みます。本当は『きいろこきいろ』だったのですが、あまりに間違えられるのでこうなりました。ですが、まだこれでも『きりんきいろ』だと読み間違えられるのです。

なので私はキリンになることにしました。ツイッターアカウントのアイコンは公式マスコットおねえさんの『きりちゃん』です。彼女はハッピーサファリの中央にそびえるツリーハウスに住んでいて、領地を荒らす暴れきりんまるたちを日々駆除しており……ページが足りなくなってきました。

本当は『動物園でアリクイを落とした話』とか、『侵略的外来生物オオサンショウウオおうちデート』の話とか、『酒呑童子《しゅてんどうじ》ライブイベント』の話とか『ハッピーサファリの掟《おきて》』とか、語りたいことは山ほどあるのですが、これは次回以降のあとがきで語ろうと思います。何のあとがきが読みたいか考えておいてください。そして、ファンレターかツイッターで教えてください。語るので。

長々とどうでもいい話を語ってしまいましたが、そろそろあとがきを締めようと思います。

この度はこのような出版の機会をいただき本当にありがとうございました。

不慣れな私を助けてくださった担当様、賞をくださった編集部の方々、小説家になる夢を応援してくれた友人たち、カクヨムで読んでくださった読者の方々、色々と相談に乗っていただいた名古屋デザイン&テクノロジー専門学校の講師の方々、支えあってきた創作仲間たち。そして、イラストで今作を飾っていただいた、にじまあるく様。皆様に深く感謝の意をお伝えしたいです。

今後はどのような形で小説家として活動していくかはわかりませんが、絶対にまた書籍として形になるように動いていきます！

それでは、また別のあとがきでお会いしましょう！

あとがきは早口オタクエッセイ欄　黄鱗きいろ

お便りはこちらまで

〒102－8177
カドカワBOOKS編集部　気付
黄鱗きいろ（様）宛
にじまあるく（様）宛

カドカワBOOKS

灰《はい》の街《まち》の食道楽《しょくどうらく》

2021年3月10日　初版発行

著者／黄鱗《きうろこ》きいろ

発行者／青柳昌行

発行／株式会社KADOKAWA

〒102-8177
東京都千代田区富士見2-13-3
電話／0570-002-301（ナビダイヤル）

編集／富士見L文庫編集部

印刷所／暁印刷

製本所／本間製本

Printed in Japan
ISBN 978-4-04-074001-0 C0093

新文芸宣言

かつて「知」と「美」は特権階級の所有物でした。

15世紀、グーテンベルクが発明した活版印刷技術は、特権階級から「知」と「美」を解放し、ルネサンスや宗教改革を導きました。市民革命や産業革命も、大衆に「知」と「美」が広まらなければ起こりえませんでした。人間は、本を読むことにより、自由と平等を獲得していったのです。

21世紀、インターネット技術により、第二の「知」と「美」の解放が起こりました。一部の選ばれた才能を持つ者だけが文章や絵、映像を発表できる時代は終わり、誰もがネット上で自己表現を出来る時代がやってきました。

UGC（ユーザージェネレイテッドコンテンツ）の波は、今世界を席巻しています。UGCから生まれた小説は、一般大衆からの批評を取り込みながら内容を充実させて行きます。受け手と送り手の情報の交換によって、UGCは量的な評価を獲得し、爆発的にその数を増やしているのです。

こうしたUGCから生まれた小説群を、私たちは「新文芸」と名付けました。

新文芸は、インターネットによる新しい「知」と「美」の形です。

2015年10月10日

井上伸一郎

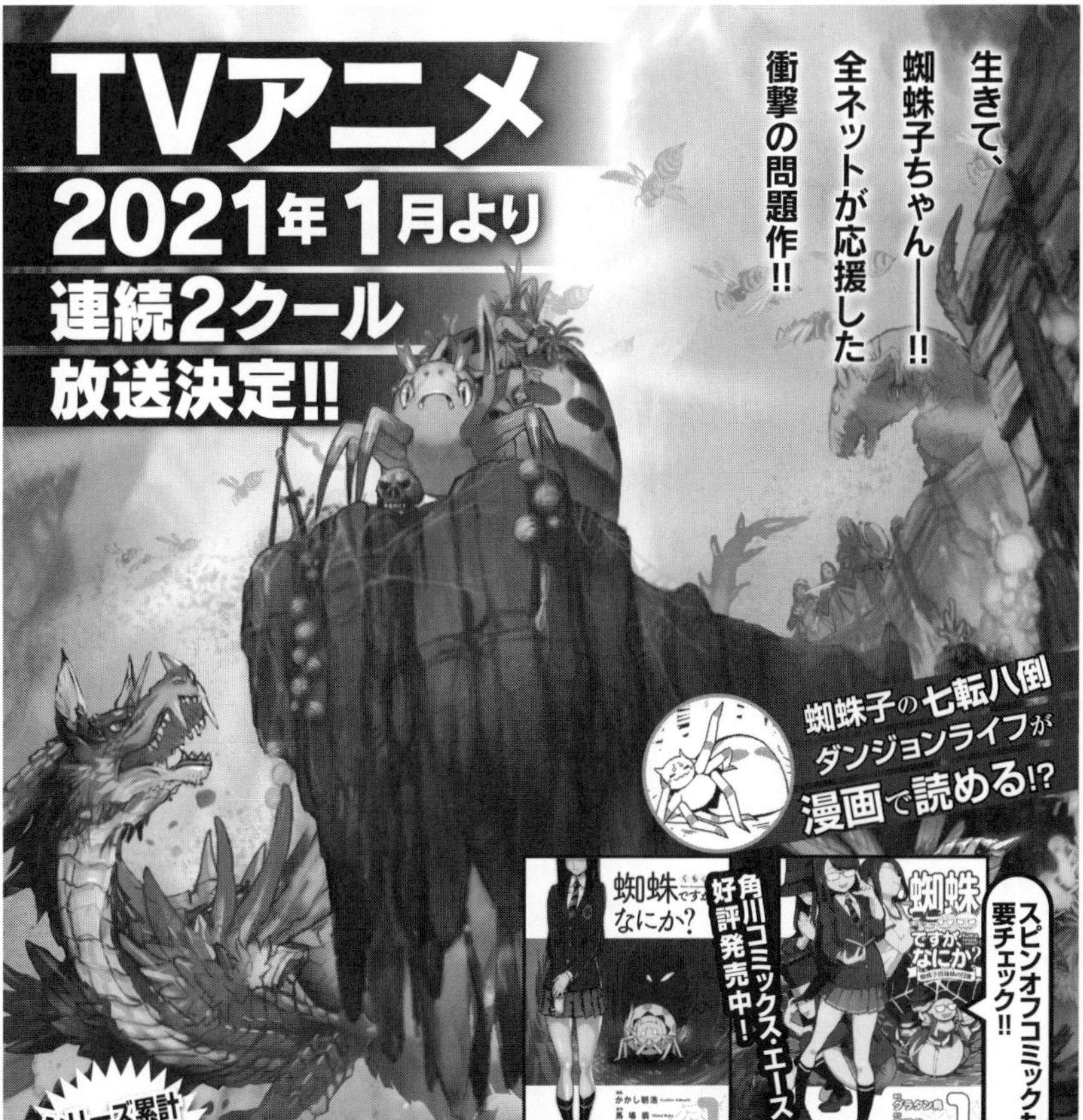
TVアニメ
2021年1月より
連続2クール
放送決定!!
生きて、
蜘蛛子ちゃん――!!
全ネットが応援した
衝撃の問題作!!
蜘蛛子の七転八倒
ダンジョンライフが
漫画で読める!?
角川コミックス・エースより
好評発売中!
スピンオフコミックも
要チェック!!
漫画:かかし朝浩
漫画:グラタン鳥
シリーズ累計
200万部
突破!!
※紙本と電子書籍の
合算数字となります。
2020年6月現在。
シリーズ好評発売中!!
蜘蛛ですが、なにか?